Bewitching Rosie

Impressum

1. Auflage 2024

Instagram: @julie.finsterberg
Mail: julie.finsterberg@gmx.de
https://juliefinsterberg.de

Covergestaltung: Julie Finsterberg
Sensitivity Reading: Daeny Levi Modemann von Lektorat Mondlichtkobold, Instagram @mondlichtkobold
Lektorat, Korrektorat & Buchsatz: Antje Grube, www.antjegrube.com

Herausgeberin: Juliane Hörl (alias Julie Finsterberg), Luisenstraße 35, 12209 Berlin

Gedruckt durch Amazon Media EU S.à r.l., 5 Rue Plaetis, L-2338, Luxembourg

Julie Finsterberg

Bewitching Rosie

Hexenregeln

1. <u>Magie:</u>

Magie ist in vier Fraktionen aufgeteilt. Jedes Hexenwesen entwickelt genau eine Fähigkeit, wobei Männer und Frauen nie über dieselbe Magie verfügen können.

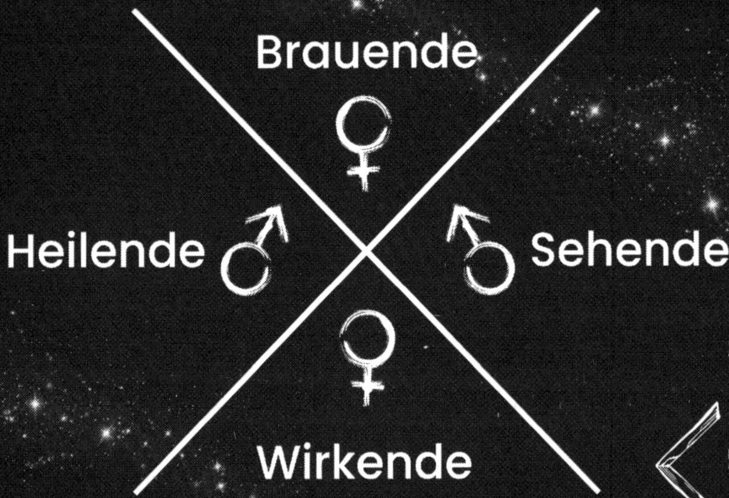

2. <u>Junghexen:</u>

Die Magie von Junghexen erwacht an ihrem 21. Geburtstag. Danach durchlaufen sie verschiedene Stadien und müssen unter besonderer Beobachtung stehen, damit sie die Magie nicht aus Versehen den Menschlingen offenbaren. Vor allem der Junghexencharme kann die Unmagischen in ihren Bann ziehen. Vorsicht ist auch geboten, wenn die Junghexe in Hitze gerät. Die Vereinigung mit einem anderen Hexenwesen bindet die beiden Personen auf besondere Weise aneinander, was nicht immer so romantisch ist, wie es klingt.

3. <u>Hexenzirkel:</u>

Ein Hexenzirkel ist ein Zusammenschluss von Hexenwesen. Nur mit einer solchen Vereinigung kann eine Junghexe ihre Magie festigen. Mithilfe eines Aufnahmerituals, das spätestens drei Mondzyklen nach ihrem Magieerwachen durchgeführt wird, tritt eine Junghexe der Hexengemeinde bei. Wird sie bei ihrer Zeremonie nicht durch einen Zirkel unterstützt, läuft sie Gefahr, zur Magieberaubten zu werden.

Zirkel sind am mächtigsten mit einer magischen Mitgliederanzahl. Sieben, neun oder dreizehn Hexenwesen in einem Zirkel führen dazu, dass die gemeinsame Magie sowie die Fähigkeiten jedes einzelnen ihr höchstes Potenzial erreichen können.

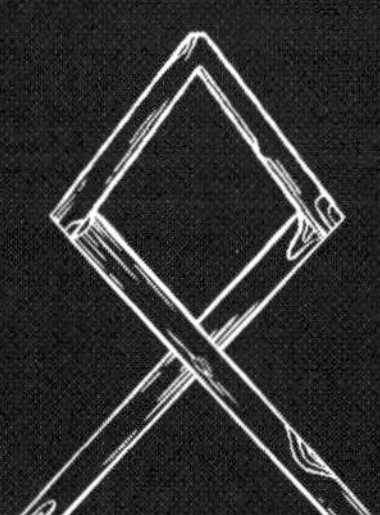

4. Magieberaubte:

Junghexen ohne Zirkel unterliegen der größten Gefahr, zur Magieberaubten zu werden. Doch auch für Hexenwesen, die sich einem Zirkel anschließen, ist das Risiko nicht eliminiert, einen Magieverlust zu erleiden. Das Aufnahmeritual nach der Junghexenphase ist schwierig und birgt die Gefahr, sich zu verausgaben, darum ist ein ausführliches Training das A und O vor der Zeremonie. Magieberaubte verbringen ihr Leben als Menschlinge, mit dem Wissen um Magie und was sie verloren haben. Oftmals werden sie von ihrem Zirkel ausgestoßen und finden sich auf einer lebenslangen Suche nach ihrer Bestimmung wieder. Es gibt Zauber, die eine Rückkehr der Fähigkeiten versprechen, doch damit begibt sich die Person auf einen Pfad schwarzer Magie, von dem es keinen Weg zurück gibt. .

5. Alleinpraktizierende:

Entfernt sich ein Hexenwesen nach bestandener Zeremonie von seinem Zirkel oder wird von diesem verstoßen, hat es zwei Optionen: Einen neuen Zirkel finden oder allein praktizieren. Der Weg der Alleinpraktizierenden ist jedoch steinig und die Gefahr ist groß, der Versuchung durch schwarze Magie zu verfallen.

6. <u>Familiar:</u>

Zur Entfaltung seiner vollen Kraft hat ein Hexenwesen einen tierischen Begleiter. Dieser steht ihm mit Rat und Tat zur Seite. Ein Familiar kann jede tierische Form annehmen und findet seinen Schützling in der Zeit, in der er ihn am dringendsten braucht.

7. <u>Die 3 Verbote:</u>

1. Nutze deine Magie nie für einen Liebeszauber, das kann fatale Folgen für dich und deine Zirkelmitglieder bedeuten.
2. Offenbare deine Magie nie den Menschlingen, außer es ist unbedingt nötig.
3. Vergiss nie, dass alle Regeln einen Ursprung haben und dehnbar sind, solange du mit dem Herzen bei der Sache bist und auf schwarze Magie verzichtest.
4.

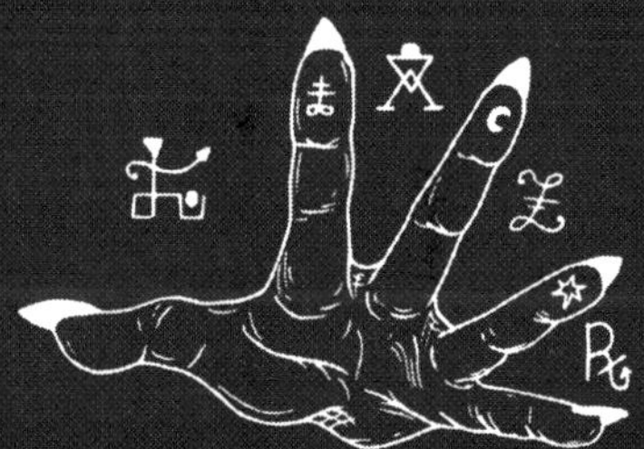

> *Wir gedenken unseren Schwestern aus Salem, die in einer grausamen Zeit vieles für uns geopfert haben, um uns die Freiheiten der heutigen Zeit zu ermöglichen.*
> *Magie ist nicht mehr das, was sie damals war, aber wir sind frei.*

Für meine Oma, ich vermisse dich!

Kapitel 1

Rosie

Trennungsschmerz

Wie paralysiert starrte ich an meine Zimmerdecke. Um mich herum war alles düster, so düster wie in meinem Herzen. Meine Katze Molly lag schnurrend in meinem Arm. Ihr gefiel es, wieder hier zu sein. Ich hingegen fühlte mich in meinem alten Kinderzimmer in die Vergangenheit zurückversetzt. Als würde jeden Moment mein Wecker klingeln und ich müsste mich für die Schule fertig machen. Bei diesem Gedanken schüttelte es mich.

Zum Glück musste ich heute Morgen nirgendwo hin. Ich hatte noch sechs Wochen, bis das neue Semester startete. Sechs Wochen, in denen ich in Selbstmitleid versinken konnte. Dabei sollte ich mir eigentlich Gedanken darüber machen, ob mein aktueller Studiengang das Richtige für mich war, denn Spaß hatte ich in „Historische Zeitgeschichte" wirklich nicht. Mit meinen Kommilitonen war ich auch definitiv nicht auf einer Wellenlänge, mit Ausnahme von Gregg, natürlich.

Warum ich dieses langweilige Fach überhaupt gewählt hatte? Nun, nachdem ich vergangenes Jahr durch meinen Kunstkurs gefallen war, hatte ich schnell eine Alternative finden müssen. Alle interessanten Kurse waren schon voll gewesen, und Geschichte lag mir wenigstens. Durch mein fotografisches Gedächtnis konnte ich mir alle möglichen Fakten merken und abrufen, wann immer ich sie brauchte. Es war ein Talent, das mir schon oft weitergeholfen hatte, vor allem in der Schule. Doch ich würde es sofort eintauschen, wenn ich dagegen

das nötige Talent bekäme, das man brauchte, um den Kunstkurs zu bestehen. Ich liebte das Fotografieren. Meine Kamera trug ich ständig und überall bei mir und es gab für mich nichts Schöneres, als den perfekten Moment bildlich einzufangen. Nur leider gehörte zu dem Studium auch das Zeichnen … leider lag mir das nicht gut genug, um die Professoren zu überzeugen.

Ein lautes Klingeln riss mich aus meinen Grübeleien. Ich verdrehte die Augen. Am Sonntagmorgen konnte nur Elaine – die supernervige Kirchen-Freundin meiner Mutter – so früh auf der Matte stehen. Gleich würde sie an meiner Tür klopfen und fragen, ob ich nicht zum Gottesdienst mitkommen wolle. So wie sie es früher jeden Sonntag getan hatte, als ich noch bei Mom gewohnt hatte.

Wie gerufen klopfte es im nächsten Moment, woraufhin meine Mom die Tür einen Spalt öffnete und ihren Kopf hindurchsteckte. „Rosie, Liebes, dei–"

„Nein, danke!", unterbrach ich sie. „Du kannst Elaine sagen, dass ich nicht mit zum Gottesdienst will. Ich war seit zehn Jahren nicht mehr mit euch dort, das werde ich jetzt nicht wieder anfangen."

Auf dem Gesicht meiner Mutter spiegelte sich ein irritierter und verletzter Ausdruck. „Elaine? Nein, ich wollte dir Bescheid geben, dass du Besuch hast."

„B– B– Besuch?" Ich schreckte hoch. Konnte es sein? Hatte Gregg es sich anders überlegt? Und dann kam er einfach so vorbei? Ich hatte seit Tagen nicht geduscht, müffelte vor mich hin und sah aus wie eine Obdachlose. Wenn er mich so zu Gesicht bekam, würde er auf dem Absatz kehrt machen und direkt wieder verschwinden.

„Exakt!", erklang eine vertraute Stimme hinter meiner Mom und ich brauchte mich nicht länger zu fragen, wen sie mit Besuch meinte. In hohem Bogen schwang meine Zimmertür auf und meine zwei besten Freundinnen betraten den Raum.

„*The bitches are in the house!*“, trällerte Triss.

Das Gesicht meiner Mutter lief feuerrot an. „Also wirklich, Beatrix!“ Triss zuckte bei dem Klang ihres vollen Namens zusammen. „Solche Worte verbitte ich mir in diesem Haus.“

Mit entschuldigender Miene blickte sie zu meiner Mom. „Entschuldigung, Mrs Baker. Wird nicht wieder vorkommen.“ Versöhnlich fragte meine Mutter, ob sie und Ashley etwas trinken wollten. „O ja! Vielleicht ein –“

Doch Triss konnte ihren Satz nicht beenden, da Ashley ihr den Ellenbogen in die Seite stieß. „Nein, danke, wir haben alles, was wir brauchen und werden auch nicht lange hier sein, Mrs Baker.“

Meine Mom nickte, dann schloss sie die Tür. Ich schaute zu meinen Freundinnen. „Was macht ihr hier?“

„Dich aus deinem Selbstmitleid befreien. Es ist jetzt drei Wochen her, dass Gregg dich abserviert hat. Es wird Zeit, dass du darüber hinwegkommst und dein Leben lebst. Du bist eine *fucking Queen*, Rosie. Das lässt du dir bitte von keinem Mann nehmen.“ Triss ging zur anderen Seite des Raums, schob die Vorhänge beiseite und öffnete das Fenster. Die Sonne erhellte zum ersten Mal seit Tagen mein Zimmer. „Hier drin sieht es aus wie in Draculas Grab und es müffelt wie in einer Ork-Höhle. Schau doch mal, was für ein schöner Tag heute ist.“

Molly sprang auf, streckte sich und hüpfte von meinem Bett auf den Fensterstock. Dort platzierte sie sich vor dem offenen Fenster, das mit einem Schutznetz versehen war, und putzte sich in der Sonne genüsslich das Fell.

Ich rümpfte mit zusammengekniffenen Augen die Nase. „Wir leben in Florida. Jeder Tag hier ist schön. Es scheint immer die Sonne und es ist immer unerträglich heiß. Was soll ich mir da jetzt ansehen?“

Triss verdrehte die Augen und lehnte sich gegen den Fenstersims, um Molly zu streicheln. „Wenn du auf unsere Überraschung genauso mürrisch reagierst, bin ich echt angefressen.“

„Überraschung?“ Verwirrt blickte ich zu Ashley, die auf mich zukam und mir einen Coffee to go in die Hand drückte.

„Ein Pumpkin Spice Latte mit Hafermilch“, sagte sie mit einem verheißungsvollen Grinsen.

In Ordnung, das hob meine Laune etwas. Doch extra dafür waren die beiden hierhergekommen? Etwas sagte mir, dass das noch nicht alles war. Mit hochgezogenen Augenbrauen fixierte ich meine Freundinnen und nahm dabei einen herrlich warmen Schluck der süß-herben Flüssigkeit. Sofort explodierten tausend Geschmacksknospen auf meiner Zunge. Zimt, Nelke, Kürbispüree … Ich liebte den Herbst!

Auch wenn man in Florida keinen wirklichen Herbst wie auf Pinterest erlebte, fand ich diese Vorstellung schon immer toll: Draußen verfärbten sich die Blätter, es regnete in Strömen … Man saß auf der Couch, einen Pumpkin Spice Latte in der Hand, mit Kuschelsocken und einem dicken Pulli bekleidet und sah einen gruseligen Horror-Film. Wie in meiner Lieblingsserie „Gilmore Girls“.

Doch bekam ich in Florida nur eine Sache aus dieser Wunschvorstellung: einen Pumpkin Spice Latte. Außerdem hatte bis vor Kurzem noch mein Freund Gregg neben mir gesessen, wenn ich mir dieses Herbst-Szenario ausgemalt hatte, und nicht meine Mutter. Zumal meine Mutter Lorelei Gilmore absolut nicht ähnlich war. Ich liebte sie über alles, aber eine so freundschaftliche und ungezwungene Beziehung wie Rory und Lorelei würden wir niemals führen.

„Das Getränk ist der erste Hinweis“, sagte Ashley. „Der zweite und dritte Hinweis sind unsere Outfits.“

Ich nahm einen erneuten Schluck von meinem Kaffee und betrachtete danach, was Triss und Ashley anhatten. Triss trug wie immer ein ausgefallenes, artsy Outfit vollkommen in Schwarz: Lederhotpants über einer Netzstrumpfhose, dazu einen Pulli aus Mesh und als Accessoire eine Krawatte mit Kürbissen darauf. Ein Haarreif aus Samt drückte ihre hellblonden, schulterlangen Haare hinter ihre Ohren. Mein Blick wanderte zu Ashley, die ihre hellbraunen Haare zu einem Zopf geflochten und einen eleganten beigen Rock mit einem rosa Pulli kombiniert hatte, worunter der Kragen eines weißen Hemds hervorblitzte.

Bis auf die Tatsache, dass ich schon zu schwitzen begann, wenn ich die beiden ansah, weil draußen sicher dreißig Grad im Schatten waren, fiel mir nichts Besonderes an ihnen auf. Triss war wie immer punkig unterwegs und Ashley bildete mit ihrem schicken Prada-Look das komplette Gegenteil neben ihr. Verdutzt zuckte ich mit den Schultern.

„Versteh ich irgendeine Filmreferenz nicht, oder was? Ich hab keine Ahnung, was ihr mir sagen wollt."

Ashley verdrehte die Augen und warf Triss einen vorwurfsvollen Blick zu. „Siehst du! Ich hab doch gesagt, wenn du nichts von ihrer Pinterest-Pinnwand anziehst, wird sie die Andeutung nicht verstehen."

Meine Pinterest-Pinnwand? Ich kniff die Augen zusammen. Was meinte Ashley damit? Und vor allem: Von welchem meiner unzähligen Moodboards redete sie?

„Ich kauf mir doch nicht extra ein Outfit, das ich nie wieder anziehe, nur damit Rosie errät, was wir vorhaben."

Ashley verschränkte die Arme vor der Brust. „Als gute Freundin hättest du das ruhig mal tun können. Zumal dir kein Zacken aus der Krone bricht, wenn du mal etwas anderes als Schwarz trägst."

Triss' Blick verfinsterte sich. „Nicht alle haben steinreiche Eltern und können sich mal eben so ein Outfit leisten, das sie für fünf Minuten tragen. Außerdem hab ich mir doch extra diese Krawatte geholt." Sie griff nach dem Schlips mit dem Kürbismuster und hielt ihn Ashley entgegen. „Mehr kannst du nicht von mir verlangen."

Ich hielt es nicht mehr aus und musste die beiden Streithähne unterbrechen. „Könnt ihr mir jetzt vielleicht verraten, was ich hätte erraten sollen?"

„Fein, dann sagen wir es dir eben so." Ein breites Grinsen umspielte Ashleys Lippen, als sie zu Triss sah. „Willst du oder soll ich?"

Nun erhellte sich Triss' Miene wieder und sie schenkte Ashley einen liebevollen Blick. „Ich weiß doch, dass es dir unter den Nägeln brennt, *girl*!"

Freudestrahlend sah Ashley mich an. „Wir drei fliegen in fünf Stunden nach Irland! Dort suchen wir dir dann in aller Ruhe ein Appartement für dein Auslandssemester." Ashley entfuhr ein Quieken und sie machte vor Freude einen kleinen Sprung in die Luft.

Ich starrte sie perplex an. Eigentlich wäre ich heute mit Gregg für unser gemeinsames Auslandssemester nach Irland geflogen. Ich wollte endlich einen farbenfrohen, kühlen Herbst erleben und meiner Leidenschaft – der Fotografie – nachgehen. Gut ein Jahr hatte ich mich auf diesen Tag gefreut, doch als Gregg plötzlich mit mir Schluss gemacht hatte, war dieser Traum wie eine Seifenblase zerplatzt.

Er hatte, ohne mich zu fragen, unsere Flüge und das Appartement storniert und mir meinen Anteil zurückgezahlt. Danach war ich zu deprimiert gewesen, mich in wenigen Wochen um ein neues Appartement – diesmal für mich allein – oder sonst irgendetwas zu kümmern, was ich für das Auslandssemester erledigen musste.

Wo sollte ich auch die Zeit hernehmen? Ich musste aus Greggs Loft aus- und wieder bei meinen Eltern einziehen. Das Leben, das ich die vergangenen Jahre gelebt hatte, fühlte sich falsch und sinnlos an. Seitdem zweifelte ich an jeder Entscheidung, die ich im letzten Jahr getroffen hatte. Mein Studium, die Stadt, in der ich lebte, meine Frisur …

Zumindest letzteres hatte ich kurz nach der Trennung radikal geändert. Wie man das eben so macht, wenn man verlassen wird, oder? Meine sonst eher langweilige, glatte Mähne hatte ich von einem unscheinbaren Dunkelblond zu einem leuchtenden Rotbraun umfärben lassen – passend zu meiner liebsten Jahreszeit. Und als wäre diese Veränderung noch nicht groß genug, gab es dazu noch einen Stufenschnitt und einen Pony. Die Farbe war ein Traum, doch den Schnitt bereute ich zutiefst. Ständig hingen mir die Haare ins Gesicht, nie lagen sie so, wie sie sollten … Wobei ich sie nach dem Friseurbesuch noch nicht einmal gestylt hatte. Vielleicht lag es daran? Aber wofür sollte ich mich zurechtmachen? Seit meinem übereilten *Makeover* vergrub ich mich in meinem Bett und bekam niemanden zu sehen.

Jetzt wollten Ashley und Triss mich zu einem *Girls Trip* entführen? Ich wusste nicht, ob ich dafür schon bereit war. „Mädels, ich kann nicht. Ich habe schon damit abgeschlossen, dass das Semester in Irland ins Wasser fällt, und außerdem habe ich noch gar nichts gepackt. Ich kann nicht in fünf Stunden im Flieger sitzen. Wie stellt ihr euch das vor?"

Triss riss mir die Bettdecke vom Körper und Ashley nahm meinen Arm, um mich aus dem Bett zu zerren. Ich versuchte, mich zu wehren, doch Triss eilte zu ihrer Unterstützung. „Ashleys Vater spendiert uns sechs Wochen lang ein Zimmer in einem super schnuckligen Bed and Breakfast. In der Zeit suchen wir dir ein neues Appartement. *Du* gibst deinen Traum nicht auf, nur weil *Gregg* ein Arsch ist." Zusammen schoben mich beide aus meinem Zimmer ins Bad. „Als Erstes beginnst du mit einer schnellen Dusche, während wir deinen Koffer packen."

Mit aufgerissenen Augen starrte ich sie an. „*Ihr* wollt meinen Koffer packen? Aber … Ich … Da–"

„*Girl,* du hast ein Pinterest-Moodboard mit Outfit-Inspirationen für deinen Irland-Aufenthalt angelegt. Das schaffen wir im

Nu." Dann schubste mich Ashley durch die offene Badezimmertür.

„Aber meine Klamotten sind noch nicht einmal ausgepackt", protestierte ich.

„Umso besser!" Ashley grinste. „Dann sind sie ja alle schon zusammengelegt. Wie ich dich kenne, sind deine Kartons penibel beschriftet und alles gut sortiert. Lass uns das mal machen, zerbrich dir dein hübsches Köpfchen eher über deine Beauty-Sachen, die du einpacken willst. Husch! Beeil dich, du hast zwanzig Minuten." Und dann schlug sie die Badezimmertür vor meiner Nase zu.

Ungläubig versuchte ich, mich zu sammeln. Ich konnte es nicht fassen! In ein paar Stunden würde ich nach Irland fliegen? Zwar ohne Gregg, was mein Herz ein wenig schmerzen ließ, dafür aber mit meinen Mädels. Ein Gefühl beschlich mich, dass ich mit ihnen eine noch viel aufregendere Zeit haben würde. Langsam begann mein Bauch vor lauter Vorfreude zu kribbeln. Mein Kopf konnte es noch nicht ganz glauben. „Ich fliege nach Irland! Träume ich?"

Kapitel 2

Rosie

Girls Trip

Nachdem ich in Windeseile geduscht und meine Haare zu einem Pferdeschwanz gebunden hatte, kam ich fünfzehn Minuten später zurück in mein Zimmer. Meine Freundinnen waren beide über meinen Koffer gebeugt, neben dem sie einen wüsten Haufen Klamotten verteilt hatten. Ashley starrte auf Triss' Smartphone, bevor sie einen Pullover nach dem anderen griff und ihn in den Koffer legte oder vielmehr: schmiss. Dieses Chaos bereitete mir Unbehagen und ich versuchte, ein nervöses Augenzucken zu unterdrücken in Anbetracht der ganzen Unordnung.

„Wie wär's, wenn ihr runter in die Küche geht, euch einen Kaffee kocht und mich in Ruhe meinen Koffer alleine packen lasst?"

Ashley drehte sich erschrocken zu mir um. „Wir machen das falsch, oder?"

Ich schaute in das geknickte Gesicht meiner Freundin und versuchte, die richtigen Worte zu finden. „Ihr macht das ganz hervorragend, wirklich. Nur für die Befriedigung meiner Neurose muss ich das selbst machen. Das versteht ihr, oder?"

Beide nickten. Triss steckte ihr Smartphone in die Tasche ihrer Hotpants und ging zur Tür. „Soll mir recht sein, dann kannst du dich später immerhin nicht beschweren, wir hätten irgendwas vergessen. In fünfunddreißig Minuten kommt unser Uber zum Flughafen. Schaffst du das?"

Ich zwinkerte ihr zu. „Ich bin in *fünfundzwanzig* Minuten unten." Die Dusche hatte mir neuen Tatendrang verliehen. Außerdem hatte ich die vergangenen Monate damit verbracht, eine Pack-Liste zu schreiben und mir zu überlegen, was ich in Irland brauchen würde. Das schaffte ich also mit links.

Auch Ashley ging an mir vorbei und folgte Triss hinaus aus der Tür. „Ach, *girl*?" Triss beugte sich am Türrahmen vorbei zurück in mein Zimmer. „Die neue Haarfarbe steht dir mega gut. Du siehst endlich aus wie die *badass bitch*, die in dir steckt."

Die Stimme meiner Mom schallte die Treppen nach oben. „Beatrix! Ich höre dich bis hier unten!"

Peinlich berührt biss sie sich auf die Unterlippe. „Herrje, deine Mom hat aber einen guten Gehörsinn!"

Ich schmunzelte. „Jap. Vor ihr bleibt nichts geheim."

Dann schloss sie die Tür und ging mit Ashley runter ins Wohnzimmer. Ich widmete mich dem Chaos auf meinem Bett. Zuerst sortierte ich die Kleidung fein säuberlich nach Pullis, Tops, Strumpfhosen und Röcken, dann folgte ein großer Stapel an Kleidern und Hosen. Alles der Farbe nach sortiert, von hell nach dunkel, und fein säuberlich glattgestrichen. Nachdem ich Molly aus meinem Gepäck verscheucht hatte, wanderte ein penibel ordentlich gefalteter Haufen nach dem anderen in meinen dunkelroten Hartschalenkoffer. Ich griff nach Unterwäsche, Socken und Schlafanzügen, rollte diese zu kleinen Schläuchen, dann packte ich sie in die Lücken zwischen den Klamottenbergen. Zum Schluss folgten Tücher, die ich um jeden Kleidungsturm hüllte, und meine Beautytasche sowie Make-up, Pinsel und Haaraccessoires.

Nachdem alles – für mein Befinden ästhetisch – einsortiert war, schloss ich zufrieden den Koffer und zog mir das Outfit an, das ich von den Stapeln übriggelassen hatte: Eine bequeme grau karierte Stoffhose, ein dunkelgrünes T-Shirt mit dem weißen verschnörkelten Schriftzug „Coffee" auf der Brust eingestickt und ein beiger Cardigan, den ich für die Ankunft in Irland in meine große, braune Ledertasche packte.

Ich nahm mir ein Lipgloss aus meinem Schminktisch, beugte mich hinunter zum Spiegel und trug die blassrote Farbe meiner liebsten Make-up-Marke *Zodiac Cosmetics* auf meine Lippen auf. Zwar sah ich immer noch aus, als hätte ich zwei Wochen durchgehend geheult – was der Fall war –, aber immerhin glänzten meine Lippen jetzt in einem frischen Ton.

Erfreut bemerkte ich, dass mein Pony gar nicht so bescheiden lag wie die vergangenen Tage. Zufrieden schmiss ich das Gloss in meine Tasche, schulterte sie auf und schnappte mir meinen Koffer. Dann verließ ich mit einem breiten Grinsen mein Zimmer. Molly wuselte mir schnurrend um die Beine, als wollte sie sich von mir verabschieden.

Ich ging in die Hocke und kraulte die weiße Katzendame hinter den Ohren. „Pass du mir schön auf Mom auf, solange ich weg bin. Und wenn Elaine vorbeikommt, beiß ihr in den kleinen Zeh. So, dass es richtig zwickt.“ Molly mauzte zustimmend, was mich zum Kichern brachte.

Voller Vorfreude wandte ich mich von ihr ab. Als ich meinen Koffer anhob, um ihn die Treppe hinunter zu tragen, blieb mir kurz die Luft weg, so schwer war er. Hoffentlich musste ich keine Extragebühr bezahlen, weil ich das Maximalgewicht an Gepäck überschritten hatte. Ich hievte das schwere Teil die Stufen hinunter und gesellte mich zu meinen Freundinnen ins Wohnzimmer.

„Ich bin startklar!“

„*Yay*!“ Ashley klatschte in die Hände, sprang von der Couch auf und umarmte mich. „Das wird großartig, das verspreche ich dir“, flüsterte sie mir ins Ohr.

Triss blieb in ihrem Sessel sitzen und schaute auf ihr Smartphone. „Der Uber-Fahrer ist vor zehn Minuten los und müsste in sieben Minuten hier eintreffen, laut der App.“

Meine Mom kam aus der Küche. „Lass dich drücken, Spätzchen!“ Sie umarmte mich fest und ein lieblicher Duft nach Kaffee und Zimt wehte mir in die Nase. „Ich finde es super, dass du auf die Mädels hörst. Du wirst auch ohne Gregg ganz viel Spaß in Irland haben. Du solltest dir von nichts und niemandem deinen Traum vermiesen lassen. Immerhin wolltest du seit Grannys Tod ihre Heimat besuchen. Hab ganz viel Spaß und schick mir ein paar schöne Bilder.“

Nacheinander gingen wir in den Flur, um unsere Schuhe anzuziehen. Ashleys schicke Gucci-Stiefeletten wirkten neben den schwarzen Plateau-Overknees von Triss mit den unzähligen silbernen Schnallen noch teurer als ohnehin schon. Ich holte ein paar braune Boots aus Kunstleder zum Schnüren aus dem Schuhschrank. Diese hatte ich mir nach meinem Friseurbesuch in der Mall geholt. An der Kasse hatte die Kassiererin unweigerlich die Frage gestellt, die kommen musste, da kein Mensch in Florida solche Stiefel brauchte: „Wo geht es denn hin damit?“

In diesem Moment war mir schmerzlich eingefallen, dass Gregg und ich nicht nach Irland fliegen würden und ich gerade ein Paar Schuhe kaufte, die im Schrank verstauben würden. Umso schneller schlug mein Herz nun bei ihrem Anblick. Ich flog doch nach Irland! Freudestrahlend drehte ich mich zu den Mädels um. Triss hatte einen Fuß auf der Treppe abgestellt und zog gerade den Reißverschluss ihrer Overknees zu. Ashley betrachtete ihre Frisur im Spiegel.

„Hab ich mich eigentlich schon bei euch bedankt?“, fragte ich.

Beide drehten sich zu mir um. „Nö, bis jetzt noch nicht“, sagte Triss mit einem süffisanten Grinsen.

Ashley schenkte ihr einen ermahnenden Blick und mir ein liebevolles Lächeln. „Das musst du auch nicht. So ein *Girls Trip* ist doch selbstverständlich nach einer Trennung.“

Ich blinzelte mir eine Träne weg und umarmte beide. „Danke trotzdem!“

„Bei mir kannst du dich mit einem Kaffee am Flughafen bedanken, *bitch*!“

„Beatriiix!“ Mit tadelndem Blick erschien meine Mom im Türrahmen.

In diesem Moment klingelte es und Triss sprintete zur Tür. „Sorry, Mrs Baker!“

Ich umarmte meine Mom noch ein letztes Mal. „Grüß Dad von mir, wenn er aus dem Golfclub zurückkommt.“ Dann gab ich ihr einen Kuss auf die Wange und folgte Triss und Ashley nach draußen.

Als ich das silberne Auto sah, das auf uns wartete, und der junge Mann mir meinen Koffer abnahm, realisierte ich es immer mehr: Ich würde nach Irland fliegen. Ohne Gregg, allein mit meinen besten Freundinnen. Das war definitiv ein Moment, den ich mit einem Foto verewigen wollte. Und da fiel mir ein, was ich vergessen hatte.

„O mein Gott, Mädels! Meine Kamera.“

Ich drehte mich um, rannte nach oben in mein Zimmer und holte meine vintage Spiegelreflexkamera von Olympus aus der Kommode neben meinem Schreibtisch. In dem Moment bemerkte ich freudig, dass ihre braune Kameratasche perfekt zu meinen neuen Boots passte. Mit dem Fotoapparat unter dem Arm hüpfte ich, immer zwei Treppenstufen auf einmal nehmend, zurück zum Eingangsbereich. An der Haustür wartete Molly. Ich hob sie noch ein letztes Mal hoch und verpasste ihr einen Kuss auf die feuchte pinke Nase, bevor ich aus der Tür ging und zu den Mädels ins Auto stieg.

„Jetzt kann's losgehen!“

„Na dann …“ Triss beugte sich über ihren Rucksack, holte eine Flasche Sekt und drei Pappbecher heraus. „Auf unseren *Girls Trip*. Woop Woop! Sechs Wochen keine Uni und keine Sorgen, *bitches*!“

off to Ireland
PASSPORT
LET'S GO
ADVENTURE

Kapitel 3

Rosie

Killarney

Nachdem wir am Flughafen in Dublin angekommen waren und unser Gepäck am Rollband abgeholt hatten, waren wir in einen Bus gestiegen, der uns nach Killarney bringen sollte. Der Flug hatte zwölf Stunden gedauert, die Busreise weitere vier. Zusammen mit Einchecken, Warten und allem, was dazu gehört, war ich mittlerweile bald zwanzig Stunden wach. Eigentlich hätte ich müde sein müssen, doch das war ich nicht. Seit ich in den Bus eingestiegen war, starrte ich mit großen Augen aus dem Fenster und staunte über die wunderschöne Landschaft Irlands. Ich sah weitläufige Wiesen, großartige Wälder, gigantische Hügel und Schafe … Unmengen an Schafen! Mehr als Menschen in ganz Florida lebten.

Ashley schlummerte an meine Schulter gelehnt und Triss hatte es sich vor uns auf dem Doppelsitz bequem gemacht, den Kopf an die Scheibe gepresst, ihre Jacke über dem Gesicht und ihre Beine auf dem Polster. Beide verpassten den wunderschönen Ausblick.

Der Busfahrer griff zu seinem Mikrofon und eine laute Ansage dröhnte durch den Bus: „Liebe Gäste, in wenigen Minuten erreichen wir unseren letzten Halt: das schöne Städtchen Killarney. Bitte vergessen Sie keine Wertsachen und bringen Sie auch Ihren Abfall nach vorn in den dafür vorgesehenen Mülleimer. Vielen Dank, dass Sie mit uns gefahren sind. Bis zum nächsten Mal.“

Ich blickte mich im Bus um. Neben uns saß noch ein Pärchen, Mitte fünfzig. Alle anderen Passagiere waren vorher ausgestiegen. Vorsichtig weckte ich Ashley und Triss. Beide gähnten und schauten mich mit kleinen Augen an. Als der Bus hielt, schnappten wir unsere Taschen und stapften hinaus auf die Straßen des wunderschönen Orts Killarney.

Es war genau, wie ich es mir vorgestellt hatte. Überall waren die Blätter bereits dabei, die wunderschönen Rot-, Orange- und Gelbtöne des Herbstes anzunehmen, es roch nach Regen und der Himmel war grau und düster. Nur war es noch viel, viel kälter, als ich erwartet hatte. Zitternd schlang ich mir beide Arme um den Körper, während wir darauf warteten, dass der Busfahrer unsere Koffer aus dem Laderaum holte.

„Alter! Ich frier mir bei dem Wetter noch die Eierstöcke ab", fluchte Triss.

Auch Ashley bibberte und rieb sich mit den Händen wärmend über die Oberarme. „Ich denke, das schreit nach einer Shopping-Runde. Was meint ihr?" Ihre Augenbrauen tanzten vor Vorfreude.

„Nachdem wir zehn Stunden geschlafen haben, gerne."

Erschrocken blickte ich zu Triss. „Es ist hier gerade neun Uhr morgens. Wenn wir uns jetzt aufs Ohr hauen, haben wir den Jetlag des Todes! Wir sollten uns lieber ordentlich Koffein einflößen, den Tag durchmachen und heute Abend früh schlafen gehen. Sonst wirst du das volle zwei Wochen bereuen."

Ashley stimmte mir zu. „Da hat Rosie recht! Also einchecken, frühstücken und dann shoppen?"

Triss rümpfte die Nase, willigte aber ein. „Okay, meinetwegen, aber mein Koffeinkonsum heute geht auf euch." Dann nahm sie ihren Koffer von dem Busfahrer entgegen.

Ashley und ich lachten zustimmend. „Überredet. Unter einer Bedingung: Du darfst beim Shoppen nicht rumnörgeln." Auch Ashley nahm ihren Koffer und gesellte sich zu Triss.

Ich hörte noch, wie Triss sagte: „Wenn du mich mit genügend Getränken versorgst, sodass mein Mund immer voll ist, werde ich keine Gelegenheit zum Nörgeln haben." Dann nahm ich meinen dunkelroten Koffer und schaute mit den anderen beiden auf Ashleys Smartphone, in das sie die Adresse des Bed and Breakfasts eingegeben hatte.

„Das sind zwanzig Minuten zu Fuß. Darauf hab ich gar keinen Bock. Ich spendiere uns ein Uber, okay?"

„*Do you, girl*. Wenn du das Geld deines Dads für uns ausgeben willst, nur zu." Triss legte unserer Freundin einen Arm um die Schultern und schaute ihr dabei zu, wie sie ein Uber bestellte.

Ashleys Dad arbeitete bei Apple. Das Geld, das er dort verdiente, investierte er liebend gern in seine Tochter, als Wiedergutmachung für die wenige Zeit, die er mit ihr verbrachte. So hatte sie auch den Platz beim Modestudium bekommen, ohne eine Zeichenmappe vorweisen zu müssen. Dabei waren Ashleys Entwürfe der absolute Wahnsinn. Das Einzige, das sie zurückhielt, waren ihre niemals endenden Selbstzweifel. Wobei ich wahrscheinlich auch mein Können infrage stellen würde, wenn ich nicht wüsste, ob die Leute gut fanden, was ich tat, oder mir das nur vorheuchelten, weil mein Dad sie dafür bezahlte.

„Drei Minuten, dann ist das Uber hier", sagte sie und steckte ihr Smartphone in ihre Louis-Vuitton-Tasche. „Und hast du es dir so vorgestellt, Rosie?"

Für einen kurzen Moment hielt ich inne, nahm vollkommen gebannt meine Umgebung wahr. Die bunten, kleinen Häuschen, die weitläufige Straße, auf der uns noch kein einziges Auto entgegengekommen war, die Bäume, die so anders aussahen als in unserer Heimat. Alles wirkte genau wie auf Pinterest, nur noch besser. Denn zu dem visuellen Teil gesellte sich der Geruch junger Herbsttage, die unvergleichbare Stille und der frische Wind, der mich zwar zum Zittern brachte, mir jedoch auch gleichzeitig eine ganz andere Art der Geborgenheit schenkte.

Ich grinste bis über beide Ohren, sodass meine Wangen schmerzten. „Es übertrifft meine kühnsten Erwartungen. Die Landschaft ist der Wahnsinn, die Häuser sehen so geheimnisvoll aus und es riecht hier so atemberaubend nach Herbst, Freiheit und …“ Ich suchte nach dem richtigen Wort und saugte den betörend frischen, rauchigen Duft der Luft in mich auf. „Magie!“

Triss verdrehte amüsiert die Augen angesichts meiner überschwänglichen Freude und Ashley gluckste. „Ich glaube, du hast dein neues Studienfach gefunden: Poesie!“

Mir entfuhr ein Lachen, dann zuckte ich kurz zusammen, als ein schwarzes Auto hupend, mit heruntergelassener Scheibe, um die Ecke bretterte. Ein junger Typ mit dunklen Haaren rief: „Habt ihr das Uber bestellt?“

Ich blickte mich auf der menschenleeren Straße um. Das Pärchen, das mit uns im Bus gesessen hatte, war verschwunden, und auch sonst war neben uns weit und breit niemand zu sehen. Diese Tatsache und unsere drei riesigen Koffer erübrigten seine Frage.

„Killarney Boys sind *cute*, aber anscheinend nicht so helle, was?“, murmelte Triss, als sie an uns vorbeiging und dem jungen Fahrer ihren Koffer in die Arme drückte.

Ashley sah mich grinsend an. „Und Triss muss ihn übertrieben *cute* finden, sonst hätte sie das so laut gesagt, dass er es gehört hätte.“

Ich lachte und folgte meinen Freundinnen zum Auto. Zusammen mit Ashley nahm ich auf der Rückbank Platz, um Triss die Gelegenheit zu geben, sich neben den süßen Fahrer zu setzen. Ich betrachtete ihn, als er einstieg. Ja, er sah nicht schlecht aus mit seiner blassen Haut, den dunklen Haaren und dem breiten Kreuz. Ganz anders als die Surfer-Boys in Tallahassee. Ganz anders als Gregg.

Bei dem Gedanken an meinen Ex-Freund mit seiner braungebrannten Haut, den sonnengeküssten blonden Haaren und den honigfarbenen Augen schnürte sich meine Kehle zu. Eigentlich wäre Gregg jetzt an meiner Seite gewesen. Doch er bevorzugte es, seiner Karriere als Profi-Surfer nachzugehen, wobei er sich nicht mehr länger von einer Frau ablenken lassen durfte, wie er meinte. Zumal er sein Training nicht verpassen durfte, um mit mir in so einem langweiligen Land wie Irland zu studieren. Geschichte hatte er sowieso nur gewählt, um seine Eltern glücklich zu stimmen.

Tränen bildeten sich unaufhaltsam in meinen Augen, als ich an die letzte Konversation mit ihm dachte. Seine Meinung war aus dem Nichts gekommen, ich hatte keine Anzeichen gesehen. Umso schmerzhafter hatte es mich getroffen, als er an unserem Jahrestag den Schlussstrich gezogen, mich aus seiner Wohnung geworfen und unsere gemeinsame Zukunft mir nichts, dir nichts an den Nagel gehängt hatte.

Ich versuchte, unbemerkt die Tränen, die nun über meine Wangen liefen, mit den Ärmeln meines Cardigans wegzuwischen. Eigentlich war ich keine Heulsuse, abgesehen von den vergangenen zwei Wochen … Doch besonders in der Öffentlichkeit vermied ich es, meine Gefühle so zur Schau zu stellen. Jetzt forderte der Schlafentzug allerdings seinen Tribut.

„Rosie! Alles okay?“ Ashley legte ihre Hand auf meine Schulter.

Ich zwang mich zu einem Lächeln. „Ja, es ist alles gut. Ich musste nur daran denken, dass ich jetzt eigentlich mit Gregg hier gewesen wäre …“

Ashley nahm meine Hand und drückte sie fest. Mit entschlossener Miene drehte sich Triss zu mir um. „Ja, das wärst du. Und dann? Weißt du, was du dann gehabt hättest?“

Verdutzt legte ich den Kopf schief. „Eine romantische Zeit zusammen mit meinem Freund?“

Triss seufzte. „Genau. Nicht annähernd so viel Spaß wie mit uns. Und dir würden die ganzen hübschen Irländer entgehen, die du in den nächsten sechs Wochen der Reihe nach vernaschen kannst." Sie legte ihre Hand auf die Schulter des Fahrers. „Wie ihn zum Beispiel."

Der Mann räusperte sich. „Ähm … ich muss deiner Freundin recht geben. Du bist echt ein hübsches Ding und solltest nicht wegen eines Kerls heulen, der dich nicht zu schätzen weiß." Triss' Augenbrauen tanzten und sie zwinkerte mir zu. „Aber für mich hast du leider das falsche Geschlechtsteil zwischen den Beinen. Sorry, *girl*!"

Wir drei wechselten einen Blick. Ashley und ich brachen in schallendes Gelächter aus in Anbetracht von Triss' enttäuschter Miene. Der Fremde hatte es geschafft, meine Gedanken von Gregg wegzubringen und auf die Wochen zu lenken, die vor uns lagen. Ich würde nicht im schönsten Land der Welt meine Zeit mit Liebeskummer verschwenden. Triss hatte recht. Ich war in Irland, verdammt nochmal. Mein Kindheitstraum war in Erfüllung gegangen und das würde ich genießen. In vollen Zügen! Und wenn es sich ergab, würde ich auch die irischen Männer auf Herz und Nieren prüfen. Warum auch nicht? Man lebte schließlich nur einmal und so schnell würde ich nicht wieder die Gelegenheit haben, in dieses wunderschöne Land zu reisen.

Als das Auto vor dem Bed and Breakfast hielt, das Ashley und Triss ausgesucht hatten, fiel mir glatt die Kinnlade herunter. Das wunderschöne, alte Gebäude verströmte ein mystisches Flair. Es lag kurz außerhalb der Stadt, weshalb drumherum nur weite Wiesen, Felder und entfernte Wälder zu sehen waren. Und natürlich gab es auch hier: Schafe. Eine Vielzahl der fluffigen weißen Tiere stand um das Haus verteilt, kaute Gras oder döste vor sich hin.

Nachdem der Fahrer unsere Koffer aus dem Auto geräumt hatte, holte er einen Flyer hervor, den er Triss in die Hand drückte. „Mein Bruder und ich haben zusammen mit unserer Magier-Gruppe morgen einen Auftritt unten in der Stadt im ‚O'Connors' – das ist das beste Pub im Umkreis von fünfzig Kilometern. Wenn ihr Lust habt, seid ihr herzlich eingeladen. Sagt am Eingang einfach, dass ihr Gäste von Liam seid, dann müsst ihr keinen Eintritt zahlen. Ich geb vorher Bescheid, dass drei hübsche Amerikanerinnen vorbeikommen." Er zwinkerte und setzte sich wieder hinters Steuer.

Triss beugte sich noch einmal durch das offene Fenster ins Auto. „Sag mal, dieser Bruder … ist de–"

Ein Grinsen zierte Liams Gesicht. „Zwei Jahre älter als ich und eine Hete aus dem Bilderbuch. Und single noch dazu."

Mit einem zufriedenen Grinsen entfernte sich Triss vom Fahrzeug und sah dabei zu, wie Liam aus der Einfahrt fuhr. Dann wandte sie sich an Ashley und mich. „Lust auf ein paar Zaubertricks, *bitches*? Vielleicht ist das ja so eine Magie wie bei ‚Magic Mike'. Ihr versteht schon: Abrakadabra Simsalabim, wo sind nur unsere Klamotten hin?"

Ashley und ich kringelten uns vor Lachen. „Triss, wie lange ist dein letztes Mal her?"

Ihr Blick wanderte in die Ferne und sie zählte die Wochen an ihren Fingern ab, was Ashley und mich nur noch mehr zum Lachen brachte. „Zu lange auf jeden Fall, *girls*. Ich freue mich auf Frischfleisch und eine neue Nation. Der Akzent ist schon mal zum Dahinschmelzen. Mal sehen, was die Männer hier für versaute Fantasien haben." Sie quetschte sich zwischen uns und legte Ashley und mir je einen Arm um die Schultern. „Und die Frauen natürlich", sagte sie zu Ashley gebeugt. „Die irischen Mädels haben es sicher faustdick hinter den Ohren. Rothaarige sollen ja wild sein im Bett." Mit einem breiten Grinsen drehte sie ihren Kopf zu mir. „Du musst das jetzt auch sein, Wildkatze. Diese Haarfarbe bringt einige Verpflichtungen mit sich."

Mir tat mittlerweile der Bauch weh vor Lachen. Triss würde dafür sorgen, dass uns in den nächsten Wochen ganz sicher nicht eine Minute langweilig wurde. Und ich war mir sicher, dass sie es auch schaffen würde, Gregg vollends aus meinem Kopf zu vertreiben. Sie oder die irischen Männer, mit denen sie mich verkuppeln würde.

Als wir uns wieder beruhigt hatten, gingen wir den Weg zum Bed and Breakfast hoch. Über dem Eingang stand in goldenen, von der Zeit gekennzeichneten Lettern *Griffin's Brew*. Der Name gefiel mir. Er hatte etwas Mystisches und kam mir leise bekannt vor. Doch ich hatte keine Zeit, darüber nachzudenken, woher. Denn im nächsten Augenblick durchschritten wir die Eingangstür und der Anblick raubte mir den Atem. Das Ambiente des süßen Häuschens überstieg meine kühnste Vorstellungskraft. Ich fühlte mich wie in einen kitschigen Liebesfilm hineingezogen, in dem die Protagonistin das Haus ihrer Träume betrat – anders konnte ich es nicht beschreiben.

Der Boden war mit einem warmen Kirschholz verkleidet und die Wände im Eingangsbereich rund um die Rezeption waren bis unter die Decke mit Regalböden bedeckt, auf denen unzählige Bücher standen. Beinahe wie in einer alten Bibliothek.

In den Ecken befanden sich dunkelrote und gelbe Sessel, die zum Verweilen und Lesen einluden. Im Kamin daneben knisterte ein loderndes Feuer. Als die Rezeptionistin aus dem Hinterzimmer an den Anmeldetresen kam, wollte ich quieken. Eine wunderschöne junge Frau, Mitte Zwanzig, mit atemberaubenden naturroten Locken und Sommersprossen im ganzen Gesicht, strahlte uns mit ihren froschgrünen Augen entgegen. Sie trug einen senfgelben Minirock aus Cord, darüber einen weißen hautengen Rollkragenpullover und schwarze Overknees-Socken, dazu braune Lackschuhe.

Meine Hand schnellte sofort zu meiner Kameratasche, am liebsten hätte ich von ihr direkt ein Bild gemacht, doch ich hielt mich zurück. Menschen einfach so zu fotografieren, schickte sich nicht. Auch wenn es mir sehr schwerfiel, mich zu beherrschen. So wie sie aussah, stellte ich mir den Herbst vor, wenn er eine Person wäre.

Nicht nur ich schien von der Frau hin und weg zu sein, auch Ashley fand ihre Worte nicht, als Triss sie darauf aufmerksam machte, dass sie die Buchungsdaten verwaltete. „Cook, Ashley Cook. Ein Zimmer, drei Freundinnen. Platonische Freundinnen. Alle single."

Als ich bemerkte, warum Ashley die Frau so anstarrte und dass es ein vollkommen anderer Grund war, als der, weshalb ich meine Augen nicht von ihr lassen konnte, eilte ich ihr zur Hilfe. „Was meine Bekannte sagen möchte: Wir haben ein Zimmer reserviert, auf Ashley Cook. Es wäre klasse, wenn wir frühzeitig einchecken könnten. Wir haben einen zwölfstündigen Flug und eine lange Busfahrt hinter uns."

Die Frau hinter der Anmeldung grinste. „Einen kleinen Moment, ich prüfe schnell unser System." Ihr irischer Akzent war hinreißend. Stärker hörbar als bei Liam oder dem Busfahrer. Sie tippte konzentriert etwas in den Computer, bevor sie den Telefonhörer in die Hand nahm. „Gordon! Hey, hast du schon das Zimmer 13 fertig? Nein? Wo bist du grad? Zimmer 6?" Die Frau blickte zu uns und biss sich auf die Lippe. „Kannst du die 13 vorziehen? Hier sind drei Amerikanerinnen, die eine weite Anreise hinter sich haben und sich gern etwas frisch machen würden, bevor der Jetlag sie umhaut. Ja? Spitze! Wie lange brauchst du?" Sie wartete einen Moment, dann bedankte sie sich bei Gordon und legte auf. Als sie wieder zu uns sah, richtete sie ihren Blick auf Ashley. „Ich habe unseren Concierge gebeten, euer Zimmer vorzuziehen. In dreißig Minuten sollte er fertig sein. Bitte nehmt doch solange am Kamin Platz und wärmt euch auf. Wenn ihr möchtet, bringe ich euch einen Kaffee aufs Haus."

„Du bist eine Lebensretterin, –", Triss' Augen huschten zu dem Namensschild der jungen Frau, „Imogen." Sie leckte sich die Lippen und ich wusste, dass sie sich einen dummen Spruch zu Imogens Namen verkniff.

„Gastfreundschaft wird im *Griffin's Brew* großgeschrieben. Irgendwelche Spezialwünsche bei euren Getränken? Cappuccino, Latte Macchiato, Hafermilch, Pumpkin Spice?"

Mir entfuhr ein Schluchzen. Tränen rannen mir die Wangen hinunter. Alle Blicke lagen nun auf mir. Triss wandte sich an Imogen und versuchte meinen Tränenausbruch zu erklären. „Du musst sie entschuldigen. Rosies Ex hat sie vor Kurzem verlassen und seitde–"

„Das ist es nicht!" Wieder wischte ich mir mit den Ärmeln meines Cardigans die Tränen aus dem Gesicht. Wie war das nochmal? Ich heule eigentlich nicht oft? Wer's glaubt, wird selig. „Ich finde es hier nur so wunderschön und als du Pumpkin Spice mit Hafermilch erwähnt hast, konnte ich nicht mehr an mich halten. Ich fühle mich gerade, als würde ich träumen."

Die drei lachten. Imogen nahm ihre Bestellungen auf. „Okay, Rosie. Einen Pumpkin Spice Latte mit Hafermilch für dich. Nichts lieber als das, wenn dich so etwas Simples zu Tränen rührt, ist es mir eine Ehre." Ihr Blick ging zu Triss. „Ich lass mal meine Menschenkenntnis spielen: Espresso mit zwei Päckchen Zucker?" Triss wirkte beleidigt, obwohl Imogen richtig lag. Sie öffnete den Mund und schloss ihn wieder, ohne etwas zu sagen. Dann nickte sie stumm. Eine sprachlose Triss – das war neu!

Mit einem zufriedenen Grinsen wandte sich Imogen an Ashley. „Mhm … und womit kann ich dir eine Freude bereiten? Eine heiße Frau wie du braucht vielleicht eher eine Cola mit extra Eis als Abkühlung?"

Triss und ich rissen angesichts dieses Kommentars beide die Augen auf. Ashleys Gesicht war mittlerweile so rot, dass die purpurnen Sessel am Feuer dagegen blass erschienen. Ich hatte die Vermutung, sie würde vor sich hin stottern oder einfach nur nicken, doch dann überraschte mich meine Freundin.

„Mit etwas Prickelndem liegst du schon ganz richtig, aber bring mir doch zur Feier des Tages gerne einen Prosecco."

Imogen grinste, dann ging sie in den Hinterraum, um ihre Getränke zu holen. Ashley drehte sich zu Triss und mir um und hielt sich beide Hände vor den Mund. „Habt ihr das gehört?"

„Haben wir und du hast das richtig gut gemeistert", sagte ich.

Triss legte ihr einen Arm um die Schultern. „Ich bin stolz auf dich, *bitch*!"

Ashley grinste und gemeinsam gingen wir zu den Sesseln neben dem Kamin. Ich schlenderte an der Bücherwand vorbei, mein Blick schweifte über die Titel. Es gab Dickens, Shakespeare, Hemingway und viele weitere großartige klassische Schriftsteller. Zwischen all den legendären, englischen Werken standen viele Bücher mit runenartigen Symbolen, die ich nicht entziffern konnte. Ein besonders dickes schwarzes Buch mit goldener Schrift erweckte meine Aufmerksamkeit. Ich zog es heraus. Der Einband war über und über mit diesen Symbolen versehen. Das Buch hatte keinen englischen Titel. Auch als ich die Seiten durchblätterte, konnte ich keine englischen Worte finden, geschweige denn Wörter einer anderen Sprache, die auf unseren lateinischen Buchstaben basierte. Trotzdem zog mich das Buch in seinen Bann. Neben den Runen, die ich nicht entziffern konnte, waren auf der ein oder anderen Seite Zeichnungen abgebildet. Geister, Fabelwesen und verschiedene Kräuter waren darauf zu sehen. Ob es sich wohl um ein Märchenbuch handelte?

Dieses Werk faszinierte mich so, dass ich mich damit in einem Sessel niederließ, um es weiter zu studieren. Auch wenn ich daraus nicht schlau wurde, die Bilder erzählten ihre ganz eigene Geschichte.

Nach kurzer Zeit kam Imogen mit unseren Getränken und stellte sie vor uns auf den Tisch. Sie musterte mich und das Buch in meinen Händen. „Rosie, kannst du lesen, was da steht?"

Ich blickte von dem Buch auf. „Nein. Aber die Bilder sind wunderschön. Welche Sprache ist das? Griechisch oder Kyrillisch?"

„Weder noch, das sind altirische Runen. Keltisch, schwer zu entziffern."

Ich nickte. „Ein wunderschönes Buch." Mit den Fingern fuhr ich zärtlich über die Seiten.

„Und unfassbar selten. Ich muss dich bitten, dein Getränk nicht darüber zu trinken."

Schweren Herzens klappte ich den dicken Schinken zu. „Natürlich, das verstehe ich. Ich stelle es wieder zurück ins Regal, keine Sorge." Dann stand ich auf, um das Buch an den Ort zurückzubringen, wo ich es herhatte.

Imogen musterte mich. „Du darfst es dir gern weiter ansehen. Nur eben mit Vorsicht."

Ich nickte, setzte mich und griff nach der herrlich duftenden Kaffeekreation. Ein Hauch von Zimt, Nelke und Kürbisaroma vermischte sich mit dem holzig-rauchigen Duft des Kaminfeuers. Mir lief das Wasser im Mund zusammen, noch bevor ich den ersten Schluck trinken konnte.

Imogen stand immer noch vor mir und beobachtete mich. „Wie alt bist du, Rosie?"

Ich leckte mir den Schaum von der Oberlippe, in der Zeit antwortete Triss für mich. „Morgen wird unsere Rosie endlich einundzwanzig. Unter anderem deswegen sind wir auch hier. Um ihren Geburtstag gebührend zu feiern."

„Mhm …" Imogens Blick lag immer noch auf mir und begann mir Angst einzujagen. Seit ich dieses Buch in den Händen gehalten hatte, schien sie mich genau zu analysieren. Oder bildete ich mir das nur ein?

Ich musste es mir einbilden, denn einen Wimpernschlag später erschien ein Lächeln auf ihrem Gesicht und sie wandte sich wieder an Ashley und Triss. „Und wie alt seid ihr?"

Ashley übernahm die Antwort, nachdem sie ihren Prosecco in einem Zug geleert hatte. „Ich bin zweiundzwanzig und Triss ist vor einem halben Jahr einundzwanzig geworden. Und du?"

„Vierundzwanzig." Das Telefon an der Rezeption klingelte und Imogen entschuldigte sich.

Ashley beugte sich zu ihnen und versuchte zu flüstern. „Girls, Imogen ist so *hot*. Ich komm nicht drauf klar."

Ich kicherte. „Ach, was du nicht sagst."

Triss stimmte in mein Kichern ein. „Wir haben schon den ersten Urlaubs-Flirt und mussten dazu nicht mal unsere Unterkunft verlassen. *Bitches*, das wird der Sexurlaub unseres Lebens!"

„Triss!", sagten Ashley und ich aus einem Munde.

„Ach, jetzt seid nicht so prüde." Dann leerte sie ihren Espresso mit Zuckerschock-Garantie.

Imogen brachte uns die Schlüsselkarten. „Zimmer 13 ist fertig. Einmal in den ersten Stock und die zweite Tür links. Viel Spaß und ruft durch, wann immer ihr mich braucht."

„Ashley wird dich ganz sicher brauchen, ähm … ich meine, durchrufen, wenn wir dich brauchen. Freud'scher Versprecher, sorry."

Bei Triss' Worten entgleisten Ashley alle Gesichtszüge. Sie mied Imogens Blick und verpasste dadurch das Zwinkern, das Imogen ihr schenkte. Zu sehr war Ashley damit beschäftigt, Triss böse anzufunkeln.

Im Aufzug zum ersten Stock platzte Ashley der Kragen. „Triss, du bist einfach *ultra* peinlich. Nicht jeder Mensch ist so offensiv wie du! Kannst du mich das Ganze bitte in meinem Tempo machen lassen?"

Mit verschränkten Armen betrachtete Triss ihre Freundin. „Wenn ich dich in deinem Tempo agieren lassen würde, wäre unsere Zeit hier rum und ihr beide hättet noch nicht mal Händchen gehalten. Ash, wir sind im Urlaub, da musst du ein bisschen aufs Gaspedal treten."

Ich sah eine Ader an Ashleys Stirn pulsieren und wusste genau, wie ich Schadensbegrenzung betreiben konnte, bevor die beiden sich noch an die Gurgel gingen. „Also Imogen schien ziemlich angetan von Triss' Vorschlag, dass du dich meldest, wenn du sie brauchst." Ashleys Blick glitt zu mir. „Während du Triss in Gedanken mit dem Kopf voran in den Kamin gesteckt hast, hat sie dir nämlich zugezwinkert."

„Ha– hat sie?"

Ich grinste meiner Freundin entgegen. „Und wie! Ich habe da auf jeden Fall Funken zwischen euch beiden gesehen und nicht gerade wenige!"

Ein breites Grinsen stahl sich auf Ashleys Gesicht, als die Türen des Fahrstuhls aufgingen und wir zusammen den ersten Stock betraten. „Siehst du, bedank dich ruhig später bei mir", sagte Triss. Ashleys bissiger Kommentar ging in meinem Staunen unter, als wir das Zimmer betraten.

Die gemütliche, urige Einrichtung aus der Eingangshalle setzte sich auch hier fort. Der Boden bestand aus dunkelbraunem Kirschholz und die Wände waren in einem wunderschönen bordeauxrot tapeziert. Im Hauptraum standen drei Betten mit rot karierter Bettwäsche, ein Schreibtisch und ein senfgelber Sessel. An der Seite, die den Schlafbereich vom Bad trennte, klebte eine Spiegelwand aus zweiunddreißig kleinen Spiegeln, alle mit einem schwarzen Rahmen versehen.

Ich stellte meinen Koffer vor das Bett neben der Spiegelfront und lief ins Badezimmer. Am liebsten hätte ich schon wieder geheult, aber ich riss mich diesmal zusammen. Auch wenn der Anblick dieser Wohlfühloase das wirklich schwer machte. Der

Boden war in Schieferoptik gehalten, die Fliesen an den Wänden strahlten in einem warmen Beige. Es gab zwei runde Waschbecken mit matt schwarzen Wasserhähnen im Landhausstil, den ich so sehr liebte. Darunter hing ein geräumiger Schrank aus Kirschholz, in dem wir locker all unsere Sachen unterbringen konnten. Doch das Highlight des Raums war die frei stehende weiße Badewanne mit matt schwarzen Armaturen und verschnörkelten Füßen.

Ich legte meine Handtasche und meine Kamera auf ein leeres Regalbrett an der Wand, dann ging ich zurück in den Hauptraum und schlang meine Arme fest um Ashley. „Du bist die Beste, Ash! Ich kann nicht glauben, wie schön es hier ist! Das übertrifft all meine Vorstellungen!"

Sie erwiderte meine Umarmung und strich mir sanft übers Haar. „Wenn du das schon so cool findest, dann bin ich ja gespannt, was du zu deiner Geburtstagsüberraschung sagst."

Ich ging einen Schritt zurück und starrte sie ungläubig an. „Geburtstagsüberraschung? Ist die Reise hierher nicht schon genug?"

Triss zog sich die Boots aus und warf sich auf das Bett am Fenster. „Weil wir so tolle Freundinnen sind, haben wir auch noch einen atemberaubenden Ausflug für morgen geplant. Aber mehr verraten wir dir nicht. Es ist schließlich eine Überraschung." Sie verschränkte die Arme hinter dem Kopf und starrte an die Decke. „Aber abends gehen wir zu der sexy Magiershow, das ist euch sicher bewusst."

Ashley und ich kicherten, dann blickten wir uns an und nickten uns zu. Gemeinsam gingen wir zu Triss hinüber, nahmen jede einen Arm von ihr und zogen sie vom Bett. „Du brauchst dich gar nicht erst hinzulegen", sagte Ashley. „Am Ende schläfst du ein, wir bekommen dich nicht wach und dann hast du den Jetlag des Todes. So nicht. Wir machen uns jetzt fertig und dann geht's ab in die Stadt."

Widerwillig stimmte Triss ein. „Okay, fein. Aber die sexy Magiershow morgen Abend steht?"

Ich kicherte. „Auch wenn ich bezweifle, dass sie sexy wird, können wir dort sehr gern hin. Aber jetzt ziehen wir uns alle etwas Herbstliches an, ich will Bilder machen."

Griffin's
Brew

Kapitel 4

Rosie

Rosies 21. Geburtstag

Am nächsten Morgen wachte ich benommen auf. Alles um mich herum drehte sich und ich fühlte mich bescheiden.

Ich spürte Ashleys Blick auf mir. „Geht es dir besser?“

Als ich mich aufsetzte, begann mein Kopf widerlich zu pochen. Der Schmerz zog mir durch die Knochen und ich konnte nur mit Mühe und Not ein Würgen unterdrücken. Als Antwort schüttelte ich den Kopf.

„Ich wusste gar nicht, dass du so wenig Alkohol verträgst, *bitch*. Da musst du aber ein bisschen trainieren, jetzt wo du legal die harten Sachen trinken kannst.“ Triss reichte mir ein Glas Wasser.

Nachdem ich einen Schluck genommen hatte, der meinen Magen erneut rebellieren ließ, wischte ich mir mit dem Handrücken über den Mund. „Das kann nicht nur der Alkohol sein. Ich hab doch gestern kaum was getrunken. Einen Aperol in dem Club und einen Prosecco zum Anstoßen an Mitternacht und dann ging es schon los.“ Ich erinnerte mich daran, wie ich nach Ashleys und Triss’ Glückwünschen den Waschraum des Clubs aufgesucht und die restliche Nacht über der Schüssel gehangen hatte, bevor wir zurück ins *Griffin’s Brew* aufgebrochen waren. Hier war es genauso weitergegangen, bis ich dann um kurz vor drei die Augen geschlossen hatte und eingeschlafen war. „Vielleicht war es der Alkohol in Kombination mit dem sich anbahnenden Jetlag? Oder mir hat irgendwer etwas ins Getränk gemischt."

Meine Freundinnen wechselten einen besorgten Blick. „Scheiße, meinst du echt?", fragte Triss entrüstet.

„Hast du dein Getränk unbeaufsichtigt irgendwo stehen lassen?", wollte Ashley wissen.

Ich versuchte, mich zu erinnern. „Puh, das mit dem Sekt ging um Mitternacht auf einmal so schnell. Durch eure Umarmung und die Glückwünsche hatte ich unsere Gläser bestimmt einige Zeit nicht im Auge, es kann gut sein, dass mir da jemand was ins Getränk gemischt hat."

„Das war bestimmt dieser blonde Barkeeper. Der hat dich eh mit seinen Blicken ausgezogen", sagte Ashley. „Männer sind einfach widerlich. Stell dir mal vor, was hätte passieren können, wenn er dich vor uns im Bad aufgegabelt hätte. Als Teil des Personals wäre er niemandem aufgefallen, wenn er dich dort rausgeschafft hätte. Die anderen Frauen hätten gedacht, er hilft dir." Ashley steigerte sich total in ihre Theorie hinein, wie der Abend hätte enden können.

„Hätte, hätte, Fahrradkette. Ash! Jetzt mal doch nicht gleich den Teufel an die Wand. Es ist doch alles gut gegangen und wir merken uns einfach, dass wir in diesen Club erstmal keinen Fuß mehr hineinsetzen." Triss verschwand im Bad.

Ashley hob ermahnend den Zeigefinger. „Und unsere Drinks ab sofort besser im Auge behalten."

Triss kam zurück aus dem Badezimmer mit einer Schachtel in den Händen. „Auch das. Aber jetzt genießen wir Rosies großen Tag. Hier", sie reichte mir eine runde, weiße Pille, „nimm erstmal eine Schmerztablette, dann gehen wir ganz gemütlich frühstücken und schon bald sieht die Welt ganz anders aus."

Ich steckte mir das Dragee in den Mund, nahm einen Schluck aus meinem Wasserglas und spürte, wie es sich den Weg durch meine Speiseröhre bahnte. Dann stand ich vom Bett auf und begab mich ins Badezimmer.

Triss feuerte mich an. „So ist's gut. Wir haben heute schließlich noch viel vor, Rosie!"

Als sich die Fahrstuhltüren im Foyer öffneten, wehte mir ein Duftakkord nach dem anderen entgegen: Kaffee, Kaminholz, alte Bücher, Polstermöbel, Druckertinte, das Shampoo von Imogen, die freudestrahlend auf uns zukam. Die Kombination all dieser Eindrücke ließ meinen Magen erneut rebellieren.

„Rosie! Alles Liebe zum Geburtstag! Unsere Gäste bekommen von uns an ihrem Ehrentag eine Flasche Schampus oder einen Kuchen. Was darf's bei dir sein?"

Ich hielt mir die Hand vor den Mund und unterdrückte es, meinen Magensaft aufzustoßen bei dem Gedanken an Alkohol oder Gebäck. „Nichts von beidem, danke, Imogen."

Verwirrt musterte sie mich, ehe Ashley die Situation aufklärte. „Wir waren gestern in einem Club unten in der Stadt, ‚Panther's' hieß der, glaube ich." Imogen nickte, sie kannte den Laden also. „Rosie hat echt nicht viel getrunken, als es ihr urplötzlich um Mitternacht richtig schlecht ging. Wir glauben, jemand hat ihr etwas in den Drink gemischt."

Imogens Miene veränderte sich, ein rätselhafter Ausdruck huschte über ihre hübschen Züge. „Was hat sie denn getrunken?"

„Nur einen Aperol und um Mitternacht hat sie nicht mal ein ganzes Glas Prosecco gehabt, bevor sie aufs Klo verschwunden ist."

Imogens froschgrüne Augen ruhten prüfend auf mir. „Einundzwanzig bist du geworden, Rosie?"

Ich nickte und nahm vorsichtig die Hand von meinem Mund. Die Übelkeit war nicht in Gänze verschwunden, hatte sich aber so weit gelegt, dass ich sicher sein konnte, meinen Magensaft bei mir zu behalten. Nun plagte mich jedoch ein anderes Gefühl: Imogens Blick jagte mir einen eiskalten Schauer über den Rücken. Wieso starrte sie mich so an?

Und dann stellte sie eine Frage, die mich beinahe ohnmächtig werden ließ: „Schwanger kannst du nicht sein, oder?"

Triss lachte, doch meine Augen weiteten sich. Eiskalter Schweiß bildete sich auf meiner Stirn. Mir fielen die emotionalen Ausbrüche ein, die mich gestern überkommen hatten, jetzt die Übelkeit … Das wäre das Worst-Case-Szenario schlechthin. Vom Ex-Freund verlassen und schwanger von ihm. Ich glaubte, mich erneut übergeben zu müssen, diesmal aus anderen Gründen.

Triss bemerkte meine Reaktion auf diese Frage. „Girl! Wir hatten vor zwei Wochen simultan unsere Periode, du hast die Kupferspirale seit einem Jahr in dir und dein letztes Mal mit deinem Ex war wann?"

Eifrig spielte ich in meinem Kopf die letzten Wochen meiner Beziehung mit Gregg durch. Kurz vor unserer Trennung war er viel unterwegs gewesen, auf Surfwettbewerben. Das letzte Mal, dass wir beide miteinander geschlafen hatten, war zur Party zum Ende des Semesters gewesen, also vor zwei Monaten. Ich atmete erleichtert aus.

„Nein! Definitiv nicht schwanger." Ein Grinsen breitete sich auf meinem Gesicht aus, das auch die anderen erwiderten. Nur Imogen musterte mich weiterhin mit argwöhnischem Blick.

Ihr Gesichtsausdruck war immer noch genauso mysteriös wie zuvor, nur eine Spur verbissener. War sie etwa sauer, dass ich nicht schwanger war?

Im nächsten Moment schüttelte sie den Kopf und schenkte mir ein breites Lächeln. „Dann habe ich genau das Richtige für dich: ein Geheimrezept meiner Großmutter. Ich garantiere dir, nach diesem Wundertrank geht es dir im Nullkommanichts besser. Geht doch schon mal in den Speiseraum, bedient euch am Buffet und bestellt Kaffee. Ich komme sofort mit dem Muntermacher für dich, Rosie!"

An den Türen zum Frühstückssaal machte ich Halt. Wenn das Foyer eben schon eine Geruchsexplosion gewesen war, dann war ich jetzt in der absoluten Aroma-Hölle gefangen. Als Erstes wehten mir all die Dünste entgegen, die ich seit Jahren mied: Speck, Rührei, gepökelter Schinken, Lachs, Hering und gebratene Würstchen brannten sich in meine Nasenscheidewand. Ich blieb stehen.

„Sorry, Mädels. Geht ohne mich. Ich rieche Speck und andere tierische Produkte. Das ertrage ich heute nicht. Ich kotz euch sonst auf den Tisch. Ich warte am Kamin auf Imogen und diesen Wundertrank. Wir sehen uns nachher."

Ashley nickte mit besorgter Miene und auch Triss musterte mich liebevoll. Dann machte ich auf dem Absatz kehrt und setzte mich auf den bordeauxroten Sessel neben dem lodernden Kaminfeuer. Auch das holzige Aroma der Feuerstelle brannte in meiner Nase, aber alles war besser als totes Tier in der Pfanne.

Ich lehnte mich in dem weichen Polster zurück und schloss die Augen. Was war nur mit mir los? So einen fiesen Kater hatte ich wirklich schon lange nicht mehr gehabt.

Eine Männerstimme riss mich aus meinen Gedanken. „Ähm … Miss, entschuldigen Sie?" Ich öffnete die Augen und sah einen jungen Mann mit braungebrannter Haut, Anzug und Aktentasche vor mir stehen. „Ich möchte Sie nicht belästigen. Ich wollte Ihnen nur sagen, wie wunderschön ich Sie finde."

Nervös spielte ich mit den Händen an dem Ärmel meines weißen Pullovers. „Vielen Dank?" Ich war so überrascht von seinem Kompliment, dass meine Antwort wie eine Frage klang. Ich schluckte. Außer uns war keiner hier. Der Mann wirkte ungefährlich, trotzdem war ich froh, als Imogen wenig später aus dem Raum hinter der Anmeldung kam und er sich in dem Moment verabschiedete.

„Rosie! Willst du nichts essen?"

Sie drückte mir ein Glas mit dunkelroter, dicklicher Flüssigkeit in die Hände, die aussah wie Blut. „Es riecht nach Fleisch, das ertrage ich mit meiner Migräne nicht."

„Oh! Verstehe. Dann trink den Smoothie und dir geht es sicher bald besser." Die Glocke an der Eingangstür ertönte und Imogen drehte sich um. „Ich muss wieder zur Arbeit, aber Spencer scheint dir Gesellschaft leisten zu wollen."

„Spencer?" Kurz hatte ich Angst, dass sie den Mann im Anzug von eben meinte, doch dann deutete Imogen mit dem Finger auf einen schwarzen Kater, der mit den Gästen durch die Eingangstür gehuscht war und sich zu meinen Füßen zusammenrollte.

Schmunzelnd nahm ich einen Schluck der blutähnlichen Flüssigkeit. Gott sei Dank schmeckte sie nicht so, wie sie aussah, sondern angenehm beerig, mit einem Hauch von Ingwer, Zimt und … Ich vernahm das Aroma eines Krauts, das ich nicht zuordnen konnte. War es Salbei? Ich lehnte mich im Sessel zurück, betrachtete Spencer dabei, wie er sich sein Pfötchen putzte, vermisste unweigerlich Molly und trank immer wieder einen Schluck aus meinem Glas.

Nach wenigen Minuten stellte ich fest, dass die Kopfschmerzen verschwunden waren und ich auch den Geruch des Kaminfeuers nicht mehr unangenehm wahrnahm. Erleichtert atmete ich auf, stellte mein fast leeres Glas auf den Tisch und schlenderte die Buchregale entlang. Mein Blick wurde erneut von dem Buch mit dem schwarzen Einband und den goldenen Lettern angezogen. Doch als ich es aus dem Regal zog, bemerkte ich, dass es nicht das Buch war, das ich gestern in den Händen gehalten hatte. Denn die Buchstaben waren lateinisch. Nicht wie gestern unentzifferbare Runen. „Basiswissen der Hexenkunst" lautete der Titel. Ehe ich mich darüber wundern konnte, weshalb ein solches Buch in dem Foyer eines Bed and Breakfasts stand, drang Triss' Stimme an mein Ohr.

„Girl, du hast ein tolles Frühstück verpasst, aber wir haben dir ein Brötchen mit Humus mitgebracht und einen Apfel."

Ashley ergänzte Triss' Worte: „Damit du wenigstens irgendwas im Magen hast, wenn wir aufbrechen."

Ich stellte das Buch wieder zurück an seinen Platz und grinste meine Freundinnen an. „Ihr seid die Besten!" Dann bückte ich mich nach dem Glas und brachte es Imogen zurück an den Anmeldetresen. Auf dem Weg dorthin leerte ich den letzten Schluck.

Mit erwartungsvollem Blick hob Imogen den Kopf. „Und? Hat das Rezept meiner Omi geholfen?"

Ich nickte. „Und wie! Ich fühle mich wie neu geboren."

Imogens Gesicht zeigte mir unterschiedliche Reaktionen. Sie kniff ihre Augen zusammen, doch ihr Mund lächelte, als würde sie sich zu einem Grinsen zwingen müssen. Ich wurde nicht schlau daraus. Doch ehe ich ihr Verhalten genauer analysieren konnte, griff sie unter den Tresen und holte einen Flyer hervor.

„Wenn ihr heute Abend nicht schon ausgebucht seid, dann kommt doch gern ins O'Connors, das ist das Pub unten in der Stadt. Dort gibt es heute eine coole Zaubershow."

Grinsend nahm ich den Flyer entgegen. „Das stand sowieso auf der Tagesordnung, nachdem uns Liam gestern den Flyer im Uber in die Hände gedrückt hat. Und wir werden ganz sicher da sein, dafür wird Triss sorgen."

Imogen grinste. „Perfekt. Dann sehen wir uns spätestens da." Dann nahm sie das leere Glas vom Tresen.

Plötzlich schreckte ich einen Schritt zurück, als Imogens Augen violett aufleuchteten. Im nächsten Moment erschrak ich mich ein zweites Mal, da Spencer auf die Anmeldung sprang und laut schnurrte. Als ich erneut zu Imogen blickte, waren ihre Augen wieder froschgrün und sie musterte mich irritiert.

„Alles okay, Rosie?"

Ich schüttelte den Kopf. Das musste ich mir eingebildet haben. Vielleicht war das eine Nebenwirkung von dem, was auch immer mir diese Übelkeit beschert hatte. „Spencer hat mich nur erschreckt. Danke nochmal für den Trank." Dann wandte ich mich ab und ging zu Triss und Ashley.

Als wir zusammen in den Fahrstuhl stiegen, gab ich Ashley den Flyer und biss genüsslich in das Brötchen mit Humus. „Imogen wird heute Abend auch dort sein."

„Oh!" Ashleys Wangen liefen rosa an.

Wir alle drei blickten ein letztes Mal zu Imogen, bevor sich die Fahrstuhltüren schlossen. Hatte ich mir das violette Leuchten in ihren Augen wirklich nur eingebildet?

Kapitel 5

Rosie

Magische Showeinlage

Ich stand mit geschlossenen Augen an einer steinernen Klippe, unter mir das Meer und Kilometer um mich herum nichts als Natur. Bunte Blätter segelten durch die Luft. Die Umgebung roch nach Herbst, dem unverkennbaren Duft von Laub und Kastanien. Der Wind wehte mir durch die Haare und mein dunkelgrüner Mantel flatterte wie ein Superheldinnen-Cape hinter meinem Rücken. Ich fühlte mich frei, als könnte ich alles schaffen, als wären meine Probleme nur so groß wie einer der Grashalme unter meinen Füßen. Ein fester Tritt und sie würden sich in Luft auflösen.

Und tatsächlich fühlte sich mein Herz seit heute Morgen nicht mehr so schwer an. Die Gedanken an Gregg bereiteten mir keinen Kummer mehr. Vielleicht hatte der kurze Schock über eine mögliche Schwangerschaft alles andere überschattet und mein Hirn dachte sich nur noch: „Sei froh, dass du von diesem Idioten nicht auch noch ein Kind erwartest und genieße endlich diese wundervolle Insel, ohne deine Gedanken an ihn zu verschwenden."

Egal, was zu diesem Sinneswandel geführt hatte, ich freute mich darüber. Denn ich hatte genug Zeit damit verschwendet, Gregg hinterherzutrauern. Ich war jetzt einundzwanzig, eine neue Ära begann. Eine, in der ich mich in eine Rosie verwandelte, die ihre Lebensfreude nicht von einem Mann abhängig machte, sondern den Moment genoss und das Hier und Jetzt feierte.

Wie gerufen stellten sich Triss und Ashley neben mich, eine an jede Seite. Ich breitete meine Arme aus und zog meine Freundinnen zu mir heran. „Babes, ich liebe euch! Das ist das beste Geburtstagsgeschenk aller Zeiten. Und ich bin so froh, mit euch hier zu sein. Das ist so viel besser als mit Gregg! Ohne Witz, ich könnte grad platzen vor Glück."

Ashley legte ihren Kopf auf meine Schulter. „Schön, dass wir dir eine solche Freude machen konnten."

„Ich habe gehört, du gibst uns dafür heute Abend einen aus?", fragte Triss.

Als ich sie anblickte, sah ich ihre Augenbrauen tanzen. „Sekt aus dem Bauchnabel eines sexy Magiers, ich habe schon verstanden." Dann drehte ich mich um und tänzelte zurück zu unserem Mietwagen, einem roten Jeep Wrangler.

Auf halbem Weg machte ich Halt und zückte meine Kamera, die an einem Gurt um meinen Hals hing. Ich knipste ein paar Bilder von meinen Freundinnen vor der wunderschönen irischen Kulisse, dann wandte ich mich mit einem Grinsen zum Auto.

„Wir sollten jetzt zurück auf unser Zimmer und uns auftakeln. Triss will hübsch aussehen für Liams Bruder, Ashley für Imogen und ich –" Kurz wartete ich darauf, dass meine Freundinnen neben mir am Auto angekommen waren. „Ich will für mich hübsch aussehen. Schließlich habe ich heute Geburtstag!"

Triss stieg hinters Steuer. „Whoo Whoo! Yes! Diese Power will ich sehen! Let's go!"

„Bist du sicher, dass du nicht noch eine Jacke anziehen willst? Es wird kalt heute Nacht!", hörte ich Ashley zu Triss im Nebenzimmer sagen, während ich im Bad meine Haare zurechtzupfte.

Dieser verdammte Pony wollte partout nicht liegen. Drei Kreuze, wenn er wieder rausgewachsen war.

„Opfer muss man eingehen, wenn man jemanden bezirzen will", antwortete Triss. „Ich bezweifle, dass Imogen von dem strengen Sekretärinnen-Look angeturnt sein wird. Du zeigst ja nicht mal einen Zentimeter Haut mit diesem Rollkragenpulli."

Ich gesellte mich zu den beiden in den Nebenraum. Triss saß in einem ihrer üblichen knappen Outfits – von Kopf bis Fuß in Schwarz – auf dem Bett und zog einen Eyeliner, während sie in einen Handspiegel schaute. Ashley stand vor der Spiegelwand zum Bad. Mit einem Perlenohrring in der Hand blickte sie empört zu Triss und dann zu mir.

„Kannst du glauben, was sie über mein Outfit sagt?"

Ich musterte Ashleys Klamottenwahl. Zu einer grobmaschigen, warmen Strumpfhose trug sie einen karierten Bleistiftrock und einen weißen, enganliegenden Rollkragenpullover. „Nun ja …" Ich setzte eine entschuldigende Miene auf. „Sei mir nicht böse, Ash, aber selbst Blair Waldorf hat in ‚Gossip Girl' heiße Fummel angezogen, wenn sie Chuck verführen wollte."

Ashley kniff die Augen zusammen. Bei dem Vergleich mit ihrem Idol wurde sie hellhörig. Im nächsten Moment musterte sie mich von oben bis unten. „Ach, komm, sei nicht so scheinheilig! Als ob dein Poncho so sexy ist!"

„Der ist nur für unterwegs", sagte ich und öffnete den einzelnen Knopf am Kragen des kuschligen Pulloverersatzes. Zum Vorschein kam ein gewagtes Outfit, das ich so zu Hause in Florida noch nie angehabt hatte, wenn ich mit den Mädels unterwegs war. Doch hier traute ich mich, es anzuziehen. Frei nach dem Motto: Neues Land, neue Rosie.

„Uuuuh!" Triss ließ davon ab, den perfekten Wing zu kreieren, und sah mich perplex an. „Ich fass es nicht! Kaum wird sie einundzwanzig und ist single, fährt sie richtig auf. Genau so!" Sie wandte ihren Blick zu Ashley. „Kannst dir 'ne Scheibe von Rosie abschneiden."

„Okay, fein!“ Ashley legte ihren Ohrring mit Nachdruck auf den Nachttisch. „Wenn du mir was von dir leihst, dann kann ich heute auch mal einen auf sexy machen, wenn ihr das unbedingt wollt.“

Mit aufgerissenen Augen und einem breiten Lächeln sprang Triss vom Bett auf. „Ich darf Ashley Cook ein Makeover verpassen? Dass ich das noch erleben darf!“

Ich sah Ashley an, dass sie ihre Entscheidung bereits bereute. „Ein sexy Outfit, kein Makeover!“

Ich grinste und griff nach der goldenen Halskette meiner Großmutter. Ein wunderschönes Medaillon, auf dessen Vorderseite ein ungewöhnliches Symbol geprägt war. Schon als ich noch ganz klein war, hatte meine Granny mir erklärt, dass es sich dabei um eine Schutz-Sigille handelte. Meine Großmutter hatte viele alte Gegenstände mit seltsamen Symbolen in ihrer Wohnung gehabt, denen sie allen eine bestimmte Bedeutung zugesprochen hatte. In ihrer Küche hatte es immer nach Salbei gerochen und Granny hatte stets eine Kräutermixtur für jedes denkbare Wehwehchen parat gehabt.

Das Medaillon war ein Erbstück gewesen und ich hatte ein Jugendbild meiner Granny in die Innenseite gesteckt. Mit einem wehmütigen Lächeln legte ich es mir um, so wie ich es jeden Tag seit ihrem Tod tat.

Dann betrachtete ich mich im Spiegel. Ich hatte mich für eine enge schwarze Jeans im Used-Look entschieden, dazu trug ich ein goldenes Pailletten-Oberteil mit Spaghettiträgern und einem tiefen Ausschnitt. Dieses Teil war bei der Frust-Shopping- und Friseur-Aktion in meinen Kleiderschrank gewandert. Gregg hatte es nicht gemocht, wenn ich mich auf der Straße sexy anzog. „So etwas gehört ins Schlafzimmer“, hatte er gesagt. Doch auf ihn würde ich jetzt nicht mehr hören. Ich war meine eigene Frau und konnte anziehen, was ich mochte. Und heute wollte ich viel Haut zeigen und glitzernde goldene Pailletten.

Triss und Ashley kamen aus dem Bad und ich staunte wahrlich über das angekündigte Makeover. Ashley trug eine helle Jeans mit Schlag, die ihre Figur gut zur Geltung brachte, und dazu ein schwarzes Crop-Top. Die Haare waren zu einem lockeren Pferdeschwanz gebunden, ihre Perlenohrringe von Dior hatte sie gegen ein Paar goldene Creolen von mir getauscht und die Louis–Vuitton-Tasche war einer kleinen pelzigen Umhängetasche aus weißem Kunstfell gewichen.

Ich quiekte. „O mein Gott, Ash! Das steht dir so gut. Imogen werden die Augen aus dem Kopf fallen."

Ashley schmunzelte und zupfte an dem Saum des Crop-Tops. „Meinst du echt?"

„Ja, das meint sie echt! Jetzt hör auf rumzujammern, lasst mich noch meinen Wing zu Ende ziehen und meine Lashes kleben, dann bin ich ready to go!"

Ich war gespannt, was uns heute erwartete. Selbst wenn die Zaubershow ein Desaster werden würde, keine von uns dreien bei irgendwem landete und wir einfach nur todmüde ins Bett fielen, eins war sicher: Ich würde heute Spaß haben.

Die Fahrstuhltüren öffneten sich und Imogen winkte uns freudig entgegen. „Na, Mädels, seid ihr ready für die Show?"

„Aber sicher!", rief Ashley. Dann legte sie den Kopf schief und schaute Imogen von oben bis unten an. „Nur … sind wir falsch angezogen? Soll man sich kostümieren? Ich dachte nicht, dass das so ein Pre-Halloween-Ding ist."

Auch ich beäugte die Rezeptionistin kritisch. Sie trug ein schwarzes, enges Kleid mit weißem Bubikragen. Darüber lag ein schwarzer Umhang, den sie an ihrem Hals zusammengeknotet hatte, und in ihrer Hand hielt sie einen spitzen Hexenhut. Die dunkle Kleidung stand ihr gut und betonte ihre blasse

Haut, die kupferne Mähne und die stechend grünen Augen. Doch in der Tat ähnelte ihr Aufzug einer Verkleidung, die man sonst an Halloween trug.

Sie schüttelte den Kopf. „Nein, nein. Ihr seid perfekt gekleidet. Das ist keine Kostümparty. Na ja, zumindest nicht für die Gäste. Meine Geschwister und ihre Freunde treten bei der Show auf und … nun ja, auch ich. Deshalb …“, sie setzte sich demonstrativ den spitzen Hut auf den Kopf, „habe ich diesen Aufzug an.“

Ashley und Imogen kicherten. Triss gab mir ihren Blick mit den tanzenden Augenbrauen und wir gingen schon mal vor, raus aus dem *Griffin's Brew*, sodass die beiden Turteltäubchen ein wenig Zeit für sich hatten.

Nach wenigen Minuten kamen auch Ashley und Imogen zu uns. Gemeinsam gingen wir die Straße hinunter in die Innenstadt. Auf dem Weg zum Pub kamen uns einige Passanten entgegen, die uns aufmerksame Blicke zuwarfen. Manche davon pfiffen uns sogar hinterher. Anscheinend hinterließ unser Aufzug Eindruck. Als eine Gruppe von Männern in Motorradkleidung uns überholte, fühlte ich mich unwohl in meiner Haut und zog meinen grünen Mantel über dem Poncho enger zusammen. Die Blicke und die Rufe dieser Kerle waren mehr als unangemessen und ich war erleichtert, als sie in eine Kneipe abbogen und wir somit aus ihrem Sichtfeld verschwanden. Die waren wohl noch nicht im Jahr 2024 angekommen, wo Männer sich das Catcallen mittlerweile verkneifen sollten.

Doch ich hatte mich zu früh gefreut, denn Imogen blieb vor derselben Lokalität stehen und sagte mit ausladenden Armen: „Hier ist es!“

Die schwarze Tür, vor der wir standen, war mit Glasscheiben versehen, sodass von drinnen warmes Licht auf die Straße leuchtete, auf der es bereits dämmerte. Über dem Eingang hing ein Schild, dessen grüne Lettern den Namen des Pubs zeigten: O'Connors.

Imogen ging voran und wir folgten ihr. Im Pub war es warm, Menschen unterhielten sich und laute Musik drang in meine Ohren. Ein junger Mann begrüßte uns am Einlass.

„Imogen!" Er umarmte sie freudig.

Auch er trug einen schwarzen Umhang. Ich vermutete, dass er ebenfalls bei der Show mitwirken würde. Als seine dunkelblauen Augen meinen Blick kreuzten, bildete sich ein Kloß in meiner Kehle. Mein Herz sank eine Etage tiefer, als ich seine Züge musterte. Er war nicht einfach nur schön, er wirkte wie ein Feenprinz aus einer Fantasywelt. Seine tiefschwarzen Haare waren unordentlich, was ihm einen verwegenen Touch verlieh. Er war groß, gut zwei Köpfe größer als ich, und sein breites Kreuz war trotz des Umhangs deutlich zu erkennen. Gleichwohl wirkte seine Statur nicht übermäßig trainiert, als würde er täglich im Gym abhängen. Er war das komplette Gegenteil zu den Surferboys zu Hause in Florida – auf positive Weise. Ein ungewaschener, langhaariger alter Mann mit Bierbauch war schließlich ebenfalls das komplette Gegenteil zu einem Surferboy. Doch der hätte mich gewiss nicht in solche Aufregung versetzt.

Auch Triss schien ein Auge auf den Unbekannten geworfen zu haben. „Mit dieser Jawline kann er Glas schneiden, *damn*!"

Ich schmunzelte, ließ meinen Blick aber nicht von dem Mann ab. Auch er schaute mich an. Für einen kurzen Augenblick fühlte es sich an, als wäre die Zeit stehengeblieben. Vielleicht war es aber auch nur mein Herz, das ausgesetzt hatte, weil es nicht mehr wusste, ob es noch funktionieren sollte oder ob ich sämtliche Körperfunktionen aufgegeben hatte, denn ich hielt unbewusst den Atem an.

Imogen brach die Stille. „Cillian, das sind die Mädels aus dem Brew, von denen ich dir erzählt habe. Das sind Ashley", sie deutete der Reihe nach auf uns, „Triss und Rosie. Sie sind meine Gäste und müssen deshalb keinen Eintritt zahlen." Imogen trat auf mich zu und legte den Arm um mich. „Und Rosie hier hat heute Geburtstag. Sag bitte Albert und Harvey Bescheid, damit sie den ganzen Abend nichts zahlen muss an ihrem besonderen Tag."

Erst nachdem Imogen zu Ende gesprochen hatte, wandte Cillian den Blick von mir ab und sah sie an. „Ich steh noch bis zum Beginn der Show am Einlass. Sag das am besten Theo, der hat Tresenschicht." Er deutete mit dem Daumen hinter sich zur Bar, wo drei Männer standen und Getränke mixten. Dann schmunzelte er mir zu. „Alles Gute zum Geburtstag, Rosie. Der wievielte Ehrentag ist es denn heute bei dir?"

Seine Stimme! Wow! Eine Gänsehaut erfasste meinen gesamten Körper. „Der Einundzwanzigste", sagte ich und spürte, wie mir die Hitze den Nacken hinaufkroch, während er seine meeresfarbenen Augen weiterhin direkt auf mich gerichtet hatte.

Unser Blickkontakt wurde unterbrochen, als zwei Männer hinter uns durch die Tür wollten. „Was ist denn das für eine Ansammlung? Kann man vielleicht mal durch?!", rief der eine.

„Wir haben später sicher nochmal die Gelegenheit, auf deinen Geburtstag anzustoßen. Jetzt erstmal viel Spaß bei der Show", sagte Cillian.

Dann gingen wir weiter in den warmen Raum und Imogen führte uns zu einem Tisch nahe der Bühne. „Setzt euch am besten hier hin, da habt ihr den besten Blick. Ich muss jetzt leider los und mich für die Show vorbereiten." Dann verschwand sie hinter die Bühne.

Triss zog ihre Lederjacke aus, hing sie über den Stuhl und drehte sich dann zu mir. „Girl, wir haben morgen um zwölf eine Bootstour gebucht. Wenn du heute nicht im B&B schläfst, musst du aber pünkt–"

Verwirrt unterbrach ich sie. „Moment mal! Wieso sollte ich heute nicht in unserem Zimmer schlafen?"

Wie so oft ließ Triss ihre Augenbrauen tanzen. „So wie der heiße Kerl am Einlass mit dir geflirtet hat? Komm schon, den würde ich auch nicht von der Bettka–"

Eine fröhliche Männerstimme erstickte Triss' restliche Worte. „Girls! Ihr habt's geschafft! Wie cool!" Liam – der Uber-Fahrer – begrüßte uns. Auch er trug einen der schwarzen Umhänge und hatte heute Eyeliner aufgelegt. Es betonte seine dunklen Augen und verlieh ihm einen mystischen Charme. „*American Beauty*, du siehst umwerfend aus!" Er blickte zu Ashley und dann zu mir. „Ihr seht alle umwerfend aus!" Dann widmete er seine Aufmerksamkeit wieder Triss. „Mein Bruder ist hier irgendwo unterwegs. Ich muss ihn dir unbedingt vorstellen. Spätestens bei der Show wird er dir auffallen. Er hat den ersten Auftritt." Liam zwinkerte ihr zu, dann drehte er sich um und winkte uns zu. „Muss jetzt los, ihr Süßen. Viel Spaß!"

„Mhm …" Ashley zog ihren nachdenklichen Laut in die Länge, während sie sich setzte.

„Was?", fragte Triss und nahm ebenfalls Platz.

„Nun ja … ich glaube nicht, dass wir Rosie sagen müssen, dass sie morgen pünktlich am B&B sein soll, sondern eher dir."

Triss lachte. „*Du* hast leicht reden. Dein *crush* wohnt ja auch in unserer Unterkunft, du bist unter allen Umständen pünktlich."

„Nicht unter allen …", warf ich ein, zog ebenfalls meinen Stuhl zurück, über dessen Lehne ich gerade meinen Mantel und den Poncho gehängt hatte, und setzte mich.

Wir drei starrten uns an und brachen zugleich in schallendes Gelächter aus, das bald von einem jungen Mann unterbrochen wurde. „Kann ich euch schon etwas zu trinken bringen?"

Wir versuchten, die Fassung zurückzugewinnen und gaben unsere Bestellung auf: Triss und Ahsley bestellten jeder ein Guinness, ich wollte eine Fanta – an Alkohol traute ich mich nach der gestrigen Nacht noch nicht wieder ran. Dazu fragten wir noch nach ein paar Salzstangen und einer großen Flasche Wasser mit drei Gläsern. Der junge Mann, der zur Abwechslung keinen Magierumhang, sondern eine Kellnerschürze trug, tippte unsere Bestellung in ein Tablet. Dabei fielen mir seine bunten Nägel auf. Der neongelbe Nagellack harmonierte hervorragend mit seiner dunklen Haut und war ein echter Hingucker.

Als er sich auf den Weg machte, unsere Bestellung zu holen, spürte ich Blicke im Nacken. Ich drehte mich um und bemerkte die Biker-Bande, die mir bereits vor dem Pub unangenehm aufgefallen war. Die Männer saßen an einem Tisch neben der Bar und starrten allesamt zu uns herüber. Als einer mitbekam, dass ich zu ihnen sah, hob er sein Bierglas und prostete mir zu. Ich lächelte freundlich und drehte mich dann wieder zu meinen Freundinnen um. Die Männer jagten mir einen Schauer über den Rücken, doch ich versuchte, freundlich zu bleiben. Auf keinen Fall sollten sie sich durch meine abweisende Art provoziert fühlen. Mit den Blicken, die ich immer noch auf mir spürte wie kleine Dartpfeile, die sich in meinen Rücken bohrten, fühlte ich mich jedoch unglaublich unwohl und das merkten auch Ashley und Triss.

„Was ist los, Rosie? Ist die Migräne von heute Morgen zurück?“ Ashley musterte mich besorgt.

Ich schüttelte den Kopf. „Nein, das ist es nicht. Die Kerle, die uns vorhin auf der Straße angegraben haben, sitzen da hinten.“ Vorsichtig nickte ich mit dem Kopf in ihre Richtung, ohne meinen Blick von unserem Tisch abzuwenden.

„Lass die doch gucken. Sollen sie sich mal ansehen, was sie nie zu spüren bekommen.“ Triss berührte mit ihren Händen ihr Dekolleté. Ashley und ich prusteten. Dann legte Triss den Arm um mich. „Nee, jetzt mal im Ernst, Rosie. Blende die Typen aus und schau mal lieber zur Tür. Der Typ mit den rasierklingenscharfen Wangenknochen schaut immer wieder zu dir.“

Ich runzelte die Stirn und spähte so unauffällig wie möglich an Ashleys Kopf vorbei zum Eingang. Und tatsächlich! Ich ertappte Cillian dabei, wie er zu unserem Tisch sah. Als er bemerkte, dass ich ihn erwischt hatte, wandte er seinen Blick schnell von uns ab und drehte sich wieder zum Eingang. Er strich sich nervös durch die Haare. Ob er das aus Verlegenheit tat, weil ich ihn dabei ertappt hatte, wie er zu unserem Tisch sah?

Ich kicherte. In meinem Bauch erwachte ein fröhliches Monster zum Leben, das seit geraumer Zeit Winterschlaf gehalten hatte. Es war ein schönes Gefühl: Diese Aufregung, wenn man jemanden gut fand, nicht wusste, ob der andere einen auf die gleiche Weise mochte …

Im nächsten Moment wurde ich aus meinen Gedanken gerissen, als der Kellner unsere Bestellung brachte. Noch während er die Gläser vor uns abstellte, wurden bereits die Lichter gedimmt, die Musik verstummte und ein junger Mann – natürlich mit Magierumhang und passendem Hut – betrat die Bühne.

„*Ladys and Gentleman,* ich heiße Sie – auch im Namen meiner Magierkolleginnen und -kollegen – herzlich willkommen zur diesjährigen Show des Killarney Hexenzirkels. Mein Name ist Freddie Doyle. Lassen Sie uns zusammen den Herbst mit einer zauberhaften Aufführung einleiten und …"

Die restliche Anmoderation drang nur gedämpft an mein Ohr, da plötzlich jemand einen Stuhl neben mich stellte und sich darauf niederließ. Als ich mich nach links drehte, sah ich Cillian.

„Ich hoffe, es ist okay, wenn ich hier sitze?", fragte er leise.

Ich nickte. „Solange du dich benehmen kannst."

Er schmunzelte, dann nippte er an seinem Bier, bevor er es zu unseren Getränken auf den Tisch stellte. Triss hatte noch nicht mitbekommen, dass sich unsere Gruppe um eine Person erweitert hatte, denn sie starrte wie gebannt auf die Bühne zu dem Moderator. Ein Glück! Ihren zweideutigen Blick konnte ich jetzt nicht auch noch gebrauchen. Die Aufregung in mir schnürte mir schon ohne die Kommentare meiner Freundinnen den Hals zu. Ich versuchte, mir gegenüber Cillian nichts anmerken zu lassen und widmete mich wieder dem, was auf der Bühne geschah.

„Zuerst tauche ich in Ihre Gedankenwelt ein, bevor mein Bruder Liam in Ihre Zukunft blickt."

Nun drehte sich Triss zu mir. „*Das* ist Liams Bruder! Rosie, der ist *fucking ho–*" Triss stoppte mitten im Satz, als sie Cillian neben mir bemerkte. Sie legte den Kopf schief und lächelte ihm entgegen. „Oh, hi!" Doch mehr konnte sie nicht zu ihm sagen, da plötzlich Freddie vor unserem Tisch stand.

„Ladys, wären Sie an einem Experiment interessiert?"

Triss blickte auf. Während Freddies Augen sie fixierten, verzog sich sein Mund zu einem breiten Grinsen, dann biss er sich auf die Lippe. „Ich spreche von einem mentalen Experiment, nicht von einem physischen." Er zwinkerte Triss zu, beugte sich zu ihr vor und hielt sein Mikrofon von sich weg, sodass nur wir ihn hören konnten. „Zumindest vor der Bühne." Dann richtete er sich wieder auf und sprach so laut, dass alle im Raum ihn vernahmen. „Es geht um eure Gedanken. Seid ihr bereit, dass ich in eure Köpfe eintauche?"

Wir tauschten einen Blick untereinander. Ich zuckte mit den Schultern, Triss nickte und Ashley machte beide Gesten gleichzeitig. Gedankenlesen? Solchen Tricks stand ich immer etwas skeptisch gegenüber. Meist analysierten diese sogenannten Gedankenkünstler ihre Opfer vorher genau, stellten einfache Fragen oder manipulierten die Personen so, dass sie an etwas Bestimmtes denken mussten. Ich erwartete also nichts Besonderes, außer Freddie als Hochstapler zu enttarnen.

„In Ordnung. Ich fange mal leicht an und arbeite mich dann zu den intimen Details hoch. In Ordnung, Ladies?" Er wartete keine Antwort von uns ab, nahm sich einen Stuhl und setzte sich uns gegenüber. „Eure Namen sind Ashley, Triss und Rosie."

Ich nickte unbeeindruckt. Imogen hatte ihm das vor der Show sicher verraten. Ich war gespannt, was sie ihm noch alles erzählt hatte, das er nun als gelesene Gedanken verkaufen würde. Vielleicht war das ja der Trick: Immer wurden Gäste aus dem *Griffin's Brew* zur Magiershow gelockt, damit Freddie ein paar Opfer hatte, über die er bereits einiges wusste.

„Eure Gedanken sind anders. Ihr seid nicht von hier, stimmt's? Ihr kommt aus Amerika, aus einem ziemlich heißen Städtchen, wenn ich das richtig erkenne? Tallahassee?"

Er hielt Triss das Mikro hin. „Korrekt."

„Und ihr übernachtet im *Griffin's Brew*. Ihr bleibt die nächsten sechs Wochen in unserem schönen Städtchen, nicht wahr?"

Nun hielt er das Mikro zu Ashley. „Ganz genau."

Wow, wenn er jetzt noch unsere Adressen, unsere Geburtstage und unsere Sozialversicherungsnummern auspackte, hatte er alle Informationen, die wir im B&B hinterlassen hatten, als Gedankenleserei verkauft. Bravo!

„Nun gut, diese Fakten habe ich schon vorher gewusst, muss ich gestehen. Schließlich hat euch mein Bruder gestern ins *Griffin's Brew* gefahren und es passiert nicht oft, dass sich drei so außerordentlich hübsche junge Frauen in unser kleines Städtchen verirren, und noch weniger Amerikanerinnen."

Die Menschen um uns herum lachten. Ich staunte. Er verkaufte diese Informationen doch nicht als Gedankenleserei. Dann folgten jetzt sicher gleich die einfachen Fragen oder er spielte die Manipulationskarte.

„Ich möchte jetzt einiges über euch wissen. Dazu antwortet ihr bitte in euren Gedanken. Nicht laut, das ist wichtig. Ihr dürft eure Antwort nur denken. Wenn es euch zu intim wird, dann dürft ihr mir das in euren Gedanken auch gern mitteilen. Ich werde keine Information preisgeben, die ihr für euch behalten wollt. Alles klar?" Wir nickten. „Gut. Ich starte mit Ashley." Er drehte sich zu ihr, sodass sich ihre Blicke trafen. Dadurch hatte Freddie sein markantes Profil von mir abgewandt. „Wenn du ein Gemüse wärst, welches Gemüse wärst du dann?"

Ich runzelte die Stirn. Okay, das waren andere Fragen, als ich von solchen Shows kannte. Normalerweise sagten die Möchtegern-Magier meist so etwas wie „Denk an eine Zahl zwischen

1 und 100 …". Aber ich war mir sicher, dass auch hier ein psychologischer Trick dahintersteckte.

„Eine Tomate? Interessant. Und welches Buch ist dein Lieblingsbuch, Ashley?" Er wartete einen Moment, dann verriet er, dass „Parzarus" Ashleys liebstes Buch war. Er kannte sogar die Autorin und gab etwas über den Inhalt dieser queeren Fantasytrilogie wieder. Zum ersten Mal zweifelte ich an meiner Annahme, dass er ein Hochstapler sei.

Hatte sie Imogen davon berichtet? Wundern würde es mich nicht. Seit Ashley diese Bücher entdeckt hatte, erzählte sie bei jeder Gelegenheit davon. Warum also nicht auch dem Mädel, das sie gut fand?

Während Freddie Ashley noch weitere Fragen stellte, beugte sich Cillian nah an mein Ohr. „Du scheinst nicht wirklich begeistert. Alles okay?"

Mist! Mein Gesicht war wie immer ein offenes Buch für jeden. Egal, was ich fühlte, man konnte es meist an meinem Gesichtsausdruck erkennen. Ich drehte mich zu ihm, um ihm ebenfalls ins Ohr zu flüstern, und fand plötzlich unsere Köpfe dicht aneinander vor. Seine Nasenspitze nur wenige Zentimeter von meiner entfernt. Ich schluckte. Zum Glück war das Licht im Raum sehr schummrig, sonst hätte Cillian direkt die Röte bemerkt, die mir in die Wangen schoss.

Ich lehnte mich zu seinem Ohr. „Ich schaue so, weil ich enttarnen will, welches psychologische Spielchen hinter dem Ganzen steckt."

„Du glaubst also nicht an Magie?"

Skeptisch zog ich die Augenbrauen hoch und musterte ihn. Seine dunkelblauen Augen wirkten interessiert und ehrlich. „An eine gewisse Art von Magie glaube ich schon, aber mal im Ernst: Wieso sollten sich Menschen mit tatsächlichen übernatürlichen Kräften auf eine Bühne stellen und diese vor einem Publikum preisgeben? Das erscheint mir weit hergeholt."

Cillian lächelte. „Interessante Einstellung."

Ich drehte mich zurück zu Freddie und meinen Freundinnen. Er war bereits dabei, Triss Fragen zu stellen, während sie ihren Blick nicht von ihm ablassen konnte.

„Wir fangen mal genauso an wie bei Ashley, damit wir eine Vergleichsmöglichkeit haben. Triss, wenn du ein Gemüse wärst, welches Gemüse wärst du dann?" Er schmunzelte. „Eine Chilischote. Klar, was sonst? Und welches Buch ist dei–" Er lachte laut auf, bevor er die Frage beenden konnte. „Fifty shades of Grey, verstehe." Triss grinste breit und biss sich lasziv auf die Unterlippe.

Ich schmunzelte. Wenn Triss einen Typen gut fand, dann zeigte sie ihm das eindeutig und ich konnte genau sehen, dass sie Freddie bereits mit ihren Blicken auszog. Triss hatte ein bewundernswertes Selbstbewusstsein, von dem Ashley und ich uns manchmal gern eine Scheibe abschneiden würden. Oft schlug das leider auch die Männer in die Flucht, doch das interessierte Triss wenig. „Wem ich zu viel bin, der ist für mich eh zu wenig", sagte sie in solchen Fällen immer. Ich liebte sie dafür.

„Was sind deine Pläne für euren Urlaub, was willst du auf jeden Fall noch sehen, Triss?" Und plötzlich weiteten sich Freddies Augen und er lachte aus vollem Herzen. „Ladies and Gentleman, Triss' erlaubt mir zwar, die Antwort mit Ihnen zu teilen, doch da auch Minderjährige anwesend sind, möchte ich das lieber für mich behalten."

Triss lachte und biss sich dann auf ihren Fingernagel, während sie Freddie beobachtete. Es war eine lustige Showeinlage, den Gästen zu sagen, dass Triss' Gedanken nicht jugendfrei waren und bei ihren Blicken musste man keine Gedankenlesekraft besitzen, um zu wissen, dass sie sich mehr von Freddie erhoffte. Es passte also perfekt. Nun würde es interessant werden, denn Freddie drehte sich zu mir.

„Rosie, erstmal alles Gute zum Geburtstag!" Die Menge klatschte. „Jetzt kommen wir aber mal wieder zum Wichtigen: Welches Gemüse wärst du gern?"

Ich überlegte. Was für eine dumme Frage. Aber ich dachte an einen Kürbis, weil er so schön herbstlich war und ich ihn selber gerne aß.

Das Lachen war aus Freddies Gesicht verschwunden. Er hatte die Augen zu Schlitzen verengt und strengte sich sichtlich an. „Puh, Rosie, deine Gedanken sind besonders amerikanisch und schwer für mich zu lesen. Dafür ist das Gemüse deiner Wahl alles andere als typisch USA. Rosie wäre gern ein Kürbis. Liege ich da richtig?"

Ich nickte. Gut geraten, aber in dieser Jahreszeit war das wahrscheinlich die Standardantwort vieler Gäste. Und wenn nicht, dachten sie bei der Erwähnung von Kürbis sicher, dass das viel besser passte als ihre Wahl und nickten aus Reflex. Psychische Manipulation eben.

„Und welches Buch hast du in letzter Zeit zugeschlagen und gedacht: ‚Wow, das war genial!'?"

Das war einfach. Auf dem Flug hatte ich das beste High-Fantasy-Buch beendet, das ich seit langem gelesen hatte: Siebtland. Also dachte ich daran.

Noch immer musterte mich Freddie mit diesem angestrengten Blick, der irgendwie unheimlich war. Durch die Scheinwerfer, die hinter ihm die Bühne erleuchteten, konnte es sein, dass ich mir die Reflexion nur einbildete, aber Freddies Augen leuchteten violett. Genau wie die von Imogen heute Morgen. Ich schüttelte den Kopf, das war doch vollkommener Quatsch.

Freddie tauschte einen Blick mit Cillian. Anscheinend war ich für ihn nicht so leicht zu lesen wie meine Freundinnen. Er lächelte, was jedoch künstlicher wirkte als zuvor und stand auf.

„Ich komme leider nicht zu Rosies Gedanken durch. Triss' innere Stimme ist so laut und so ungezogen", er grinste ihr verschmitzt entgegen, „da kann ich mich beim besten Willen nicht mehr konzentrieren." Die Menschen um uns herum brüllten vor Lachen. Freddie entfernte sich von uns und ging zurück auf die Bühne. „Liam wird ein paar Auserwählten von Ihnen nun die Zukunft vorhersagen.“ Mit diesen Worten verschwand er hinter dem roten Vorhang und sein Bruder kam hervor.

Autumn
Friends
FOREVER

Kapitel 6

Rosie

Doch nicht nur Show?

Nachdem Liam in den Händen einiger Zuschauer deren Zukunft gelesen hatte, betrat eine hübsche blonde Frau die Bühne, die sich als Abigail vorstellte. Sie erzählte etwas über die Geschichte der Hexen von Killarney. Bei ihrem Vortrag fielen mir ein paarmal die Augen zu. Ja, Geschichte war wirklich nicht das richtige Studienfach für mich.

Aber es lag nicht nur an Abigails Vortrag, es war so warm und stickig im Raum, dass mich die Müdigkeit langsam einhüllte. Abigail beendete ihre Erzählung damit, dass sie einen Zauberspruch aus einem großen alten Buch mit schwarzem Einband vorlas. Sobald sie begann, die fremdsprachigen Worte vorzulesen, meinte ich erneut das violette Leuchten zu sehen, nun auch in ihren Augen. Ich blinzelte zweimal, um sicherzugehen, dass ich es mir nicht einbildete. Doch das tat ich nicht.

Genau wie bei Imogen im *Griffin's Brew* und bei Freddie eben leuchteten ihre Augen in einem übernatürlichen Ton. War es das Licht auf der Bühne? Das würde aber nicht Imogens Augen heute Morgen erklären. Vielleicht war das ja so ein europäisches Ding. Anderes Grundwasser führte womöglich zu genau solchen körperlichen Reaktionen? Ach, so ein Quatsch! Nun verfiel ich in einen Zustand kurz vor dem Einschlafen, wenn man den größten Blödsinn in seinem Kopf dachte und ihn sich selbst für bare Münze verkaufte. Zu meiner Müdigkeit gesellte sich mit einem Mal Schwindel und ein unangenehmes Fiepen ertönte in meinen Ohren. Ich brauchte frische Luft.

Ich schob meinen Stuhl nach hinten und stand auf. Kaum hatte ich einen Schritt getätigt, bemerkte ich eine unangenehme Stille, die sich über das gesamte Pub gelegt hatte. Ich hörte kein Getuschel der anderen Gäste, kein Geklapper der Gläser. Vollkommen verwirrt drehte ich mich zu meinen Freundinnen. Sie gaben keinen Mucks von sich, bewegten sich nicht und sahen aus wie Wachspuppen.

„Triss? Ashley? Alles okay?“ Panik stieg in mir auf, als nicht meine Freundinnen antworteten, sondern Cillian.

„Sie können dich nicht hören, Rosie.“

Mit aufgerissenen Augen sah ich ihn an. „Und warum nicht?“

Es war Abigail, die antwortete. „Weil sie keine Hexen sind, Rosie Baker.“ Sie schlug das Buch auf ihrem Schoß zu, legte es beiseite und kam von der Bühne auf mich zu. „Im Gegensatz zu dir.“

Mir entfuhr ein verächtliches Lachen. „Eine Hexe? Ich?“ Erneut sah ich zu Triss und Ashley. Sie wollten mich reinlegen, das musste es sein. Zu meinem einundzwanzigsten Geburtstag spielten sie mir diesen Streich, weil ich ihnen zuletzt mit meinem Facharbeitsthema „Die Hexenverbrennung von Salem“ in den Ohren gelegen hatte.

Sehr witzig ... Aber ich wäre ihnen zutiefst verbunden, wenn sie den Joke schnell auflösen können. So langsam fand ich das nämlich äußerst gruselig. Noch immer saßen sie regungslos auf ihren Plätzen, keine von beiden zuckte auch nur mit einem Muskel. Wie hatten sie sich bei diesem Scherz so gut unter Kontrolle?

Das war zu viel für mich. Ohne ein Wort zu sagen, stürmte ich auf die Toilette. Über das Waschbecken gebeugt, starrte ich in den Spiegel. Träumte ich? War ich im Flugzeug eingeschlafen und alles, was bis jetzt passiert war, war allein meiner Vorstellung entsprungen? Die wunderschöne Landschaft, die herrlichen Farben, vermutlich sah es hier nicht ohne Grund genauso aus wie auf meinen Pinterest-Moodboards.

Voller Zuversicht, dass ich davon aufwachen würde, spritzte ich mir kaltes Wasser ins Gesicht. Ich spürte die kühle Flüssigkeit auf meiner Haut, etwas, das in einem Traum nicht möglich sein würde, oder? Doch das würde bedeuten, dass ich gerade in der Realität war und mir vollkommen fremde Menschen versuchten weiszumachen, ich wäre eine Hexe.

Als Kind hatte ich es geliebt, bei Granny auf der Couch zu sitzen und „Sabrina – Total Verhext!" zu schauen, während sie in der Küche geheime Rezepte kochte. Damals hatte ich mir nichts lieber gewünscht, als eine Hexe zu sein. Immer wieder hatte ich gehofft, Granny würde mich lehren, ihre Kräutermixturen nachzumachen und mir dann offenbaren, dass es sich um Zaubertränke handelte. An jedem Geburtstag hatte ich die leise Hoffnung, dass es nun so weit war: Meine Granny würde mir verkünden, dass ich eine Hexe war.

Aber jetzt? Ich war einundzwanzig. Mittlerweile hatte ich die Hoffnung aufgegeben, auch nur einen Funken Magie in mir zu tragen. Grannys Rezeptbuch hatte ich nach ihrem Tod vor zwei Jahren geerbt und es beinhaltete keine Anleitungen für Kräutertinkturen. Die leckeren Kochrezepte verrieten mir genau, warum sie aus ihren Machenschaften in der Küche ein Geheimnis gemacht hatte: Butter. Das war Grannys Geheimzutat! Kein magisches Kraut, sondern ein gutes Stück Butter.

Warum meine Großmutter um Butter so ein großes Mysterium gemacht hatte? Weil ich mich schon sehr früh in meiner Kindheit vegan ernähren wollte und Granny dafür nur wenig Verständnis gehabt hatte. Sie hatte also nie Magie besessen, nur schnöde Butter in alles reingemischt, was von ihrem Herd gekommen war.

Und jetzt stand ich hier in einem fremden Land, ja sogar auf einem anderen Kontinent, und mir völlig unbekannte Menschen wollten mir weismachen, ich sei eine Hexe? Das fühlte sich so unwirklich an. Doch in mir entstand auch ein leiser Hoffnungsschimmer. Die kleine Rosie meldete sich und warf immer wieder eine Frage in den Raum: Was, wenn sie recht hatten? Was, wenn ich magische Kräfte hatte? Was wäre so schlimm daran? Lass es einfach zu! Was soll schon passieren?

Ich ließ einen langen Seufzer verlauten und ging aus dem Waschraum zurück ins Pub, zu meinem Platz. Noch immer war es gruselig still im Raum. Doch konnte ich verschiedene Stimmen in der Stille ausmachen.

„Eine Amerikanerin? Selbst wenn sie eine Hexe ist, können wir keine Ausländerin in unserem Zirkel aufnehmen. Soll sie sich doch Ihresgleichen in ihrem Land suchen." Ein rothaariger Mann, der neben Abigail stand, verzog das Gesicht zu einer grimmigen Miene.

Cillian konterte: „Und bis dahin willst du eine Junghexe mit ungeahnten Fähigkeiten durch Killarney wandern lassen? Hast du gesehen, wie die Black Skullz sie gemustert haben? Du weißt doch genau, welche Anziehung Junghexen auf Menschlinge ausüben."

Liam unterstützte seine Aussage. „Cillian hat recht. Stell dir vor, Zachariah und seine Crew können nicht an sich halten und tun ihr etwas an, sie flippt dabei aus, offenbart ihre Magie und enttarnt uns alle. Willst du so enden wie unsere Vorfahren in Salem?"

Ich trat näher an die Gruppe, die sich vor meinem Tisch versammelt hatte. Triss und Ashley waren immer noch in ihre Wachspuppenstarre verfallen. Alle Menschen, die noch Herr über ihre Regungen waren, trugen schwarze Mäntel. Nur die Beteiligten der Zaubershow schienen imstande, sich zu bewegen und zu reden. Bekannt waren mir Cillian sowie Imogen, die mich bemerkte und Liam in die Seite stupste, um ihn auf mich aufmerksam zu machen, ferner sein Bruder und Abigail, die Frau, die soeben noch auf der Bühne einen Zauberspruch zitiert hatte. Neben ihr stand der Mann mit den roten Haaren und der grimmigen Miene. Als auch er sich zu mir umdrehte, erkannte ich unzählige Sommersprossen unter seinen großen, runden Brillengläsern. Dann bemerkte ich eine Gestalt, die sich von den Anderen unterschied: Der Kellner mit den lackierten Nägeln lehnte mit verschränkten Armen an der Bühne und musterte das Geschehen mit hochgezogenen Brauen. Beinahe hätte ich ihn nicht bemerkt, da er so still im Abseits stand, dass ich fast dachte, er wäre ebenfalls zu einer Wachspuppe mutiert.

Ich räusperte mich. „Ähm … Darf ich kurz unterbrechen? Könntet ihr mich aufklären?"

Abigail würdigte meine Frage mit einem arroganten Blick. „Ich weiß zwar nicht, was an meiner Aussage so schwer zu verstehen gewesen sein soll, aber gern wiederhole ich es noch einmal für dich: Du bist eine Hexe, Rosie! Das Konzept sollte sogar eine Amerikanerin wie du verstehen."

„Abby!" Imogen, Cillian und Liam ermahnten sie genervt im Chor.

Abigail verdrehte die Augen. „Ihr wollt einen auf Junghexen-Beschützer machen. Fein! Aber ohne mich." Ihre langen, seidig glatten Haare wehten theatralisch um ihren Körper, als sie zur Tür schritt. „Isaac, Freddie, wir müssen weitermachen. Wir können die Menschlinge nicht so lange in ihrer Starre lassen. Gönnen wir den Anderen ihren Spaß. Sie werden noch früh genug merken, dass sie mit einer Hexe eines fremden Zirkels nur ihre Zeit verschwenden." Zusammen mit den beiden Männern ging Abigail zurück auf die Bühne. Auch der Kellner folgte ihrem Beispiel und stellte sich wieder hinter den Tresen.

Cillian legte seine Hand auf meinen Oberarm, seine Berührung ließ mich kurzzeitig erschaudern. „Komm mit, wir erklären dir alles draußen."

Ich schnappte mir meinen Poncho, dann folgte ich Cillian, Imogen und Liam in die kalte Nachtluft. Noch ehe jemand etwas sagte, hörte ich, wie die Musik wieder losging und das Getuschel der Menschen den Raum füllte. Dann schloss sich die Tür und verschluckte die Geräuschkulisse.

Imogen war die erste, die sprach. „Rosie, was ich dir jetzt erzähle, wird für dich erstmal merkwürdig klingen, aber bitte, hör mir zu.“ Ich nickte zögerlich. „Als du heute Morgen – an deinem einundzwanzigsten Geburtstag – in die Lobby kamst und über Migräne und sensible Geruchswahrnehmung geklagt hast, ahnte ich bereits, was los war. Spencer bestätigte mein Gefühl.“

Verwirrt unterbrach ich sie. „Spencer? Du meinst deinen Kater?“

Mit einem lieblichen Lächeln nickte Imogen. „Spencer ist nicht irgendeine Katze, er ist mein Vertrauter, ein sogenannter *Familiar*. Jede Hexe hat einen Vertrauten in Tiergestalt. Sie können mit uns reden, uns Ratschläge geben, sprechen Warnungen aus und helfen uns dabei, uns zu erden, damit wir unsere Kräfte stärken können.“

Ich öffnete meinen Mund und schloss ihn wieder. Jetzt gab's auch noch sprechende Tiere? Was folgte als Nächstes? Musste ich mich bei Vollmond in Acht nehmen, weil mich sonst ein Werwolf zerfleischen könnte?

Cillian fuhr fort. „Wir sind ein wahrhaftiger Hexenzirkel und machen diese Zaubershow einmal im Jahr, damit keiner Verdacht schöpft, wenn er uns dabei sieht, wie wir das ganze Jahr über unsere Magie ausüben. Wir proben dann eben für unsere Show. Das machen wir, seit wir einundzwanzig sind.“ Als ich ihn verwirrt musterte, erklärte er: „Mit einundzwanzig erwachen bei Hexenwesen die Kräfte. An diesem Tag haben wir eine besondere Anziehungskraft auf Menschlinge. Vermutlich hast du bemerkt, dass heute mehr Männer als üblich auf dich zukamen und dir Komplimente gemacht haben?“

Ich überlegte. Da war der Mann heute Morgen in der Lobby, die Passanten auf dem Weg zum Pub und die Biker-Gang, die ihren Blick nicht von mir lassen konnte.

Imogen legte beruhigend ihren Arm auf meine Schultern. „Ich habe dir heute Morgen einen Trank gebraut. Er hilft Junghexen, die Nachwirkungen ihrer Machtentwicklung nicht allzu sehr zu spüren. Die Kopfschmerzen, die Übelkeit und die überdurchschnittliche Geruchssensibilität waren weg, nachdem du den Trank ausgetrunken hattest, oder? Ohne den Trank wäre dein Tag heute wahrscheinlich ganz anders verlaufen."

Wie erstarrt stand ich da und nickte einfach. Ich konnte nicht begreifen, wollte nicht begreifen, was sie mir versuchten weiszumachen.

„Zudem schmälert der Trank auch die enorme Anziehungskraft auf Menschlinge des anderen Geschlechts. Die Ausstrahlung einer Junghexe an dem Tag ihres Erwachens ist so stark, die wenigsten Menschen können sich bei ihrem Anblick zurückhalten. Ohne den Trank hätten dich Zachariah und seine Crew heute sicher noch drängender belagert. Da fällt mir ein, dass du die kommenden Tage immer mal wieder einen Trank von mir bekommen musst. Das muss ich mir in mein Smartphone einspeichern, bevor ich das vergesse. Als Junghexe hat man so einiges zu ertragen, was das Erwachen der Magie in einem auslöst."

Während Imogen ihr Smartphone aus ihrer Tasche zog, glitt mein Blick einen Moment zu lange zu Cillian. Liam schien zu merken, was in mir vorging.

„Cillian ist ein Hexer, auf ihn hat deine Transition keine Auswirkung. Er mag dich einfach so."

Mit aufgerissenen Augen tadelte Cillian ihn. „Liam!"

Mein Bauch kribbelte, ich konnte spüren, wie meine Wangen heiß wurden. Cillian mochte mich? Und dann besann ich mich … Hatte ich jetzt vollkommen den Verstand verloren, mich in so einer Situation über diese Tatsache zu freuen? Mir versuchten gerade drei vollkommen Fremde klarzumachen, dass ich eine Hexe war, und ich hatte nichts Besseres zu tun, als innerlich Freudentänze zu veranstalten, weil der atemberaubend gutaussehende Ire mich mochte?

„Kannst du jetzt ihre Gedanken lesen?", fragte Imogen an Liam gewandt und steckte ihr Smartphone zurück in ihre Tasche.

Er schüttelte den Kopf. „Es ist, als würde eine Mauer sie vor meiner Magie schützen."

Nachdenklich senkte sich Imogens Blick auf mein Dekolleté. „Rosie, woher hast du das Medaillon?"

Reflexartig griff ich nach dem Schmuckstück auf meiner Brust. „Von meiner Granny. Warum?"

Sie kniff prüfend die Augen zusammen. „Würdest du es kurz ablegen? Ich gebe es dir sofort wieder, versprochen."

Widerwillig griff ich in meinen Nacken, öffnete den Verschluss der Kette und gab sie Imogen, die darauf wieder zu Liam blickte. „Und jetzt?"

Ein wissendes Grinsen zog sich um seine Mundwinkel. „Kristallklar."

„Mhm ..." Imogens Blick sank auf das Schmuckstück, dann gab sie es mir zurück. „Darauf ist eine Schutz-Sigille eingraviert. Beeindruckend." Sie sah mich erneut an.

Fragend zog ich die Brauen hoch. „Könntet ihr ein wenig mehr erklären? Ich versteh grad echt nur Bahnhof."

„Dein Medaillon blockt die Kräfte Sehender", sagte Imogen, als wäre es das Naheliegendste der Welt und ich müsste genau wissen, was sie damit sagen wollte.

Cillian holte weiter aus. „Es gibt vier Fraktionen unter den Hexenwesen. Die Sehenden, die Heilenden, die Brauenden und die Wirkenden. Männer fallen in die ersten beiden Kategorien. Sehende haben seherische Fähigkeiten oder mentale Kräfte wie Gedankenlesen, Visionen oder Ähnliches. Heilende können, wie der Name schon sagt, heilen. Frauen beherrschen die anderen beiden Kategorien. Brauende können Zaubertränke mixen und kennen sich mit Kräutern aus. Wirkende haben die mächtigste Gabe, denn sie können Zauber sprechen." Er deutete auf

Liam. „Liam gehört zu den Sehenden, genau wie sein Bruder Freddie.“ Er ließ seine Hand zu Imogen wandern. „Imogen ist eine Brauende.“ Dann legte er sich die Hand auf seine Brust. „Ich gehöre zu den Heilenden und Abigail und Isaac sind Wirkende.“

Ich versuchte all die Informationen zu sortieren, als mir eine Unstimmigkeit auffiel. „Sagtest du nicht, Frauen sind Wirkende? Wie kann Isaac dann auch zu dieser Kategorie zählen?“

Imogen übernahm die Antwort. „Mein Bruder ist die Ausnahme.“

„Isaac ist dein Bruder?“

Sie nickte. „Genau. Isaac ist mein älterer Bruder und Abigail seine Frau.“

„Die Griffins sind die älteste Hexenfamilie in Killarney“, erklärte Liam.

Ich atmete tief ein und aus. Meine Gedanken schwirrten wie wild durcheinander. Schon lange fühlte ich mich nicht mehr wie in einem Traum. Diese Hexenkategorien konnte sich mein Unterbewusstsein nicht ausdenken, oder? Doch konnte ich ihnen wirklich glauben? Das würde bedeuten, ich wäre tatsächlich eine Hexe! Ich, Rosie Baker, hätte magische Kräfte …

„Mal angenommen, ich glaube euch … Wie habt ihr herausgefunden, dass ich eine Hexe bin?“

„Der Spruch, den Abby auf der Bühne vorgelesen hat …“, begann Cillian zu erklären. „Für Menschlinge ist er absolut ungefährlich und sie hören nur ein paar keltische Worte, bevor für sie die Zeit stehen bleibt. Doch Hexen werden davon nicht betroffen. Du kannst dir also vorstellen, dass es in diesem Setting sehr einfach war, unsere Theorie über dich zu testen.“

Fröstelnd schlang ich die Arme um meinen Körper und ging ein paar Schritte vor dem Pub auf und ab. „Und was passiert jetzt? Ich habe jetzt einfach magische Kräfte und muss lernen, damit klarzukommen?“

„Innerhalb der ersten drei Mondzyklen nach ihrem Erwachen müssen Junghexen sich einer Zeremonie unterziehen." Cillian bemerkte meinen angsterfüllten Blick und beruhigte mich. „Sie ist vollkommen harmlos und mit keinerlei Schmerzen verbunden. Es ist eher eine Beitrittszeremonie. Du entscheidest dich aktiv für deinen Zirkel und erkennst deine Kräfte und dein Hexendasein an. Sollte diese Zeremonie nicht rechtzeitig ausgeübt werden oder etwas das Ritual stören, verliert das Hexenwesen all seine Kräfte. Man nennt diese Fraktion: die Magieberaubten."

Das erschien mir ziemlich grausam. Wie es wohl war, ein Leben ohne Magie zu führen, nachdem man Zauberei gekostet hatte? Konnte man je wieder zurück in seinen normalen Alltag finden? Ich würde es bald herausfinden, wenn ich mich auf Imogen, Cillian und Liam einließ …

Doch was war die Alternative? Sie auszulachen, zurück zu meinen Freundinnen zu gehen, meinen Urlaub zu genießen und nach meinem Auslandssemester zurück nach Florida zu fliegen? Ich würde mich mein ganzes Leben fragen, was passiert wäre, wenn ich ihnen geglaubt hätte. Vielleicht war das genau die Veränderung, die ich brauchte? Vielleicht wusste ich deshalb nichts mit meinem Leben anzufangen? Vielleicht wählte ich deshalb immer wieder den falschen Studiengang? Und vielleicht hatte mich auch deshalb Gregg verlassen? Damit mich nichts in Amerika hielt, wenn ich erst die Zeremonie beendet hatte.

„Mal angenommen, ich glaube euch … Wie geht es jetzt weiter?"

Ein Lächeln breitete sich auf Imogens Gesicht aus. „Zuerst einmal müssen wir herausfinden, zu welcher Kategorie du gehörst. Und dann …"

Liam beendete ihren Satz. „Wird trainiert."

O'Connors

Cillian ♡

Kapitel 7

Rosie

Familiar

Als ich am nächsten Morgen wach wurde, war es noch dunkel vor den Fenstern. Ich griff nach meinem Smartphone und warf einen Blick auf die Uhrzeit: kurz vor sechs. Triss und Ashley würden mich umbringen, wenn ich sie jetzt weckte. Doch Fakt war, dass ich nicht mehr schlafen konnte. Die ganze Nacht hatte ich mich schon im Bett herumgewälzt und nur zeitweise in den Schlaf gefunden. Ich konnte nicht mehr liegen und musste meine Gedanken ordnen.

In ein paar Minuten würde das Frühstücksbuffet eröffnen und ich verspürte den unbändigen Drang, mit einem Coffee-to-go einen ausgiebigen Spaziergang zu machen. So leise wie möglich ging ich ins Bad, putzte meine Zähne und schlüpfte in dieselben Klamotten von gestern Abend, da die Teile noch vor meinem Bett lagen und ich so am wenigsten Krach machte. Innerhalb von zehn Minuten war ich fertig und verließ das Zimmer, während Triss und Ashley weiter schlummerten.

Im Fahrstuhl betrachtete ich mein Ebenbild bei besserer Beleuchtung. Um Gottes willen! Ich sah furchtbar aus. Der wenige Schlaf zeichnete sich auf meinem Gesicht ab: Dunkle Augenringe betonten meine Müdigkeit und mein Pony glich einer Naturkatastrophe. Wie ich diesen Haarschnitt verfluchte …

Im Foyer grüßte mich ein grauhaariger Mann hinter dem Empfang. „Guten Morgen, Miss Baker."

Ich schenkte Gordon, dem Concierge, ein müdes Lächeln und erwiderte seinen Gruß. „Guten Morgen, Gordon. Ich hoffe, der Kaffee ist schon fertig?“

Mit einem schiefen Lächeln nickte er mir zu. „Im Frühstückssaal steht Ihnen so viel Kaffee zur Verfügung, wie Sie trinken können.“

„Spitze!“

Mit meinem großen Pappbecher, der bis zum Rand mit einem heißen Pumpkin Spice Latte gefüllt war, spazierte ich in der Finsternis die Landstraße entlang, die vom *Griffin's Brew* wegführte. Weit und breit war keine Menschenseele zu sehen. Ich hoffte sehr, dass ich mich nicht verlaufen würde, und beschloss, nicht allzu weit zu gehen.

Ein leises Miauen riss mich aus meinen Gedanken. Zu meinen Füßen entdeckte ich Spencer – Imogens *Familiar*. „Guten Morgen. Passt du auf, dass ich nicht aus Versehen jemanden verhexe?“

Er erwiderte meine Frage mit einem erneuten Maunzen und ich nahm mit zusammengezogenen Brauen einen Schluck von meinem Kaffee. „So viel dazu, dass ich dich verstehen kann. Entweder bin ich die untalentierteste Hexe auf dem Planeten oder es war doch ein Irrtum.“

Wie, um meine Aussage zu untermalen, kam von Spencer ein spöttisches Miau. Ich schnaubte und konzentrierte mich auf die frische Morgenluft. Die Kälte um mich herum bildete einen starken Kontrast zu der Wärme, die die süße heiße Flüssigkeit in meinem Magen hinterließ.

Der taufrische Morgen hatte seine ganz eigene Magie, die mich in ihren Bann zog. Langsam sah ich hinter einem Hügel die Sonne aufgehen, die ihre Strahlen allmählich auf die farbigen Blätter an den Bäumen scheinen ließ. Während ich Spencer folgte, bemerkte ich, dass die bunten Blätter mittlerweile auch auf der Straße und am Wegesrand verteilt lagen. Ich schmunzelte über den Anblick. „Der Herbst ist so ein wunderschönes Naturschauspiel!“ Spencers drängendes Miauen riss mich aus meinen Gedanken. Er war nach rechts abgebogen und wollte scheinbar unbedingt, dass ich dieselbe Richtung einschlug. Vielleicht war das Sprechen mit den Tieren ja nur metaphorisch gemeint, überlegte ich. Immerhin verstand ich ganz genau, was Spencer wollte. Also folgte ich ihm. In meinen Gedanken schmälerte das die Magie. Schließlich war das etwas, auf das ich mich am meisten gefreut hatte: Mit Tieren sprechen.

Ein Traum, den ich seit meiner jüngsten Kindheit gehegt hatte. Doch scheinbar war Magie nicht wie in einem Disney-Film. Hallo, Rosie, selbst Magie war realistischer als deine Fantasie!

Ein wenig betrübt über meine nicht erfüllte Vorstellung von sprechenden Tieren folgte ich Spencer über eine taunasse Wiese zu einem Zaun. Schon von Weitem hörte ich das tiefe Blöken vereinzelter Schafe. Am Zaun angekommen, sah ich dann auch die fluffig weißen Wölkchen, zu denen die Laute gehörten. Mein Herz ging auf. Ich liebte Schafe.

Meine Granny hatte mich früher oft vom Kindergarten abgeholt und der Weg zu ihrem Haus hatte an einer Farm vorbeigeführt. Nichts hatte mich damals davon abgehalten, an der Weide stehenzubleiben und zu warten, bis ein Schaf kam, das ich streicheln konnte. Kein Regen, keine Granny, die mir immer wieder sagte, dass wir dafür keine Zeit hätten, und keine vierzig Grad im Schatten, bei denen allein Atmen viel zu anstrengend war. Für die Schafe hatte ich immer Zeit gehabt und alles um mich herum vergessen.

Ich ließ mich vor dem Zaun auf den feuchten Boden nieder und sah den fluffigen Tierchen beim Grasen zu. Dabei zog ich einen Grashalm nach dem anderen aus der Erde – ein nervöser Tick von mir. Mit dem Kopf voller Gedanken sinnierte ich über den gestrigen Tag und die abendliche Enthüllung.

Triss und Ashley hatte ich nichts von meinem Gespräch mit Imogen, Liam und Cillian erzählt. Warum, wusste ich nicht genau. Hatte ich Angst, dass sie mir nicht glaubten oder dass es sich als unwahr herausstellte, sobald ich es aussprach? Wahrscheinlich beides. Es war einfach zu surreal, als dass ich es selbst begreifen konnte. Zuerst musste ich mich mit der Tatsache abfinden, dass ich eine Hexe war, meine Kräfte erkunden und mehr darüber erfahren, was das denn nun eigentlich bedeutete, bevor ich Triss und Ashley einweihen konnte, sofern das überhaupt erlaubt war ... Gab es Gesetze, an die sich Hexenwesen halten mussten?

Mit dem Blick auf die vielen kleinen Stängel, die ich in meinem Schoß verteilt hatte, begann ich ein Selbstgespräch mit Spencer, der mir sowieso nicht antworten würde – nicht richtig zumindest. „Wie finde ich denn jetzt eigentlich heraus, welche Fähigkeiten ich habe? Versuche ich mich einfach an einem Zaubertrank, um zu sehen, ob ich eine Brauende bin? Wenn er wirkt: jippie. Und wenn er jemanden umbringt ... nun ... dann hab ich immerhin auch Gewissheit."

„Jemanden umzubringen klingt ein bisschen harsch, findest du nicht?" Eine helle Stimme ließ mich zusammenschrecken.

Neugierig blickte ich mich um, auf der Suche nach der Person, die soeben mit mir gesprochen hatte. Doch immer noch war keine Menschenseele zu sehen. Mein Blick fiel auf Spencer und ich legte meinen Kopf schief.

„Mhm ... also kannst du doch sprechen wie ein Disney-Charakter."

Seine gelben Augen musterten mich, bevor wieder nur ein Miau aus seinem Maul kam. „Okay, anscheinend sprichst du nur in ausgewählten Momenten zu mir. Das kann ja heiter werden."

Ein langer Seufzer erklang. „War ja klar, dass sie wieder denkt, der Kater redet mit ihr. Schließlich gibt es nichts Magischeres als eine schwarze gelbäugige Bestie mit Krallen. Die alte Willow wird einfach ignoriert. Pff … Hexenwesen!"

Mit gerunzelter Stirn blickte ich auf. Vor mir am Zaun stand ein Schaf und schaute … konnte das sein? *Eingeschnappt* … auf mich herab? Ich schluckte. „Ähm … hast du gerade mit mir geredet?"

„Hast du gerade mit mir geredet?", äffte es mich nach. „Du bist nicht als Hexe erzogen worden, was, Liebchen?"

Jap, es war definitiv das Schaf, das gerade zu mir sprach. Ein sprechendes Schaf. Unwillkürlich zog sich ein breites Lächeln über mein Gesicht. Ich konnte es nicht fassen. „Nein, ich habe gestern erst erfahren, dass ich eine Hexe bin. Ich bin Ro–"

„Rosie, ja, ja –", unterbrach das Schaf mich. „Natürlich weiß ich, wie du heißt oder denkst du, ich bin schlecht in meinem Job? Die alte Willow weiß ganz sicher den Namen ihres Schützlings. Ich bin doch nicht von gestern." Immer noch mit einem breiten Grinsen im Gesicht betrachtete ich das Schaf, ehe es erneut sprach. „Sag mal, hast du vor, mir das Gras in deinem Schoß zu geben oder wolltest du das selber essen?"

Vollkommen perplex sammelte ich die Stängel von meinen Beinen und gab sie Willow. Ihr nasses Maul kitzelte auf meiner Handfläche. „Du bist also Willow? Wie kann es sein, dass ich dich verstehe und –"

Schmatzend fiel sie mir ins Wort. „Wow, dir hat man echt noch gar nichts beigebracht. Hexen verstehen nicht jedes Tier. Sie können nur mit ihrem *Familiar* kommunizieren. Diese kleine Kratzbürste da unten –", sie nickte in Spencers Richtung, „Ist Imogens *Familiar*. Die beiden können miteinander reden. Und nun ja, ich bin –"

„Du bist *mein Familiar*!", sagte ich ein wenig zu enthusiastisch, da sowohl Willow einen Satz zurück machte als auch Spencer.

„Na wenigstens ist mein Schützling nur unwissend, nicht dumm. Damit kann ich arbeiten."

„Und … und …" Ich stotterte unbeholfen vor mich hin, da ich so viele Fragen hatte und nicht wusste, welche ich zuerst stellen sollte. Aber auch, weil eine leise Stimme in meinem Kopf mir einredete, dass ich jetzt vollkommen übergeschnappt war, weil ich mit einem Schaf redete. Einem sprechenden Schaf! „Und wo fangen wir an?"

Willow, die genüsslich auf ein paar Grashalmen herumkaute, musterte mich arrogant von oben nach unten. „Hast du schon herausgefunden, ob du eine Brauende oder eine Wirkende bist?"

Betreten schüttelte ich mit dem Kopf. „Imogen und die anderen wollen mir die nächsten Tage dabei helfen." Ich zuckte abschließend mit den Schultern, da ich dachte, dass wir bei dieser Frage nicht weiterkommen würden.

„Wer in deiner Familie ist noch ein Hexenwesen?", fragte Willow, ohne auf meine Antwort einzugehen.

Gerade wollte ich „niemand" sagen, da griff ich zu dem Medaillon an meinem Hals und erinnerte mich an Granny. „Womöglich meine Großmutter. Sie hat es mir nie offenbart, noch hat jemand anderes in unserer Familie darüber gesprochen, aber …" Mit beiden Händen fuhr ich in meinen Nacken und öffnete den Verschluss der Kette, damit ich Willow das Schmuckstück zeigen konnte. „Ich habe diese Kette von ihr geerbt und gestern hat sie mich vor den Gedankenlesekräften der Jungs geschützt."

Erschrocken blickte Willow auf das eingeprägte Symbol auf dem Anhänger. Ihr Mund war leicht geöffnet und ein paar Grashalme fielen heraus. „Du bist Reginas Enkelin!"

Vollkommen perplex nickte ich beim Klang des Namens meiner Großmutter. „Ja, Regina Mckenna war ihr gebürtiger Name. Sie ist vergangenes Jahr verstorben und stammte aus Irland. Sie hat mir immer atemberaubende Geschichten aus ihrer

Heimat erzählt. Aber … du kannst sie unmöglich gekannt haben, oder?"

„Gekannt …" Das gehauchte Wort wirkte traurig aus Willows Mund. Hatte sie meine Granny wirklich gekannt? „Ich war Reginas *Familiar*. Du hast gesagt, sie ist … tot?"

Überrascht nickte ich. Meine Granny war also wirklich eine Hexe gewesen und Willow ihr *Familiar*? War das ein Zufall? „Ähm …, ist das üblich, dass ein *Familiar* in der Familie bleibt?"

Willow schüttelte den Kopf. „Nein. Die meisten *Familiar* sind ein Leben lang an einen Schützling gebunden und sterben zusammen mit ihm. Als Regina damals Irland verließ, um mit einem Menschling nach Amerika zu gehen, hat sie unseren Bann mit einem Zauber gebrochen und mich damit freigegeben, einem neuen Schützling zu dienen. Vierzig Jahre hat es gedauert, bis du endlich aufgetaucht bist." Willow gab ein amüsiertes Blöken von sich. „Aber so wie ich Regina kenne, wird sie unser Aufeinandertreffen nicht dem Zufall überlassen haben. Wahrscheinlich hat sie vor ihrem Tod einen Zauber gesprochen haben. Einen, der dich zu deinem einundzwanzigsten Geburtstag genau hierherführt. Ungebunden und offen dafür, deine Kräfte zu entdecken. Deshalb weile ich auch immer noch auf Erden, obwohl meine unmagischen Artgenossen nicht annähernd so ein hohes Alter erreichen wie die weise Willow."

Nachdenklich ließ ich diese Information sacken. *Ungebunden*. Dieses Wort hallte in meinem Kopf wider. Hatte Grannys Zauber dafür gesorgt, dass Gregg mit mir Schluss gemacht hatte? Hatte er Ashley und Triss dazu gebracht, diese Reise nach Irland zu buchen? Hatte ich die vergangenen Wochen rund um meinen Geburtstag irgendetwas aus freien Stücken getan? Ich schüttelte den Gedanken ab. Nach Irland wollte ich schon vor ihrem Tod reisen. Wenn überhaupt, hatte der Zauber nur dazu geführt, dass ich endlich den Arsch hochbekommen hatte, um das zu tun, wozu ich bestimmt war.

„Granny war also eine Wirkende?“ Dies schloss ich aus den Zaubern, die Willow erwähnt hatte.

Zu meiner Überraschung schüttelte sie den Kopf. „Nein, Regina war eine Brauende.“

„Aber …, wie konnte sie dann Zau–“

Willow unterbrach mich mit einem Schnauben. „Du hast noch so viel zu lernen, Rosie. Jedes Hexenwesen kann Zauber wirken. Sprüche aus einem Buch, Formeln, die Wirkende zuvor erfunden haben. Wirkende hingegen brauchen kein Grimoire.“ Willow stockte, als sie meinen skeptischen Blick bemerkte. „Ein Grimoire ist ein Hexenbuch. Darin stehen Zauber, Rezepte, alles, was die Hexen ihr Leben lang gelernt haben.“ Ich nickte. „Nun, also, Wirkende spüren die Magie tief in sich und müssen nur an etwas Bestimmtes denken, damit sie es geschehen lassen können. Zaubersprüche kosten alle anderen Hexenwesen viel Kraft. Je nach Stärke des jeweiligen Spruchs können sie danach ihre Magie für einige Zeit verlieren.“ Traurig sah Willow zu Boden. „Der Zauber, der Reginas und meinen Bann gebrochen hatte, wird sie Monate, wenn nicht sogar Jahre gekostet haben.“ Sie seufzte. „Aber das war ihr bewusst. Schließlich hatte sie die Magie bereits aufgegeben, als sie sich in einen Menschling verliebt hatte.“

Verdutzt runzelte ich die Stirn. Warum hatte Granny ihre Magie für Grandpa aufgegeben? Wieso konnte sie nicht beides haben? „Dürfen Hexenwesen nicht mit Menschen zusammen sein?“, fragte ich, weil es das Einzige war, was mir einfiel.

Und Willow bestätigte meinen Verdacht. „Damals wurden Hexen aus ihrem Zirkel ausgeschlossen, wenn sie sich für die Liebe eines Menschlings entschieden. Deshalb hat Regina damals auch Killarney verlassen. Sie konnte nicht in einer Stadt bleiben, wo sie alles an ihre Vergangenheit erinnerte. Heute sind die Gesetze nicht mehr ganz so strikt. Die Hochzeit mit Menschlingen ist erlaubt, weil bei dem Hochzeitsschwur ein

Fluch über sie gelegt wird, der ihnen verbietet, anderen zu erzählen, dass ihr Ehepartner magische Kräfte besitzt."

Meine Augen weiteten sich. „Ein Fluch? Ist das nicht etwas harsch? Was passiert denn, wenn sie sich scheiden lassen? Oder wenn die Person das Geheimnis aus Versehen doch ausplaudert? Stirbt die Person?" Meine Stimme war von Panik erfüllt.

Willow lachte wieder in diesem blökenden Ton. „Hexenwesen sind doch keine Unmenschen. Nein, niemand stirbt. Die Person verliert nur ihr Gedächtnis an die gemeinsame Zeit mit dem Hexenwesen und vergisst entsprechend auch, dass Magie existiert."

Ich öffnete den Mund und schloss ihn wieder, unschlüssig, wie ich darauf reagieren sollte. Immerhin musste ein Hexenwesen nicht mehr sein gesamtes Leben aufgeben, wenn es sich verliebte, dennoch fand ich diesen Fluch ein wenig hart. Plötzlich kam mir ein Gedanke. „Bedeutet das, ich darf niemandem in meinem Leben davon erzählen? Auch nicht Ashley und Triss?"

„Wer sind Ashley und Triss?", wollte Willow wissen.

„Meine besten Freundinnen. Sie sind mit mir hier in Killarney."

Prüfend blickte Willow von mir zu Spencer, der einige Maunzer abgab. Ich vermutete, dass die beiden sich verstanden. „Wenn die beiden wirklich deine besten Freundinnen sind und du dir sicher bist, dass du ihnen trauen kannst, dann kannst du mit ihnen ein Ritual durchführen, das dem Hochzeitsritus sehr ähnlich ist. Aber wenn sie in ein paar Wochen zurück nach Amerika gehen und du hier bleibst …"

„Stopp!" Überrumpelt von Willows Worten sprang ich auf. „Hierbleiben? Ich … Ich habe mich noch nicht mal entschieden, ob ich das hier wirklich alles will …"

Willow reagierte gelassen auf meine Panik. „Du hast drei Mondzyklen Zeit, dich zu entscheiden, Liebes. Wenn du bis dahin keinen Zirkel gefunden hast, der dich aufnimmt, und deine Kräfte nicht gemeistert hast, dann wird deine Magie für immer verloren sein. Dann brauchst du deinen Freundinnen nichts zu erzählen, denn dann bist du auch nur ein Mensch, genau wie sie. Wobei eine Magieberaubte noch mehr zu den Hexenwesen gehört als Menschlinge, aber dennoch wirst du keine Magie mehr ausüben können."

Wie angewurzelt stand ich da und blickte in die Ferne. Hinter der weitläufigen Schafweide sah ich einen Waldrand. Die Sonne war mittlerweile an den Spitzen der Nadelbäume angekommen und schien mir direkt ins Gesicht. Kurz genoss ich die Wärme der Strahlen auf meiner Haut, während der Wind weiterhin kühl um meine Beine wehte, und ließ die Informationen sacken.

Drei Mondzyklen blieben mir, um meine Kräfte zu entdecken und einen Zirkel zu finden. Ich musste entscheiden, ob ich mein Leben komplett auf den Kopf stellen und hierbleiben wollte. Zudem musste ich herauszufinden, ob ich meine Freundinnen mit diesem Geheimnis belasten wollte oder es vor ihnen verschweigen konnte.

Mein Kopf schwirrte. Das Vibrieren meines Smartphones riss mich aus meiner Trance. Es war eine Nachricht von Ashley.

Ash:
Wo bist du? Alles okay?

Rosie:
Alles bestens, ich war spazieren.
Komme jetzt zurück zum B&B.

„Willow, danke dir für all die Infos. Ich … Ich denke, ich komme morgen wieder?" Den letzten Satz hatte ich als Frage formuliert, da ich nicht wusste, wie eine *Familiar*-Beziehung mit einem Schaf funktionierte. Willow konnte mir schließlich nicht auf Schritt und Tritt folgen wie Spencer bei Imogen.

Sie nickte. „Lass nicht zu viel Zeit verstreichen, Rosie."

Dann machte ich auf dem Absatz kehrt und ging mit Spencer auf den Fersen zurück zum *Griffin's Brew*. Schließlich stand heute eine Bootstour an, die mir wenigstens für ein paar Stunden etwas Normalität schenken würde.

Killarney

Kapitel 8

Rosie

Verliebt, verlobt, verhext

Der Wind wehte kräftig um meinen Körper. Keine der vielen Kleidungsschichten konnte ihn daran hindern, auch das letzte Stückchen Haut zu berühren. Trotz der Sonne, die am wolkenlosen blauen Himmel strahlte, war ich vollkommen durchgefroren. Dennoch hielt mich nichts davon ab, an Deck zu stehen und die wunderschöne Landschaft Irlands von der Schiffsbrüstung aus zu fotografieren.

Die atemberaubend weitläufigen grünen Hügel, die bunten Wälder und weit und breit keine Menschenseele, nur unzählige Schafe. Der Anblick ließ widersprüchliche Gefühle in mir hochkochen. Zum einen kam ich mir unbedeutend vor in dieser riesigen schönen Welt, in der ich nur ein winziges Atom zwischen so viel Schönheit war. Zum anderen fühlte ich mich so frei und stark, als könnte ich alles schaffen.

„Damit du dir nicht die Ohren abfrierst." Ashley näherte sich von hinten und setzte mir eine kuschlige Bommelmütze auf, die meinen eiskalten Ohren Erleichterung verschaffte. „Ich habe uns Dreien je eine im Souvenirshop drinnen gekauft, aber Triss weigert sich auch mit Mütze hochzukommen."

Mit einem Grinsen drehte ich mich zu Ashley. Das Wetter war so eisig, dass außer uns nur ein weiterer Passagier an Deck war. Ein Mann in einer Bikerkluft stand auf der anderen Seite der Brüstung und betrachtete die Landschaft. Ich musterte das

Totenkopfsymbol auf seiner Lederjacke. Irgendwoher kam es mir bekannt vor.

Obwohl ich mir sonst immer alles in meinem Kopf geordnet abspeicherte, kam ich nicht drauf, woher ich das Symbol kannte, und wandte mich stattdessen wieder an meine Freundin. „War diese Bootstour nicht ihre Idee?"

Belustigt nickte sie. „Ich glaube, unsere taffe Draufgängerin hat zum einen den kühlen Wind auf See unterschätzt, zum anderen ihren sensiblen Magen. Sie sieht gar nicht gut aus. Total grün um die Nase. Aber du hast Spaß hier?"

Freudig nickte ich. „Ich glaube, ich muss nachher in der Stadt eine neue Speicherkarte kaufen. Diese hier ist schon fast voll."

Mit einem Lachen legte Ashley einen Arm um meine Schultern. „Das bekommen wir hin. Dann bestell ich uns ein Uber mit Liam, dann ist auch Triss glücklich, weil sie ihn nach seinem Bruder ausfragen kann, und ich hol mir den Rock, den ich bei unserer Shoppingtour vorgestern gesehen habe."

Ich schenkte ihr ein Lächeln, streckte die Arme nach vorn aus, mit der Kamera zwischen meinen Händen, und legte den Kopf auf Ashleys Schulter. „Sag Schafeee!" Dann knipste ich ein Selfie von uns beiden und packte meine Kamera zurück in die Ledertasche.

Fortan genoss ich den Ausblick mit meinen eigenen Augen, ohne ewig währende Erinnerungen in digitaler Form zu schießen. Ich saugte alles in mich auf, den Geruch, die Farben, den Wind und das wohlige Gefühl, das sich in meinem Herzen ausbreitete. Auch ohne Bildbeweise würde ich diesen Moment nie wieder vergessen.

„Bitches, ich habe heute eine Erkenntnis über mich selbst gewonnen: Boote sind mein Endgegner." Triss' Gesicht hatte eine blassgrüne Farbe angenommen. Noch ein paar Minuten länger auf dem Schiff und sie hätte sich in einen Oger verwandelt.

Hupend fuhr Liam um die Ecke, als wir zu dritt das Boot an der Anlegestelle verließen. Winkend lehnte er sich aus dem Fenster. „Girls, euer persönlicher Chauffeur ist da!"

Gemeinsam stiegen wir zu ihm in sein Auto und er lächelte uns freudig zu. „Und? Wie hat euch die Show gestern gefallen?"

Triss, die neben ihm auf dem Beifahrersitz Platz genommen hatte, gewann sofort ihre normale Gesichtsfarbe zurück. „War gar nicht schlecht, auch wenn ich ein bisschen enttäuscht war, dass ihr dann doch eure Klamotten anbehalten habt."

Verwirrung breitete sich auf Liams Gesicht aus, als er das Lenkrad einschlug, um am Pier zu wenden. „Was? Wieso dachtest du denn, dass sich jemand auszieht?"

Unschuldig zuckte Triss mit den Schultern, während Ashley und ich uns auf der Rückbank vor Lachen kringelten. „Ist das echt so abwegig? Eine Magiershow, heiße Kerle in einem Zaubererkostüm …"

Als Liam endlich verstand, worauf sie hinauswollte, musste auch er lachen. „Ein Stripclub? Oh, das fehlt in unserem kleinen Städtchen tatsächlich. Die Show würde ich mir auch ansehen, darauf kannst du wetten."

„Und würde dein Bruder dabei auch mitmachen?"

Ein tiefes, ehrliches Lachen erklang aus Liams Kehle. „Freddie? Niemals! Aber ich glaube, für dich würde er bestimmt eine Privatshow abliefern."

Mit tanzenden Augenbrauen drehte sich Triss zu uns um, was Ashley und mich in erneutes Gekicher versetzte. „Wieso denkst du das? Hat er etwas über mich gesagt?"

Liam fuhr an den Straßenrand und hielt mit dem Auto vor einem Elektronikladen. „Warum fragst du ihn nicht gleich selbst? Er arbeitet hier."

Freudig legte ich Triss eine Hand auf die Schulter. „Das passt perfekt. Ich brauche sowieso eine neue Speicherkarte für meine Kamera. Dann wird er nicht mal denken, dass wir nur seinetwegen dort sind."

„Danke, Liam." Triss und ich stiegen aus, während Ashley ihm Trinkgeld gab und uns wenig später folgte.

Die Ladenklingel gab einen melodischen Ton von sich, als wir die Tür zu dem Elektronikgeschäft öffneten. Freddie stand mit einem gedrungenen älteren Mann in der Mitte des Raums und zeigte ihm ein Smartphone. Als er uns bemerkte, winkte er uns kurz zu.

Triss grinste von einem Ohr zum anderen, während sie mir zu den Speicherkarten und dem anderen Kamerazubehör folgte. Flüsternd beugte sie sich an mein Ohr. „Ich weiß, du bist ein kleiner Kamerafreak, aber kannst du dich bitte ein bisschen auf dumm stellen, sodass wir ganz lange mit Freddie reden können?"

Ich schnaubte. „Ich soll mir von einem Mann etwas erklären lassen auf einem Fachgebiet, wo ich mich bestens auskenne?" Triss sah mich mit großen Bambi-Augen an. „Ausgerechnet du verlangst das von mir? Du, die jeden Kerl für *mansplaining* an den Pranger stellt?" Ihre braunen Augen wurden noch kullernder und ich konnte ihr den Gefallen einfach nicht abschlagen. „In Ordnung, dafür schuldest du mir aber etwas."

Sie umklammerte dankbar meinen Arm. „Alles, was du willst, Rosie."

Im nächsten Moment kam auch schon Freddie auf uns zu. „Gleich drei so hübsche Mädels in diesem Laden? Das ist noch nie vorgekommen, seit ich hier arbeite. Normalerweise kommt Earl jeden Mittag hierher." Er nickte hinter sich in die Richtung des älteren Mannes, der immer noch auf einem Smartphone tippte. „Und erzählt mir, dass er das Internet kaputt gemacht hat, weil eine seiner Apps eingefroren ist. Sonst verirrt sich noch der ein oder andere herein, um auch wirklich mal etwas zu kaufen, aber solche Augenweiden wie ihr sind selten dabei." Er schenkte Triss ein keckes Zwinkern.

Und als wolle jemand seine These widerlegen, öffnete sich im nächsten Moment die Ladentür. Ein Mann in Lederkutte trat ein. Wie zuvor auf dem Schiff bemerkte ich auch bei ihm das Totenkopfsymbol auf seiner Jacke. Jetzt hier, in einem warmen Raum ohne abgefrorene Finger und eisigen Wind, der um meine Ohren pfiff, fiel es mir wieder ein, woher ich dieses Bild kannte: Das war das Emblem der Black Skullz. Die Motorradgang, die uns an meinem Geburtstag im Pub so widerlich gemustert hatte. Merkwürdig, dass mir heute bereits zwei dieser Kerle über den Weg liefen.

Freddie folgte kurz meinem Blick, nickte dem neuen Kunden zu und riss mich dann mit seiner Frage aus meinen Gedanken. „Wie kann ich euch helfen?"

Ich holte meine Kamera aus ihrer Tasche und zeigte sie ihm. „Meine Speicherkarte ist fast voll, ich brauche eine neue."

Er nickte. „Dann steht ihr vor dem Regal ja schon genau richtig. Wie viel Speicherplatz brauchst du denn? 64, 128 oder 256 Gigabyte?"

Eigentlich wollte ich ihn fragen, ob er nichts Größeres hier hatte, doch mein Blick glitt zu Triss, die mich erwartungsvoll anstarrte, also stellte ich mich dumm. „Ich weiß nicht. Diese ganzen Zahlen … Das hat mich schon immer verirrt. Was würdest du denn empfehlen?"

Ein verschmitztes Lächeln spielte um seine Lippen, als sein Blick von mir zu Triss und wieder zurückwanderte. „So, so … Du willst mir sagen, du besitzt so ein teures Stück", er nickte zu der Kamera in meinen Händen, „und hast keine Ahnung, wie Speicherkarten funktionieren?"

Mit einem gequälten Lächeln hob ich die Schultern und ließ sie wieder sinken. „Die war ein Geschenk?" Ich konnte nicht überzeugend lügen. Das konnte ich noch nie, nicht mal bei so etwas Unbedeutendem wie einer Speicherkarte.

Freddie spielte mit. Er ließ sich nicht anmerken, dass er meine Lüge vollkommen durchschaut hatte. Wahrscheinlich hatte er sogar Triss' Gedanken gelesen und war bestens im Bilde, warum ich das gerade tat. Dennoch erklärte er mir den Unterschied der verschiedenen Gigabyte-Größen und führte mich auch zu der Regalreihe, an der die Speicherkarten mit 512 Gigabyte und größer hingen.

„Was habt ihr eigentlich heute Abend vor, Mädels?"

Triss, Ashley und ich tauschten einen Blick, dann zuckten wir mit den Schultern. „Kannst du uns denn etwas empfehlen? Vielleicht magst du uns eine besondere Stadtführung geben?"

Und sofort waren Triss und Freddie in einen Flirtmodus verfallen. Ich hörte beiden nicht mehr zu und schnappte mir stattdessen die Speicherkarte mit einem Terabyte Kapazität. Ich wollte schon immer eine so große Speicherkarte besitzen. Doch sogleich entschied ich mich um, als ich den Preis bemerkte. Einhundertachtzig Euro? Da nahm ich doch lieber die Speicherkarte mit 512 Gigabyte, die nur vierzig Euro kostete. Was für ein merkwürdiger Preisunterschied!

Ashley rückte nah an mich und beugte sich mit vorgehaltener Hand an mein Ohr. „Was meinst du, lassen wir die beiden Turteltäubchen heute Abend allein auf ein Date und machen es uns zu zweit im Brew gemütlich?"

Ich blickte in ihre haselnussbraunen Augen und nickte. „Klingt nach einem Plan." Dann drehte ich mich zu den zwei Flirtenden. „Freddie, wir haben gerade entschieden, dass heute Abend jede von uns dreien allein etwas machen darf, also …"

Seine Augenbrauen gingen nach oben, während sein verschmitztes Grinsen immer breiter wurde. „Na, wenn das so ist … Triss, hast du Lust auf eine persönliche Stadtführung inklusive einer Pizza vom besten Italiener der Stadt?"

„Du meinst, beim einzigen Italiener der Stadt", hielt sie dagegen.

Freddie lachte. „Erwischt."

„Ah! Ich kann es nicht fassen, ich habe nachher ein Date mit Freddie. Das heißt, ich muss gleich erstmal duschen, alles da unten gründlich rasieren und –"

Ashley verschluckte sich beinahe an ihrem Coffee to go, während wir den Hügel hinauf zum *Griffin's Brew* schritten. Die Sonne strahlte mit Triss um die Wette und wir hatten jede einen Kaffeebecher in der Hand. Ashley war glücklich über ihren neuen Rock, der in einer Papiertüte um ihr Handgelenk baumelte, und meine neue Speicherkarte hatte ich in der Kunstledertasche meiner Kamera verstaut.

„Du willst dich für ein erstes Date rasieren?"

Verwundert sah Triss unsere Freundin an. „Girl, manchmal denke ich, du bist eine Zeitreisende. Wie bei *Outlander,* nur dass die sogar dort mehr Sex haben als du."

Eingeschnappt pustete Ashley ihre Wangen auf und öffnete den Mund, um etwas zu sagen, nahm stattdessen aber einen weiteren Schluck von ihrem Kaffee und verkniff sich einen Kommentar. Ich wandte meinen Blick von den beiden Streithähnen ab und ließ meine Augen über die weitläufige Landschaft gleiten.

Der Ausflug mit meinen Freundinnen war vorbei. Wir erreichten das *Griffin's Brew* und meine Gedanken kehrten zu der Frage zurück, was ich wollte: Eine Hexe werden und meine Magie entdecken oder meine Identität ignorieren und zu meinem alten Leben zurückkehren.

Mein altes Leben … Genau darin lag die Krux. Was wartete in meinem alten Leben auf mich? Ein Studiengang, der mir zum Hals raushing. Mein altes Kinderzimmer bei meiner Familie, die ich zwar liebhatte, aber auch nicht jeden Tag um mich haben wollte. Und eine kaputte Beziehung. Ein Neuanfang war unausweichlich. Wollte ich ihn zu Hause in Tallahassee beginnen oder in dieser wunderschönen Stadt, die mir das Gefühl gab, dass ich mein ganzes Leben lang genau an diesem Ort hatte sein sollen?

„Rosie? Kommst du?" Triss und Ashley starrten mich erwartungsvoll an. Sie waren schon beinahe am Eingang des Brew und ich stand noch am Straßenrand.

Ich sog tief die Luft ein und hielt einen Moment inne, bevor ich wieder ausatmete. Der magische Geruch, der überall in Killarney zu riechen war, gab mir die Gewissheit, die ich brauchte: Ich würde mich nicht vor meiner Bestimmung verschließen. Granny hatte gewollt, dass ich genau jetzt hier war. Ich wollte jetzt hier sein und erkunden, was die Welt für mich offen hielt. Mein neuer Weg war besiegelt.

„Ich komm ja schon!"

Als wir das B&B betraten, drehte sich Triss mit ihren üblichen tanzenden Augenbrauen um, die sie immer zur Schau stellte, wenn ein heißer Typ in der Nähe war. Wen sie soeben anvisiert hatte, zeigte sich mir, als ich zum Empfangstresen sah. Dort stand Cillian und unterhielt sich mit Imogen.

Mein Herz setzte einen Schlag aus. Ich hatte zwar gestern schon sein hübsches kantiges Gesicht, seine nachtschwarzen Haare und die kontrastreich strahlenden blauen Augen gesehen, dennoch haute mich seine Feenprinz-Ausstrahlung direkt erneut aus den Socken. Er winkte uns zu und Imogen bedeutete uns mit einer Handbewegung, zu ihnen an den Empfang zu kommen.

„Na, wie war die Bootstour, Mädels?"

Wir alle drei antworteten auf unterschiedliche Weise.

„Widerlich", sagte Triss.

Ashley zuckte mit den Schultern. „Zu kalt."

Nur ich lächelte wehmütig und sagte: „Wunderschön."

Imogen lachte. „Okay, verstehe. Jede von euch hatte eine andere Erfahrung."

Triss legte Ashley und mir je eine Hand auf die Schulter. „Bitches, ich geh schon mal aufs Zimmer. Für das Date mit Freddie nachher ist noch einiges zu tun." Sie zwinkerte und wandte sich dann ab zum Fahrstuhl.

„Oh, Triss hat heute Abend ein Date mit Freddie?", fragte Imogen neugierig.

„Ja, wir haben ihn vorhin im Elektronikladen getroffen und nun ja … wir müssen ja nicht den ganzen Urlaub aufeinander hocken. Jede hat auch Zeit zur … nun …", Ashley kratzte sich verlegen am Hals, „freien Verfügung. So auch ich … und … ich dachte … Also, wenn du noch nichts vorhaben solltest … nach Feierabend –" Sie räusperte sich und ich sah die Röte ihren Hals hinaufsteigen.

Die Situation war äußerst unangenehm. Vermutlich war ich genauso peinlich berührt wie Ashley selbst. Ich wechselte einen schüchternen Blick mit Cillian, der ebenfalls betreten von Ashley wegsah. Doch Imogen verstand es, das Ruder an sich zu reißen und übernahm das Sprechen.

„Meine Schicht endet um sieben. Hast du Lust auf Thai, Burger oder lokale Küche? Ich könnte uns auch etwas bei mir kochen, dafür müssten wir aber vorher einkaufen gehen."

Mit weit aufgerissenen Augen und puderrotem Gesicht sah Ashley sie an. „T- Thai klingt gut."

Imogen grinste. „Perfekt. Dann um sieben hier im Foyer?"

Ashley nickte, dann drehte sie sich zu mir. „Oh, sorry, Rosie. Jetzt bist du ganz allein heute Abend, ich … wir … sorry!" Sie zog das letzte Wort in die Länge.

Mit einer beschwichtigenden Geste winkte ich ab. „Ach, alles okay, ich mach es mir schon hübsch. Vielleicht geh ich spazieren, bestell mir eine Pizza oder –"

Cillians rauchige Stimme unterbrach meine Aufzählung irgendwelcher improvisierter Pläne. „Oder du unternimmst etwas mit mir."

Mein Kopf schnellte zu ihm. Das Zwinkern, das er mir schenkte, ließ mich an seiner Intention zweifeln. Wollte er ein Date mit mir oder über meine Hexenausbildung sprechen? Ich musterte ihn eingehend und auch das erneute Zwinkern ließ das Monster in meinem Bauch zwar aufheulen, brachte mir aber keinerlei Erkenntnis.

„O- Okay. Gern. Auch um sieben hier?"

Er schenkte mir ein Grinsen, das mich beinahe umwarf und seine unverschämt perfekten Wangenknochen betonte. „Ich bin hier. Wir können auch gern schon eher los."

Ich schluckte schwer. Innerlich versuchte ich mir einzureden, dass er sich nur mit mir traf, um Hexendinge zu besprechen. Vermutlich sollte ich mir nicht zu viel auf seine Worte einbilden und dem Monster in meinem Magen einen Baseballschläger überziehen. „In Ordnung. Ich bring nur meine Kamera hoch und komm dann wieder runter."

Ashley zog am Henkel der Kameratasche. „Die kann ich doch für dich mitnehmen."

Ab ins kalte Wasser mit mir. Keine Zeit, es mir anders zu überlegen und kalte Füße zu bekommen. Alles klar, dann los!

Also gab ich Ashley die Tasche und sie verschwand im Fahrstuhl. Leise drehte ich mich zu Cillian und Imogen um. „Startet jetzt das Hexenprogramm?" Beide nickten und das Monster in meinem Bauch schniefte enttäuscht.

„Zumindest bis sieben. Dann lass ich euch beide allein und ihr könntet auch zu einer Dateaktivität übergehen", sagte Imogen mit einem verheißungsvollen Lächeln.

Freudig sprang das Wesen in meinem Bauch auf, bevor mein Verstand sich einschaltete und ihm zuflüsterte: „Ruhe da unten, das war ein Scherz, du dummes Ding!"

Kapitel 9

Rosie

Hexentraining

Zusammen mit Cillian und Imogen befand ich mich im Keller des *Griffin's Brew*, der exakt so aussah, wie man sich ein Hexen-Quartier vorstellen würde: An den grauen Steinwänden hingen verschiedene getrocknete Kräuterbündel – Salbei, Wacholder, Mistel und viele andere Pflanzen, die ich noch nie zuvor irgendwo auf einer Wiese gesehen hatte, nur ebenfalls getrocknet in der Küche meiner Granny.

Auf einem großen antiken Holztisch stand ein massiver schwarzer Kessel, neben dem diverse Glasphiolen aufgereiht waren. Daneben an der Wand gab es ein Regal, das mit verkorkten Fläschchen in verschiedenen Formen befüllt war. Der Inhalt der Gefäße reichte von glasklar über quietschgrün bis blutrot. Alle trugen ein vergilbtes Namensschild, doch ich befand mich zu weit weg, um die Aufschrift lesen zu können.

Genau wie im Foyer befanden sich auch hier unten Bücherregale mit Werken, die deutlich älter waren als Cillians, Imogens und mein Alter zusammengerechnet. Außerdem lehnten an der Wand mehrere Besen, die alle unterschiedlich aussahen. Einer hatte sehr strubbelige Borsten, die eines anderen wirkten wie geölt.

Mit einem amüsierten Glucksen wandte ich mich an Imogen. „Sag mir bitte, dass die für die Reinigung des Brew sind und nicht zum Fliegen."

Mit bitterernster Miene musterte sie mich. „Warum sollte ich dich belügen? Außerdem sind Flugbesen unter keinen Umständen Putzbesen. Das solltest du dir merken, wenn du nicht willst, dass dein Besen dich aus fünfhundert Metern Höhe abwirft."

Ich schluckte. „Ver- verstanden." Hatte ich das wirklich?

„Gut." Imogen ging um den Tisch mit dem Kessel und ich wandte meinen Blick von den Besen ab. „Dann finden wir mal heraus, was du bist. Wer in deiner Familia war noch mal ein Hexenwesen?"

„Meine Oma", antwortete ich. „Willow meinte, sie war eine Brauende."

Zustimmend nickte sie. „Ah, stimmt. Dein *Familiar*. Spencer hat mir von eurem Ausflug heute Morgen erzählt. Richtig gut, dass du so früh einen Vertrauten gefunden hast. Spencer war schon in meiner Kindheit bei mir, also bin ich an meinem einundzwanzigsten Geburtstag mit einem *Familiar* in meinem Bett aufgewacht. Andere haben da nicht so viel Glück." Sie sah entschuldigend zu Cillian.

„Oh, du hast noch keinen *Familiar* gefunden?"

Traurig schüttelte er den Kopf. „Nein, leider nicht. Meine Schwester Cornelia hat George – eine Boa Constrictor. Aber mir hat sich noch kein Vertrauter gezeigt."

Ich keuchte. „Eine Schlange? Der *Familiar* deiner Schwester ist eine Schlange?"

Mit einem gelassenen Nicken überging er mein Entsetzen. „*Familiars* können jedes Tier sein. Freddies *Familiar* ist zum Beispiel ein Yorkshire Terrier, Liams ein Eichhörnchen. Und sogar Theo hat einen sprechenden Waschbären an seiner Seite, obwohl er ein Magieberaubter ist."

Imogen zählte die Vertrauten ihrer Geschwister auf. „Abigail ist mit einer Fledermaus verbunden und Isaacs *Familiar* ist die wohl hochnäsigste Bartagame der ganzen Welt: Sir Adalar." Amüsiert verdrehte sie die Augen.

Da fiel mir etwas ein, das sie gestern über ihren Bruder gesagt hatte: Er war ein Wirkender, obwohl das eine Kunst war, die normalerweise nur weibliche Hexen beherrschten. „Imogen, darf ich fragen, wieso Isaacs Kräfte sich von den anderen unterscheiden?"

Verhalten wechselte sie einen Blick mit Cillian, der ihr zunickte. „Du musst aber versprechen, ihn nicht anders zu behandeln, wenn ihr euch wiederseht. Tu am besten so, als würdest du es nicht wissen, okay?" Verwirrt kniff ich die Augen zusammen, nickte aber. „Isaac ist als Hexe auf die Welt gekommen. Noch vor seinem einundzwanzigsten Geburtstag hat er sich dazu entschieden, ein Hexer zu werden. Und jetzt sind es allein seine Kräfte, die ihn an sein früheres Leben erinnern." Sie zuckte mit den Schultern.

„Oh, das ist sicher nicht leicht für ihn, oder? Ich kann mir vorstellen, dass sich seine Kräfte dadurch eher fremd für ihn anfühlen."

Imogen zuckte beiläufig mit den Schultern. „Wenn das so ist, dann zeigt er es auf eine merkwürdige Art und Weise. Schließlich dürfen wir uns immer wieder anhören, dass er ja der mächtigste Hexer der Welt sei mit seinen Kräften. Aber Isaac mal beiseite, kommen wir zurück zu dir: Deine Großmutter war also eine Brauende? Na, dann schauen wir doch mal, ob sie das an dich vererbt hat."

Wenige Minuten später waren wir uns alle drei einig, dass ich ganz sicher keine Brauende sein kann. Unsere rußbedeckten Gesichter nach einem missglückten Zaubertrank, der nach Imogens Expertise ‚super, super einfach' sein sollte, bestätigten diese Annahme.

„Okay, mein Fachgebiet wird hier eh nicht mehr gebraucht. Deshalb hau ich mal ab, schließlich habe ich nur noch eine halbe Stunde Zeit, um mich komplett von Ruß zu befreien, damit ich pünktlich und vorzeigbar zu meinem Date mit Ashley erscheine." Sie grinste mit einem vorfreudigen Glanz in den Augen, dann sah sie zu Cillian. „Ich kann unsere kleine Junghexe vertrauensvoll in deine Hände geben?"

Er nickte und schenkte ihr ein Zwinkern. „Amüsiere du dich nachher mal gut auf deinem Date."

Ein verschmitztes Lächeln spielte um ihre Lippen, als Imogen sich zum Gehen abwandte. Auf der Kellertreppe angekommen rief sie „Gleichfalls!" und verschwand.

Mein Herz schlug ein wenig schneller, jetzt wo ich mit Cillian allein in dem unterirdischen Raum des B&B war. Während ich nicht wusste, was ich fühlen sollte, hatte mein Bauchmonster schon längst für mich entschieden. In meinem Rumpf schlug es wilde Purzelbäume und selbst die Stimme der Vernunft, die immer wieder predigte, dass das kein Date war, verstummte, als seine rauchige Stimme erklang.

„Da wir jetzt schon wissen, zu welcher Fraktion du gehörst, wollen wir uns etwas zu essen bestellen? Ich lade dich ein."

Meine innere Stimme schrie aufgeregt in meinem Kopf: „Sag etwas Cooles!" Ich blinzelte schnell, Schlagfertigkeit war wirklich kein großes Talent von mir, also versuchte ich es mit einem Lächeln. „Okay, dann überrasch mich mal mit einem veganen Killarney-Klassiker."

Cillians hinreißend blaue Augen verengten sich. „Du lebst vegan? Krass, ähm –"

Wundervoll, jetzt würde ich sicher einen Vortrag darüber hören, weshalb Veganismus unnötig sei. Mansplaining in drei, zwei, eins …

„Da hat Killarney leider nicht viel zu bieten, aber meine Wohnung. Immerhin ist dort der gesamte Inhalt des Kühlschranks vegan."

Okay, damit hatte ich nicht gerechnet. „Ähm … D- du bist vegan?"

Er nickte. „Seit drei Jahren. Und du?"

„Versucht habe ich es, seit ich zwölf bin. Nach dem Tod meiner Granny habe ich aber erfahren, dass sie heimlich Butter ins Essen gemischt hat, also so richtig erst seit zwei Jahren." Ich lachte verlegen und auch Cillian musste schmunzeln.

„Was sagst du, hast du Bock auf ein selbstgekochtes veganes Menü, definitiv ohne Butter?"

Für einen Moment überlegte ich, ob ich wirklich mit ihm in seine Wohnung mitgehen sollte. Eigentlich kannten wir uns kaum, ich war in einem fremden Land, Ashley und Triss waren auf einem Date … Alles, was mir jemals beigebracht worden war, meldete sich in mir und schrie mir verneinend entgegen.

Andererseits hatte ich auch gelernt, dass Magie nicht existiert und nun stand ich hier in einem Hexenkeller mit einem wahrhaftigen Hexer vor mir und eigener Magie, die angeblich irgendwo in mir steckte. Und außerdem: Ashley und Triss waren auch auf einem Date. Das Monster in meinem Bauch verpasste meiner Vernunft einen mächtigen Tritt und ehe ich realisieren konnte, was ich tat, stimmte ich seinem Vorschlag zu.

Bevor wir den Keller verließen, reichte mir Cillian ein Taschentuch. „Wir sollten uns zumindest ein bisschen den Ruß aus dem Gesicht wischen, damit wir nicht zu viel Aufsehen im Foyer des Brew erregen."

Kapitel 10

Rosie

Hexenfieber

Vor dem Spiegel in Cillians Badezimmer versuchte ich irgendwie meinen Pony dazu zu bringen, richtig zu liegen. Doch was ich auch unternahm, es sah immer wieder daneben aus. Nach dem zwölften missglückten Versuch stampfte ich wutentbrannt mit dem Fuß auf und schloss erzürnt die Augen.

„Ich wünschte, ich hätte keinen Pony mehr! Und allgemein nervt es mich, dass ich in der Wohnung eines supersüßen Typen voller Ruß bin, verdammt."

Als ich nach meinem kleinen Ausraster die Augen öffnete, traute ich meinem Spiegelbild nicht. Mein Pony war verschwunden! Die vorderen Strähnen meiner Haare fügten sich wunderbar in meinen Stufenschnitt ein und es wirkte, als hätte ich eben erst ein sehr teures professionelles Blowout beim Friseur bekommen. Ich ging mit meinem Gesicht näher an den Spiegel. Auch der Ruß war verschwunden und mein Make-up sah so perfekt aus, wie ich es selbst niemals hinbekommen würde.

Ich schluckte. Was um Himmels willen war gerade geschehen? Dann erkannte ich die nächste Überraschung: Anstatt eines grauen Strickpullovers mit einem grün karierten Rock und einer dicken Strumpfhose trug ich ein schwarzes enges Kleid mit Spaghettiträgern. So etwas hätte ich nie im Leben gekauft, da ich immer dachte, zu aufreizende Fummel wären nichts für mich. Doch in Cillians Spiegel gefiel mir der Anblick des seidigen Stoffs um meine runden Kurven.

Allgemein war ich seit meinem Geburtstag wie verwandelt. Zum ersten Mal in meinem Leben fühlte ich mich wirklich wohl in meiner Haut. Wobei das noch untertrieben war: Ich fand mich heiß und begehrenswert. Ob dieser sogenannte Charme einer Junghexe auch bei dem eigenen Spiegelbild funktionierte?

„Rosie? Ist Lasagne okay oder willst du lieber Pizza?"

Cillians Stimme riss mich von meinem Spiegelbild los. Plötzlich wurde mir wieder bewusst, wo ich war. „Lasagne klingt hervorragend."

Ich fasste mir ein Herz, warf einen letzten Blick in den Spiegel und öffnete die Badezimmertür. Cillians Augen weiteten sich bei meinem Anblick. „Woah, ich … Wie … Das hast du alles in meinem Bad in den vergangenen fünf Minuten gemacht?"

Schulterzuckend stand ich da. „Ich würde meinen, wir wissen jetzt definitiv, dass ich eine Wirkende bin."

Seine Augen blitzten auf. „Und dein erster Zauber ist eine Verwandlung?" Er starrte mich mit großen Augen an. „Rosie, das ist Magie für Fortgeschrittene. Selbst für erfahrene Hexen ist Verwandlung ein extrem schweres Fachgebiet."

Ich stutzte. „Ehrlich? Aber … Nun, ich habe es nicht absichtlich gemacht. Vielleicht war es Anfängerglück?"

Cillian entfuhr ein leises Lachen. „Anfängerglück … womöglich. Auf jeden Fall siehst du umwerfend aus."

„Das ist gut, denn ich habe keine Ahnung, wie ich das –", ich deutete von meinem Kopf bis zu meinen Füßen, „wieder rückgängig machen soll."

Erneut dieses rauchige Lachen. „Das sollst du bitte auch nicht."

Lächelnd folgte ich ihm in die offene Wohnküche, wo er die Zutaten für die Lasagne aus dem Kühlschrank holte. In der Zwischenzeit sah ich mich im Raum um. Neben der rustikalen Küche mit den weißen Fronten und der hölzernen Arbeitsplatte war das Wohnzimmer im industriellen Stil gehalten. In der Mitte stand ein abgenutztes braunes Ledersofa, die Regale und der Couchtisch waren dunkelbraun mit mattschwarzen Metallstreben und auf dem Boden lag ein flauschig aussehender weißer Teppich.

Sein Einrichtungsstil gefiel mir, doch am meisten mochte ich den Geruch, der in seiner Wohnung vorherrschte. Schon früh hatte ich bemerkt, dass jedes Appartement, jedes Haus einen ganz bestimmten Duft hatte, je nachdem, wer darin wohnte. Und dieses Bouquet konnte sich vollkommen von dem Geruch der Person selbst unterscheiden. Meine Granny hatte immer nach Veilchen gerochen und ihr Zuhause nach Wald und Kräutern.

Während ich den Duftakkord von Cillians Wohnung in mich aufnahm – Weihrauch und frisch geschliffenes Holz – fragte ich mich, wonach Cillian wohl roch. Mein Blick wanderte zu dem gutaussehenden jungen Mann, der sich gerade über ein Küchenbrett gebeugt hatte und Paprika klein schnitt.

„Geh zu ihm und finde es heraus!", hisste das Monster in meinem Bauch. Es verzehrte sich nach ihm, ich verzehrte mich nach ihm. Was merkwürdig war, da ich ihn kaum kannte. Ja, ich wusste noch nicht mal, wie er roch. Und dennoch stieg unkontrollierbare Hitze in mir auf bei seinem Anblick.

Cillian sah auf und unsere Blicke trafen sich. Er schenkte mir ein kurzes Zwinkern und noch mehr Wärme durchströmte meinen Körper. Seine pechschwarzen Haare über seiner porzellanfarbenen Haut, die umwerfend tiefblauen Augen und die Muskeln, die unter seinen hochgekrempelten Ärmeln hervorblitzten … Er sah wahrlich aus wie ein Feenprinz aus den Fantasyromanen, die ich so gern las.

Mit einer Hand wedelte ich mir leicht Luft zu, während ich mit der anderen Hand meine Haare hochhielt, um Luft an meinen Nacken zu lassen. „Ist ganz schön warm bei dir."

Cillian sah zu dem Thermostat an der Wand. „Ich kann gern die Heizung etwas runterdreh-" Als sein Blick zu mir wanderte, verstummte er. Sorgenfalten legten sich auf seine Stirn. „Rosie, hat Imogen dir heute einen neuen Trank gegeben?"

Ich biss mir auf die Unterlippe, um mein unbändiges Verlangen zu unterdrücken, das seine rauchige sexy Stimme in mir auslöste. Dabei schüttelte ich den Kopf.

„Fuck." Er zog sein Smartphone aus der Hosentasche. „Ich schreib ihr eine Nachricht. Du bist hitzig. Das passiert bei der Transition zum Hexenwesen und führt unbehandelt zu einem unbändigen Sexualtrieb." Nachdem er die Nachricht zu Ende getippt hatte, legte er das Smartphone auf der Arbeitsplatte ab.

Ich kniff unschlüssig die Augen zusammen. Ein unbändiger Sexualtrieb? Wieso wollte er, dass Imogen diesen Drang in mir unterdrückte? Das konnte nur eins bedeuten. „Oh, und du stehst nicht auf mich, deshalb ist es dir lieber, wenn Imogen mein Verlangen mit einem Trank unterdrückt … Verstehe." Beschämt sah ich auf meine Fingernägel.

Ein kehliges Lachen entfuhr ihm. „Oh, Rosie, ganz im Gegenteil. Ich finde dich unglaublich attraktiv. Aber mit dem Sexualtrieb einer Junghexe ist nicht zu spaßen. Ich kenn das noch von meiner Transition und weiß, wie sich das anfühlt. Auch ich habe gedacht, dass das doch nicht unbedingt etwas Negatives sein muss. Aber glaube mir, wenn ich dir sage, dass dieser Trieb, dieser Hunger so einnehmend ist, dass du bald an nichts anderes mehr denken kannst."

Ich schluckte. Mein Blick war bei seinen Worten unweigerlich zu seinen vollen, sinnlichen Lippen gewandert.

„All deine Nerven sind um das Hundertfache sensibler als normalerweise. Und wenn du dem Drang erst nachgibst, dann gibt es kein Halten mehr. Ein Orgasmus kommt so schnell, so intensiv und so einnehmend, dass es dir beinahe den Verstand raubt …" Mit immer heißer werdendem Körper ging ich auf ihn zu und ließ die Hand dabei über die Arbeitsplatte gleiten. „Nur bleibt es nicht bei einem Orgasmus. Während dieser

Phase kannst du immer und immer wieder kommen, ohne Pause und jedes Mal ist einnehmender als das vorherige."

Ich blieb so knapp vor ihm stehen, dass nur ein Blatt Papier noch zwischen uns Platz gehabt hätte. Ein zittriger Atemstoß entfuhr meinem Mund. „Den negativen Part daran konnte ich bislang noch nicht heraushören."

Cillian leckte sich bedächtig über die Lippen. „Nun, wir wären die ganze Nacht wach. Hätten immer und immer wieder Sex. Während ich zu neuen Kräften komme, würde ich dich verwöhnen, wieder und wieder …"

Leise stöhnte ich auf, ließ meinen Blick von seinen mich durchbohrenden Augen zu seinen Lippen gleiten. „Mhm … Und kommt der negative Part auch noch?"

„Es …" Er stockte und auch seine Augen fixierten meine Lippen eindringlich. „Es würde dich Kraft kosten, Kraft, die du besser in deine Ausbildung zur Hexe und die Entwicklung deiner Fähigkeiten stecken solltest."

„Oh!" Der Laut klang mehr wie ein lustvolles Stöhnen als wie ein Ausruf der Erkenntnis. „Würde ich denn –" Wieder hob ich mit der einen Hand meine Haare. Der Schweiß lief mir den Nacken hinunter. „Würde ich meine Magie *verlieren*, wenn ich dem Drang nachgeben würde?"

Wieder fuhr er sich mit der Zungenspitze über die Lippen, diesmal langsamer. „Nein, nicht, dass ich wüsste. Du wirst nur einige Tage zur Erholung brauchen und –" Doch er sprach nicht weiter, sondern musterte mich mit diesen wunderschönen blauen Augen.

„Ja?" Mit meiner anderen Hand berührte ich seine und fuhr dann seinen Arm hinauf zu seinem Hals.

„Irgendetwas war da noch, was das Hexenfieber betraf, doch …" Er zitterte leicht, dann beschleunigte sich sein Atem. „Ich kann mich nicht erinnern."

„Dann wird es nicht so wichtig gewesen sein …" Ich fuhr mit der Zunge über meinen Mund. Diese Geste ließ mich noch stärker danach lechzen, seine Lippen auf meinen zu spüren. „Ich wüsste wirklich keinen Grund, dem Verlangen nicht nachzugeben."

Mit zugekniffenen Augen biss er sich auf die Lippe. Ich nutzte meine Chance und versetzte ihm den Gnadenstoß, indem ich mich auf die Zehenspitzen stellte und seinen Hals küsste. Ein erregtes Keuchen entfuhr ihm. „Rosie, nicht … du –"

Mit der Hand in seinem Nacken entfernte ich mich von ihm und sah ihm tief in die Augen. Meine andere Hand ließ meine Haare los, die mir sofort den Rücken hinunterfielen wie ein Umhang, der sich um meinen Körper schlang. Dann berührte ich seine Hose. „Ich will das, Cillian. Ich will *dich*! Und ich kann spüren, dass du mich auch willst." Ich intensivierte den Druck meiner Hand um die Beule in seiner Hose, was ihn all seine Prinzipien über Bord werfen ließ.

Im nächsten Moment presste er seine Lippen auf meine und entfachte ein Feuerwerk der Erlösung in mir. Ich spürte seine Hände um meine Taille und einen Wimpernschlag später hob er mich auf die Arbeitsplatte. Meine Beine schlang ich fest um seine Hüften.

Seine Lippen schmeckten köstlich auf meinen und endlich roch ich seinen betörenden Duft: Salbei und Zitronengras. Mit seinen Küssen liebkoste er meinen Hals und schob den Spaghettiträger des Kleids von meiner Schulter. All meine Nerven pulsierten wie wild, als er meine Brüste küsste, den Stoff beiseiteschob und mit der Zunge meine harten Nippel umkreiste.

Sofort pulsierte alles in mir, der erste Orgasmus bahnte sich an und dabei hatte er noch nicht mal meine intimste Stelle berührt. Lusterfüllt stöhnte ich auf, wurde immer lauter, Cillians Zunge immer drängender. Als ich den Höhepunkt erreichte, krallte ich mich mit allen zehn Fingernägeln in seinen Pullover.

Doch danach war nicht Schluss. Genau wie er gesagt hatte, hörte mein Verlangen dort nicht auf. Sofort fuhren meine Hände zu seinem Gürtel und ich öffnete ungeduldig die Schnalle.

Im selben Moment zog Cillian den Slip unter meinem Kleid hervor und berührte meine Klitoris mit seinem Mittelfinger. Allein das bloße Auflegen seines Fingers ließ mich Sterne sehen. Ich schrie bei jeder Bewegung mehr und mehr und konnte nicht fassen, dass ich bereits nach wenigen Sekunden zum zweiten Mal meine Nervenenden explodieren spürte.

Ich fühlte seine zarten Lippen auf meinen, kurz darauf raunte er mir mit tiefer rauchiger Stimme ins Ohr: „Komm für mich so oft du kannst, Baby." Dann ging er auf die Knie, schob den Saum meines Kleides nach oben und ich spürte seine Zunge dort, wo gerade noch seine Finger gewesen waren.

„O Gott, ja!", stöhnte ich, während seine Zunge immer drängender um mein Lustzentrum kreiste. Er griff meine Hüfte, zog mich weiter vor an den Rand der Arbeitsplatte und nahm dann unterstützend seine Finger, die er tief in mich einführte.

Mittlerweile sah ich tausend Farben und konnte kaum ausmachen, wo der eine Orgasmus aufhörte und der nächste begann. Warum sollte man diese Hitze nicht ausnutzen, wenn einem so ein Geschenk zuteilwurde? Noch nie hatte ich so intensive Orgasmen gehabt. Es fühlte sich beinahe so an, als hätte ich noch nie in meinem Leben überhaupt einen richtigen Höhepunkt erlebt. Cillians Zunge kreiste immer fordernder, seine Finger drangen immer tiefer in mich ein, bis ich ein Klingeln in den Ohren hörte.

Er stoppte. Sein Kopf schnellte zurück, er zog die Finger vorsichtig aus mir. „Bitte nicht aufhören", flehte ich ihn an.

„Es hat geklingelt. Das ist Imogen mit dem Trank." Er legte seinen Zeigefinger auf die Lippen und bedeutete mir damit, ruhig zu sein. Dann ging er zur Tür.

„Imogen. Endlich. Du bist noch rechtzeitig gekommen."

Ich hörte Imogens Stimme. „Ich habe heute Morgen vollkommen vergessen, ihr den Trank zu geben. Ich hoffe, er wirkt schnell. Meinst du, du kannst ihr widerstehen?"

Cillian lachte. „Na, aber sicher. So schlimm ist das Hexenfieber noch nicht. Ich habe dich bei den ersten Anzeichen alarmiert."

Das schien Imogen zu besänftigen. „Perfekt. Du weißt, dass Isaac durchdrehen würde, wenn ihr beide … na ja, du weißt schon. Dann geh ich wieder zu meinem Date. Bye."

Er kam zurück in die Küche, mit einer Plastikflasche in der Hand, in der eine orange-rote Flüssigkeit zu sehen war. „Dein letzter Ausweg aus dem Ganzen." Er hielt mir die Flasche entgegen, ich nahm sie und stellte sie neben mich auf die Arbeitsplatte, dann sprang ich herunter. „Willst du das denn?"

Abwehrend hob Cillian die Hände. „Das ist vollkommen deine Entscheidung, Rosie."

„Ich habe gehört, wie du Imogen angelogen hast. Ihr verheimlicht hast, wie schlimm es bereits ist."

Er schnaubte und umklammerte meine Schultern sanft, als ich vor ihm stand. „Das war nicht gelogen, Rosie. Du bist noch nicht annähernd in der höchsten Ekstase angekommen. Also, entscheide dich: Nimm den Trank und wir fahren mit einem normalen Abend fort, oder –"

Mein Blick ging zu der Plastikflasche. Ein normaler Abend? Das war nach den Orgasmen, die ich gerade gespürt hatte, nicht mehr möglich. Dieses Gefühl war so aufregend, so belebend, ich wollte es nicht aufgeben. Egal, welche Konsequenzen auch immer auf mich warteten, das war es wert.

Meine Entscheidung war getroffen. Ich legte Cillian also einen Finger auf die Lippen und fuhr mit einer Hand in seine Hose. „Wo ist dein Schlafzimmer?"

Kapitel 11

Rosie

Kräfte

Am nächsten Morgen erwachte ich an Cillians Brust gekuschelt. Sein Arm lag um meine Schultern und er schlief noch tief und fest. Mit weit aufgerissenen Augen starrte ich ihn an.

Fuck, Fuck, Fuck! Langsam realisierte ich, was die vergangene Nacht passiert war. Oder sollte ich besser sagen, was bis vor ein paar Stunden noch passiert war? Als Cillian und ich das letzte Mal miteinander geschlafen hatten, war bereits die Sonne aufgegangen und jetzt? Mist, wie spät war es nur? Ashley und Triss würden sich sicher schon Sorgen machen.

So vorsichtig wie möglich zog ich mich aus Cillians Umarmung. Ich schnappte mir das Kleid vom Boden und verließ leise das Schlafzimmer. Im Flur suchte ich kurz meine Handtasche. Als ich sie neben der Wohnungstür auf einem kleinen Hocker fand, holte ich mein Smartphone daraus hervor. Es war kurz nach zehn und der Gruppenchat mit Ashley und Triss blinkte mit sieben neuen Nachrichten in meinen Mitteilungen auf.

> 21:39 Triss:
> Wartet heute nicht auf mich, bitches.
> Freddie zeigt mir sein Appartement. ;)

> 22:17 Ash:
> Ich komme heute auch nicht zurück auf's
> Zimmer. Das Date mit Imogen läuft spitze.

09:00 Triss:
Geht ruhig ohne mich zum Frühstück, ich bekomme heute Croissants und Kaffee ans Bett. Und danach gibt's Baguette im Bett, wenn ihr versteht, was ich meine. ;)

09:12 Ash:
Ich bin schon unten beim Frühstück. Rosie, kommst du runter?

09:40 Ash:
Rosie??? Du bist auch nicht nach Hause gekommen. Alles okay?

09:42 Triss:
Biiitch, hast du den heißen Cillian flachgelegt? Nice! Ich komm jetzt zurück ins B&B. Ich habe jetzt übrigens Liams Nummer, wir sollen ihn immer direkt anrufen, wenn wir eine Fahrt brauchen. Ist besser für ihn. +353178 98217730

10:02 Ash:
Rosie, wir machen uns echt Sorgen. Melde dich.

10:13 Rosie:
Bin unterwegs, macht euch bitte keine Sorgen. Sorry, dass ich nicht geschrieben habe. Bin eingeschlafen.

Schnell kopierte ich Liams Nummer in mein Adressbuch und schrieb ihm eine Nachricht:

Rosie:
Bin bei Cillians Appartement. Kannst du mich abholen und ins Brew fahren, bitte?

Liam:
Bin in 10min da.

Dann blinkte eine erneute Nachricht im Gruppenchat auf.

Ash:
Zum Glück! Wir haben uns echt Sorgen gemacht, dass etwas Schlimmes passiert ist.

Triss:
Ich mach mir immer noch Sorgen, dass etwas Schlimmes passiert ist. Es wäre ja wohl schlimm, wenn Rosie als Einzige von uns nicht flachgelegt worden wäre gestern Nacht.

Ash:
Triss!

Ich sperrte den Bildschirm und steckte mein Smartphone zurück in die Tasche, dann schlüpfte ich in das verboten knappe schwarze Kleid von gestern und fragte mich, wie ich mich darin hatte wohlfühlen können, dann zog ich meinen grünen Mantel über. Bevor ich die Wohnungstür öffnete, erinnerte ich mich an den Trank. Auf Zehenspitzen ging ich in die Küche, nahm die Plastikflasche von der Arbeitsplatte und ging zurück in den Flur. Dort zog ich meine Boots an und verschwand aus Cillians Appartement, ohne mich zu verabschieden.

Es war unhöflich, das wusste ich. Doch nach der gestrigen Nacht konnte ich Cillian nicht mehr in die Augen sehen. Ich hatte so oft in Ekstase seinen Namen gerufen, dass mir allein der Klang in meinem Kopf die Schamesröte ins Gesicht trieb. Bilder schoben sich vor mein inneres Auge. Bilder von Dingen, die ich ihn hatte mit mir anstellen lassen, und sofort kehrte die Hitze zurück. Mein Griff um die Flasche in meiner Hand verhärtete sich. Sollte ich den Trank jetzt noch trinken? Ich hatte keine Ahnung von diesen Hexendingen. Würde er noch wirken, nachdem ich gestern dem Verlangen nachgeben hatte?

Liam würde es wissen. Er würde mir so einige Fragen beantworten müssen auf dem Weg ins Brew. Als ich die Eingangstür von Cillians Wohnhaus aufstieß, stand sein schwarzes Auto auch schon vor der Tür. Er empfing mich herzlich mit einem breiten Grinsen, während er mit verschränkten Armen gegen die Beifahrertür gelehnt stand.

„Na, Rumtreiberin?“ Er entfernte sich vom Auto und öffnete mir die Tür. Schweigend stieg ich ein.

Nachdem er hinter dem Steuer Platz genommen hatte, hielt ich ihm sofort die Flasche mit der orange-roten Flüssigkeit unter die Nase. „Der Trank gegen das Hexenfieber. Kann ich den auch noch nehmen, nachdem … Nun ja … ich dem Verlangen nachgegeben habe?“

Mit geweiteten Augen sah er mich an. „Scheiße, du hattest was mit Cillian während des Hexenfiebers? Sag mir, dass ihr nur Handstuff und Oralverkehr hattet.“

Ich schluckte. Liams Stimme klang besorgt. „Was wäre denn, wenn ich dir sagen würde, dass auch mehr lief?“

Wütend schlug Liam auf das Lenkrad. „Fuck, O'donnovan, du ausgefuchster Hund.“ Seine Reaktion machte mir Angst. Was hatte das alles zu bedeuten? Hatte Cillian mir etwas verschwiegen? „Rosie, trink dein Gebräu, ich bring dich jetzt zurück ins Brew und muss dann ein Notfallmeeting mit dem Zirkel einberufen.“

„Giiirl!“ Ashley und Triss begrüßten mich freudig, als ich in unser Zimmer kam. „Na, wie war's?“ Mit tanzenden Augenbrauen musterte Triss mich.

Ich ließ mich auf einem Stuhl nieder und spiegelte die Frage zurück, da ich gerade nicht wusste, wie ich den Abend mit Cillian beschreiben sollte. „Erzählt erstmal ihr. Triss, wie war es mit Freddie?“

Sofort begann sie alles bis ins kleinste Detail zu berichten. Angefangen von der Pizza, die für ihren Geschmack eindeutig zu wenig Käse hatte. Bis hin zu Freddies bestem Stück, dem für Triss' Geschmack ein paar Zentimeter fehlten, was er aber mit seiner Fingerfertigkeit wettmachen konnte. Ashley und ich tauschten einen unserer bekannten Blicke, denn unsere Freundin erzählte uns gern jede Einzelheit ihrer Dates, ob wir die Details nun so genau wissen wollten oder nicht.

„Und wie war es bei dir?“ Neugierig sahen Triss und ich zu Ashley, die unseren Blick mied und deren Mund sich zu einem breiten Grinsen verzog, während ihre Wangen rosa anliefen.

„Schön“, sagte sie kurz angebunden, woraufhin sie einen auffordernden Blick von Triss erntete. „Okay, okay … Vielleicht habe ich mir gestern ein Beispiel an dir genommen, mich vor dem Date rasiert und es nicht bereut.“

„Uuuuh! Es freut mich, dein Sex-Vorbild gewesen zu sein. Scheint so, als hätten wir gestern alle drei eine heiße Nacht gehabt?“ Der Blick meiner Freundinnen wanderte fragend zu mir.

„Das hatten wir. Puh, muss eine wilde Mondphase gewesen sein, was?“ Ich kicherte unbeholfen und sowohl Ashley als auch Triss merkten sofort, dass etwas nicht stimmte.

„Ist alles okay?“ Triss tanzende Brauen gingen nach unten und verwandelten ihr Gesicht in eine sorgenvolle Miene. „Muss ich diesem Cillian die perfekten Wangenknochen zertrümmern?“

Ich vergrub mein Gesicht in den Händen und schüttelte den Kopf. „Nein, er hat nichts falsch gemacht. Ich schäme mich nur so."

Verwundert blickten meine Freundinnen sich an. „Wofür?"

Mit zusammengepressten Lippen sah ich die beiden an. „Ich habe mich gestern Nacht nicht wiedererkannt. So hemmungslos und voller Lust war ich noch nie gewesen. Und das an einem ersten Date. Ich will gar nicht wissen, was Cillian jetzt über mich denkt."

Nach meinen Worten veränderte sich der Ausdruck in den Gesichtern der Mädels. Triss grinste schelmisch bis über beide Ohren und Ashley schenkte mir einen mitfühlenden Blick.

Ich wollte nichts von ihnen hören, also schnappte ich mir frische Klamotten und ging damit ins Badezimmer. „Ich muss jetzt duschen. Wir können gleich weiterreden."

Triss hielt mich zurück. „Ach, girl? Wenn es dir weiterhilft, du siehst heute umwerfend aus. Du strahlst richtig."

Ashley stimmte ihr zu. „Und deine Haare liegen richtig gut. Irgendetwas ist anders an dir."

Mit einem dankbaren Lächeln schloss ich die Tür zum Badezimmer und betrachtete mich im Spiegel, während ich mich meines Mantels und des herbeigezauberten Kleides entledigte. Meine Freundinnen hatten recht. Die gestrige Verwandlung schien noch immer anzuhalten. Meine Haare lagen einsame Spitze, obwohl ich sie nach einer wilden Nacht zwischen den Laken noch nicht einmal gekämmt hatte, und auch mein Make-up war unversehrt. Als ich mit meiner Hand über mein Gesicht fuhr, spürte ich keinerlei Produkte auf meiner Haut. Konnte es sein, dass der rosige Glow meiner Wangen, meine glänzenden roten Lippen und die perfekt geschwungenen Wimpern nun ein Teil von mir waren?

Verdutzt wich ich vom Spiegel zurück. Wow, das mit der Magie war echt gar nicht so übel. Nun, zumindest, wenn man die Nebenwirkungen außen vor ließ. Dieses Hexenfieber gestern hatte mich zu einem sexhungrigen Monster mutieren lassen und so schön die Nacht mit Cillian auch gewesen war, Liams Reaktion vorhin hatte gar nicht gut geklungen. Außerdem spürte ich immer noch dieses unbändige Verlangen nach Cillian in mir. Direkt neben der Scham, die sich fragte, wie ich ihm jemals wieder unter die Augen treten sollte.

Ich stellte die Dusche auf eiskalt, denn bei den Gedanken an Cillian traten Bilder vor mein inneres Auge. Bilder von seinem nackten Körper, der glatten Haut und den trainierten Muskeln. Seine schwarzen Haare, die seine markanten Augen betonten. Ich spürte seine großen starken Hände auf meinem Körper, fühlte seine Zunge jeden Zentimeter meiner Haut erkunden.

Selbst die eiskalte Dusche schien mir keine Linderung zu verschaffen. Ich spürte das Verlangen zwischen meinen Schenkeln und ließ meine Hand zu meiner intimsten Stelle gleiten. Mit zwei Fingern umkreiste ich die Klitoris und zwickte mir mit der anderen Hand in die Brustwarze, bis ich das erlösende Pulsieren meiner Vulva vernahm und erleichtert aufstöhnte.

Verdammt, ich hatte Imogens Trank noch im Auto getrunken, so wie Liam es mir geraten hatte, doch er schien nicht geholfen zu haben. Noch immer schlummerte diese sexhungrige Bestie in mir. Wobei ich einen gravierenden Unterschied zu gestern Nacht bemerkte. Der Hunger war gestillt. Mein Intimbereich reagierte nun sensibel auf Berührungen und ich wollte nicht sofort mehr.

Vielleicht waren das noch die letzten Nachwehen des Hexenfiebers und der Trank brauchte nur noch etwas länger, um zu wirken? Ich hoffte es sehr. Allmählich stellte ich den Wasserhahn ab und griff nach einem Badetuch. Ich musste mit jemandem darüber sprechen. Jemandem, der mir Antworten lieferte und dem ich vertrauen konnte.

Magic is real
Spencer
Willow

Kapitel 12

Rosie

Aufklärungsgespräch mit einem Schaf

„Was liegt dir auf dem Herzen, Liebes?“ Willow sah mich mit ihren runden schwarzen Augen an und ich stellte all meine Lebensentscheidungen infrage. Wollte ich gerade wirklich einem Schaf erzählen, was ich gestern alles mit Cillian getan hatte, dass ich mich immer noch nach ihm verzehrte und keine Ahnung hatte, was ich jetzt tun sollte?

„Ich … Nun –“ Bedrückt atmete ich aus. Ich musste mich jemandem anvertrauen. Triss und Ashley durfte ich nicht einweihen. Mit Cillian konnte ich gerade nicht reden, außerdem wusste ich nicht, ob er ehrlich zu mir gewesen war, nachdem Liam im Auto so seltsam reagiert hatte, und den anderen aus dem Zirkel konnte ich genauso wenig trauen. Schließlich kannte ich sie gar nicht.

Willow war schon die Vertraute meiner Granny gewesen und sie würde es niemandem weitererzählen, weil niemand außer mir sie verstand. Ich fasste mir also ein Herz und riss das imaginäre Pflaster mit einem Rutsch ab. „Gestern habe ich meine Magie herausgefunden. Ich bin eine Wirkende, yaii! Und nachdem ich das erste Mal Magie ausgeübt habe, hat bei mir das Hexenfieber eingesetzt und … nun … Ich war mit Cillian allein in seiner Wohnung. Er hat sofort Imogen geschrieben wegen des Tranks, doch die war auf einem Date mit Ashley. Es kam also eins zum anderen, Cillian und ich haben uns geküsst und … also –“ Ich vollführte wilde Gesten mit meinen Händen und wusste nicht genau, was ich da tat, aber Willow brauchte nichts weiter zu hören.

„Scheiße, Kleines! Du hast in deiner Hitzephase mit Cillian geschlafen? Also ich kann es dir nicht verübeln, die O'donnovans sind für Menschen schon echt nicht von schlechten Eltern, aber hat dir denn keiner erzählt, was das für Folgen haben kann?“

Ich warf mich rücklings in das Gras vor Willows Gehege. „Nein! Deswegen bin ich ja hier. Cillian meinte gestern nur, dass ich danach etwas schwacher bin und es einige Zeit dauern kann, bis ich wieder Magie wirken könnte. Liam hat heute Morgen aber vollkommen aufgebracht reagiert und ein Notfallmeeting des Zirkels einberufen. Wobei er mir aber nicht sagen wollte, wieso.“ Vor lauter Verzweiflung riss ich ein riesiges Büschel Gras aus dem Boden und warf es in die Luft.

„Hey, hey, hey, Kleine, was hatten wir gesagt über Grasverschwendung?“

Ich sammelte die Halme wieder auf und hielt sie Willow entgegen. Ihre feuchte Schnute kitzelte an meiner Hand. Dann warf ich mich zurück ins Gras. „Mhm … weißt du –“, sie schmatzte, während sie mir erzählte, was eigentlich los war, „Cillian hat da womöglich etwas verwechselt. Deine Magie wird nach dem Liebesakt während des Hexenfiebers nicht schwächer, sondern stärker, was außerdem zur Folge hat, dass dir keine drei, sondern nur zwei Mondzyklen bleiben, um dein Ritual zu vollziehen und einem Zirkel beizutreten.“

„Was?“ Ungläubig schreckte ich aus der Wiese hoch. „Zwei Mondzyklen? Aber … der halbe Zirkel will mich nicht bei sich aufnehmen. Wie soll ich sie denn innerhalb von acht Wochen überzeugen?“ Verzweifelt ließ ich meinen Blick in die Ferne schweifen. Das durfte doch nicht wahr sein! Hatte Cillian da wahrhaftig etwas verwechselt oder hatte er es mir bewusst verschwiegen. Aber was hätte er davon gehabt? Sex, natürlich. Aber wollte er mich einfach nur um jeden Preis ins Bett bekommen? Das wollte ich nicht glauben.

„Na ja, jetzt haben sie wohl keine andere Wahl mehr, als dich aufzunehmen, denn nicht nur die Phase bis zur Zeremonie hat sich verkürzt, du hast dich mit dem Liebesakt auch an Cillian gebunden." Als ich vollkommen schockiert die Augen aufriss, sprach Willow schnell weiter. „Nicht wirklich du, also nur deine Magie. Eure Kräfte sind jetzt miteinander verknüpft und sein Zirkel muss dich aufnehmen, sonst verliert er seine Magie ebenfalls, wenn du es tust."

Ungläubig starrte ich sie an und versuchte, all das zu verarbeiten. Wie hatte Cillian so etwas vergessen können? Ihm war etwas entfallen, was das Hexenfieber betraf, das hatte er gestern gesagt, aber das? Herrje, ich hätte gedacht, dass er sich an diese Tatsache sehr wohl erinnern würde. Schließlich betraf es ihn beinahe mehr als mich.

„Und du bist sicher, dass sich nur unsere Kräfte aneinander gebunden haben? Nehmen wir an, ich hätte nun verstärkte Gefühle gegenüber Cillian – das würde dann nicht mit dem Fieber zusammenhängen?"

Willow gab ein amüsiertes Blöken von sich, wobei ihr ein paar Grashalme aus dem Maul fielen. „Schätzchen, du hattest die Nacht deines Lebens mit Orgasmen, die du so noch nie erlebt hast und vermutlich auch nie wieder erleben wirst. Dass dein Hirn jetzt immer wieder Dopamin ausschüttet, wenn es an den O'donnovan-Jungen denkt, ist vollkommen natürlich. Das hat rein gar nichts mit Magie zu tun. Eines der wenigen Gebiete, auf denen Magie nicht wirkt: die Liebe."

Verdutzt zog ich die Brauen zusammen. „Es gibt also keine Liebeszauber?"

Vehement schüttelte Willow mit dem Kopf. „O nein! Liebeszauber gibt es schon, die sind aber extrem gefährlich und streng verboten."

Nachdenklich biss ich mir auf die Unterlippe. Dann waren meine Gefühle gegenüber Cillian echt? Willow hatte vermutlich recht. Deshalb war es meistens auch schwerer für Frauen, One-Night-Stands zu haben: Unsere dummen Denkapparate waren vorprogrammiert, dass wir uns in den erstbesten Loverboy direkt verliebten, damit wir dachten, er sei ein geeigneter Vater und wir uns direkt mit ihm reproduzieren wollten. Während Männer eher darauf geprägt waren, sich mit so vielen Frauen wie möglich fortzupflanzen und seltener gefühlsduselig wurden nach dem Sex.

O Mann! Das bedeutete vermutlich auch, dass Cillian vollkommen anders über die vergangene Nacht dachte. Peinlich berührt kniff ich die Augen zusammen bei dem Gedanken daran, ihm in den kommenden Wochen irgendwann wieder unter die Augen treten zu müssen.

Das *Irgendwann* kam schneller als gedacht, denn kein anderer als Cillian O'donnovan stand im Foyer, als ich das *Griffin's Brew* betrat. Verdammte Axt!

Als er mich bemerkte, kam er mit einem zögerlichen Lächeln auf mich zu. „Rosie, hey, alles okay? Du warst heute Morgen so schnell weg. Ist etwas passiert?"

Seinen Blick meidend schüttelte ich den Kopf. „Nö, nö, alles bestens. Ich musste nur … Also, Ash und Triss haben sich Sorgen gemacht und … na ja … es war schon echt spät. Du hast noch geschlafen, also wollte ich dich nicht wecken, schließlich ist heute Sonntag und du hast dir deinen Schlaf verdient."

Argwöhnisch zog er die Brauen zusammen. „Du hättest mich ruhig wecken können, um tschüss zu sagen." Er suchte meinen Blick, doch ich wich seinen Augen aus. „Rosie, irgendetwas ist doch los. Habe ich etwas falsch gemacht?"

Da „Ich kann dir nicht in die Augen sehen, weil ich dich am liebsten gleich hier im Foyer wieder bespringen würde“ definitiv keine Option war, sagte ich Folgendes: „Du hast die Wirkung von Sex während des Hexenfiebers verwechselt. Ich habe meine Magie damit nicht geschwächt, sondern gestärkt und nun muss ich mein Aufnahmeritual bereits in zwei Monaten abhalten und dazu muss mich dein Zirkel aufnehmen, weil –“

„Weil unsere Kräfte miteinander verbunden sind“, beendete er meinen Satz. „Ja, das habe ich mir heute Morgen auch auf die unangenehme Art ins Gedächtnis rufen dürfen.“

Irgendetwas in seiner Tonlage hatte sich verändert. Nun traute ich mich doch, ihn anzusehen. Seine blauen Augen wirkten anders als gestern Abend, ein dunkler Schatten lag über ihnen. Willig musterte Cillian mich. Doch er sehnte sich nicht nach mir, nicht so wie gestern Nacht. Irgendetwas war anders.

Er schenkte mir ein liebliches Lächeln. „Diese ganzen Informationen hattest du noch nicht, als du aus meiner Wohnung geflohen bist.“ Seine starken Finger berührten meinen Arm und sofort stieg die Vorstellung in mir auf, dass sie mich woanders berühren würden. Ich wich einen Schritt vor ihm zurück. „Rosie, was ist los?“

Irgendetwas sagte mir, dass Cillian ein falsches Spiel trieb. War es Intuition oder hatte ich Angst, mich auf ihn einzulassen, weshalb mein Gehirn mir etwas vorgaukelte? Ehe ich mich sortieren konnte, kamen die Zirkelmitglieder nacheinander aus dem Keller.

Zuerst Liam, der mir einen Daumen nach oben zeigte. Gefolgt von Freddie, der Cillian auf die Schulter klopfte. „Bro, Isaac und Abigail sind so angepisst, das werden sie dich noch die kommenden Wochen spüren lassen.“

Cillian zog die Brauen hoch. „Aber sie haben zugestimmt.“

Er nickte. „Für dich. Erst stand es eine ganze Zeit drei zu drei, dann haben sie doch nachgegeben, als sie merkten, was dein Magieverlust für den Zirkel bedeuten würde.“

Angestrengt presste Cillian die Kiefer aufeinander. „Für den Zirkel, so, so … Was es für mich bedeuten würde, zählt nicht?"

Theo kam an uns vorbei und schenkte sowohl Cillian als auch mir einen mörderischen Blick. Was hatten wir ihm denn getan? Fragen konnte ich ihn nicht, da er schnellen Schrittes Liam auf den Hof folgte.

Dann kam Imogen um die Ecke, ihr Bruder Isaac und seine Frau Abigail waren ihr mit wütenden Mienen auf den Fersen. „Ich fasse es nicht, dass diese Diskussion so lange gedauert hat." Sie schenkte ihrem Bruder einen Seitenblick. „Manchmal kann ich einfach nicht glauben, dass ich mit dir verwandt bin, wirklich." Spencer, der auf dem Tresen Wache gehalten hatte, hüpfte herunter und folgte ihr, während sie mit zorniger Miene nach draußen marschierte.

Abigail schenkte mir einen hochnäsigen Blick und Isaac kam mit genervter Miene auf mich zu. „Gratulation, Rosie, wir haben gerade abgestimmt, dass wir dich in unserem Zirkel aufnehmen. Wir reden die Tage dann über deine Aufnahmezeremonie und wie dein Training bis dahin aussieht."

Obwohl er mich beglückwünscht hatte, wirkte seine Miene alles andere als fröhlich. Die Worte schienen ihn zu quälen. Seine Augen wanderten an mir vorbei zu Cillian, dem er nur ein verächtliches Kopfschütteln würdigte.

Dann verschwanden er und Abigail in den Fahrstuhl. Die Anzeige mit den Stockwerken stoppte erst, als sie die Nummer 3, den obersten Stock des Brew, anzeigte. Wohnten die Griffins in der obersten Etage des Brews? Sodass sie immer vor Ort waren? Ich wusste nicht, ob diese Vorstellung mich beruhigte oder mir Angst einjagte. Nicht, dass Isaac und Abigail noch auf die Idee kamen, mir im Schlaf den Garaus zu machen und so das Band zwischen Cillians und meiner Magie zu lösen.

Mit entschuldigender Miene verabschiedete sich auch Freddie, als Triss aus dem Fahrstuhl stieg und ihre Arme um seinen Hals schlang. Nach einem leidenschaftlichen Kuss warf meine

Freundin mir einen vielsagenden Blick zu. „Freddie und ich gehen jetzt wandern."

Cillian und ich musterten Triss und sagten dann im Chor: „In den Schuhen?" Wie immer trug sie fette schwarze Plateau-Stiefel, in denen sich für mich jeder Spaziergang zu einer Wanderung verwandeln würde.

„Das ist meine Art von Sneakern. Weißt du doch, *bitch*." Dann verschwand sie mit Freddie aus der Tür.

Nun war ich wieder allein mit Cillian. Meine Wut war mittlerweile auf Abigail, Isaac und Theo übergesprungen, da ich nicht wusste, was ich ihnen getan hatte, dass sie so vehement gegen meine Aufnahme im Zirkel waren. Sie gaben mir noch nicht einmal die Chance, mich zu beweisen, sondern behandelten mich wie Dreck unter ihrem Schuh, den sie jetzt notgedrungen mit sich herumtragen mussten.

Dennoch hatte ich nicht vergessen, wem ich diese ganze Misere eigentlich zu verdanken hatte. Ich drehte mich zu Cillian um, das flaue Gefühl in meinem Magen war verschwunden, denn er schenkte mir einen aufrichtig liebevollen Blick. „Immerhin hatte mein schlechtes Gedächtnis etwas Gutes: Du hast jetzt einen Hexenzirkel."

„Einen, bei dem mich die Hälfte der Mitglieder hasst und die mich nur akzeptieren, weil sie müssen. Welch Glück ich doch habe."

Kapitel 13

Rosie

War das alles nur ein Spiel?

Mit verschränkten Armen stand ich vor Cillian. Meine Lippen hatte ich fest aufeinandergepresst, sodass sie nur einen schmalen Strich ergaben. „Kannst du mir mal verraten, wie du so etwas Gravierendes einfach vergessen konntest? Ich meine –" Aufgebracht warf ich die Arme in die Luft. „Die Konsequenzen betreffen nicht nur mich. Deine Magie ist jetzt an meine gebunden. So etwas kann einem doch nicht im Moment der Ekstase einfach entfallen."

Er seufzte. „Ich –" Traurig senkte er den Blick auf seine Füße und ich ließ von meiner angespannten Haltung ab. Da war wieder dieses flaue Gefühl im Magen, das mir weismachen wollte, dass hier irgendetwas nicht stimmte. Es belastete ihn etwas, das konnte ich spüren. Steckte etwa mehr dahinter als ein gedanklicher Aussetzer kurz vor einer heißen Nacht?

Sanft berührte ich Cillians Arm, woraufhin er mich ansah. Sein Blick wirkte zuerst überrascht, dann wieder ernst. „Hast du Lust auf einen Spaziergang?"

Gemeinsam verließen wir das Brew, wobei wir an Theo und Liam vorbeikamen, die an sein Auto gelehnt miteinander redeten. Theos vehementes Kopfschütteln ließ mich darauf schließen, dass die beiden eine Auseinandersetzung hatten. Mein Magen verkrampfte sich. Stritten sie etwa wegen mir? Was hatte ich Theo getan, dass er sich so stringent gegen meine Aufnahme im Zirkel aussprach? Ich hatte noch nicht mal einen richtigen Satz mit ihm gewechselt.

Als Liam dann seine Hand an Theos Wange legte, wand ich meinen Blick ab. Die beiden machten einen sehr intimen Eindruck. Waren sie ein Paar? Würde er ihm erzählen, wieso er einen Groll gegen mich hegte?

Cillian und ich gingen ein Stück schweigend die Landstraße entlang. Wir schlugen dieselbe Richtung ein, die ich mittlerweile schon ein paar Mal genommen hatte, um Willow zu besuchen. Als das Brew hinter uns kaum noch in Sichtweite war, brach Cillian die Stille.

„Ich muss dir etwas beichten, Rosie. Ich habe dich gestern angelogen. Mir war durchaus bewusst, welche Auswirkungen der Sex während des Hexenfiebers haben kann." Bitte was? Er hatte mir bewusst verschwiegen, was passieren konnte? „Und das nicht, weil ich dich um jeden Preis ins Bett bekommen wollte … Auch wenn die Nacht gestern der absolute Wahnsinn war." Er schenkte mir ein verschmitztes Schmunzeln und einen Seitenblick. Ich konnte spüren, wie meine Wangen feuerrot anliefen. „Ich wollte, dass sich deine Kräfte verstärken, ich brauche deine Magie."

Stirnrunzelnd sah ich ihn an. „Du *brauchst* meine Magie? Was soll das denn bedeuten? Und hättest du nicht ehrlich zu mir sein können?"

Cillian fuhr sich mit beiden Händen durch das Gesicht. Seine Ernsthaftigkeit ließ ihn um Jahre älter aussehen. Wieder überkam mich das ungute Gefühl, das mich bereits im Foyer beschlichen hatte.

„Meine Schwester Cornelia ist todkrank. Sie wurde vor Jahren von einem Fluch getroffen und altert schneller, als es normal wäre. Sie ist jetzt dreißig, aber ihr Körper ist siebzig. Sie hat nicht mehr viel Zeit und meine Heilmagie versagt bei ihr. Einen Fluch zu brechen, erfordert viel Energie, mächtige Magierinnen und Magier und am besten einen Hexenzirkel mit sieben Mitgliedern."

Diese Informationen musste ich erstmal verarbeiten. „Oh, Cillian, das tut mir leid." Er nickte betrübt. „Aber ..." Ich ging die Liste der Zirkelmitglieder kurz in meinem Kopf durch: Isaac, Abigail, Imogen, Cillian, Liam, Freddie und Theo. „Ihr seid doch bereits sieben Mitglieder."

Cillian seufzte. „Theo ist ein Magieberaubter. Er ist noch im Zirkel, weil Liam und Isaac das so wollen. Und ja, er gibt dem Zirkel die Macht der Sieben, aber niemals so, wie es eine vollwertige Hexe könnte."

Ich blinzelte. Das Ganze erschloss sich mir nicht. „Warum ist es so wichtig, dass ihr sieben Mitglieder seid?"

„Sieben ist die mächtigste magische Zahl. In vielen Tränken oder Ritualen wird sie verwendet, um die Energie des Zaubers zu verstärken. Sieben Mitglieder in einem Orden ist also die perfekte Anzahl, um die Magie jedes Einzelnen zu stärken und den Zirkel energetisch auf das bestmögliche Level zu bringen."

Nachdenklich nickte ich. „Ich verstehe." Zumindest dachte ich, dass ich es verstanden hatte. Was sich mir danach aber definitiv erschloss, war Theos Hass gegen mich. „Wenn ihr mich im Zirkel aufnehmt, muss Theo gehen, oder?"

Cillian biss sich leicht auf die Lippe. „Wenn du dein Ritual bestehst, schon."

Ich atmete einen langen Luftzug aus. „Und du erhoffst dir, dass meine Magie eurem Zirkel die Macht verleiht, deine Schwester zu heilen?"

Trauer und Schmerz blickten mir aus seinen eisblauen Augen entgegen. „Das ist Cornelias letzte Hoffnung."

Bestärkend griff ich nach seiner Hand. „Cillian, ich verspreche dir, ich werde alles versuchen, was möglich ist, um deine Schwester zu retten. Nur versteh ich nicht, wieso Isaac und Abigail anfangs so vehement gegen meine Aufnahme waren, obwohl sie wissen, wie wichtig es für dich und Cornelia ist."

Cillian leckte sich mit der Zunge über die Lippen, was meine Gedanken zu unserer gemeinsamen Nacht hätte wandern lassen, hätte ich dabei nicht seinen besorgten Blick bemerkt. „Ähm … Cillian? Der Zirkel weiß doch von Cornelia und deiner Hoffnung, wir –"

Meine Frage wurde durch laute Rufe unterbrochen. Liam kam mit wedelnden Armen auf uns zugerannt. „Cillian, Cillian, wir brauchen dich. Es geht um Triss."

Meine Augen weiteten sich und bei dem besorgen Klang in seiner Stimme begann mein Herz wie wild zu schlagen. „Triss? Was ist passiert?"

Vollkommen aus der Puste blieb Liam vor uns stehen. „Kommt einfach mit, dann seht ihr es. Sie müssten gleich ankommen, ich habe sie in einer Vision gesehen."

Dieser mysteriöse Satz war alles, was er uns mitgab, bevor er kehrtmachte und wir ihm joggend folgten. Tausend Dinge schwirrten gleichzeitig in meinem Kopf umher. Was war mit Triss passiert? Ging es ihr gut?

Am *Griffin's Brew* angekommen, hielt Freddie mit quietschenden Reifen direkt vor dem Eingang an. Er öffnete die Fahrertür und winkte sofort Liam zu sich herüber. „Triss ist gestürzt. Sie hat eine offene Fraktur."

Gemeinsam trugen sie meine Freundin in das Foyer und legten sie dort auf einem der bordeauxfarbenen Sessel ab. Ihr Gesicht war kreidebleich und ihr rechtes Bein stand in einem ungesunden Winkel von ihrem Körper ab. Über ihre Stiefel lief Blut. Imogen, die wieder hinter dem Empfang stand, sprintete vor die Anmeldung auf Triss und Freddie zu.

Freddie zeigte auf Cillian. „Cillian, komm schnell. Wir brauchen deine Heilmagie."

Doch er rührte sich nicht. Wie angewurzelt stand Cillian neben mir, ebenso blass um die Nase wie Triss. Der Schweiß stand ihm auf der Stirn und seine Augen waren weit aufgerissen.

„Jetzt ist nicht der Zeitpunkt, vor Blut zurückzuschrecken." Ich schüttelte ihn an den Schultern. „Cillian, wenn du ihr helfen kannst, dann mach das bitte." Meine Stimme klang ruhig, obwohl ich mich alles andere als gelassen fühlte.

„Ich – Ich kann nicht."

Imogen kam auf ihn zu und schrie ihn an. „Was soll das heißen, du kannst nicht? Scher dich gefälligst da rüber und lass deine Magie walten, O'donnovan!"

Wütend ballte er die Hände zu Fäusten und starrte Imogen an. „Ich kann nicht, weil ich keine Magie besitze", zischte er unter zusammengepressten Zähnen hervor.

Liam kam auf ihn zu und stieß ihm gegen die Brust. „Ist das dein Ernst? Heute Morgen wolltest du uns noch davon überzeugen, Theo aus dem Zirkel zu schmeißen, weil er ein Magieberaubter ist und deiner Meinung nach eh keinen Nutzen für den Zirkel hat, und jetzt beichtest du uns, dass du selbst magielos bist?"

Das gab mir den Rest, mein Hirn hatte zu viele Informationen zu verarbeiten, also schaltete es in den Organisationsmodus. Ich blendete Liams Gebrüll und Cillians nicht vorhandene Magie aus und konzentrierte mich allein auf Triss, da ihre Verletzung oberste Priorität hatte.

Mit einem eindringlichen Blick sah ich zu Imogen. „Triss braucht Hilfe, ruf du bitte einen Krankenwagen. Dann muss sie eben ohne Magie geheilt werden."

Nachdenklich biss sie sich auf die Lippe. „Es gibt da noch eine Möglichkeit."

Abwehrend schüttelte ich den Kopf. „Imogen, ich glaube, du bist eine talentierte Brauende, aber ich bezweifle, dass es einen Trank gibt, der Knochen heilen kann."

Sie zog ihr Smartphone aus der Tasche ihres Cardigans und tippte darauf. „Das meinte ich auch nicht, wobei es einen solchen Trank durchaus gibt. Lasst mich kurz etwas versuchen."

Sie drückte auf den Bildschirm und hielt sich das Telefon dann an ihr Ohr. „Komm sofort runter. Es ist ein Notfall."

Wenig später erklang der melodische Sound der Fahrstuhltüren, die sich öffneten, Isaac und Abigail kamen auf uns zu. Imogen klärte die beiden kurz über die Vorfälle auf: Triss' gebrochenes Bein, Cillians Offenbarung, dass er ein Magieberaubter war, und die Optionen, die sie jetzt hatten. Und dann hörte ich etwas, das mir die Sprache verschlug. „Isaac, es ist an der Zeit, dein Geheimnis mit dem Zirkel zu teilen. Triss braucht Hilfe und du bist der Einzige in unserer Runde mit der passenden Magie."

Auch Liam und Cillian mussten Imogens Flüstern gehört haben, da beide aufgehört hatten zu streiten und zu ihnen sahen. Ich verstand gar nichts mehr. Isaac war doch nicht der einzig Wirkende in der Gruppe. Auch Abigail besaß diese Magieart und ich – wobei ich mir nicht zutraute, sie bereits einzusetzen. Es sei denn, das war nicht die Magie, die Imogen gemeint hat …

Abigail legte ihrem Ehemann eine bestärkende Hand auf die Schulter. „Vielleicht ist die Zeit gekommen, Isaac."

„In Ordnung." Er ging zu Triss, kniete sich neben sie und legte seine Hände über ihr verletztes Bein. Abigail hockte sich neben ihn und zog Triss den Stiefel aus, was sie schmerzvoll aufstöhnen ließ. Zwischen Isaacs Handflächen bildeten sich lilafarbene Magiefunken. Ich unterdrückte ein Keuchen. Zum ersten Mal sah ich wahrhaftige Magie in Aktion. Neben Zaubertränken, Gedankenlesen und einem sprechenden Schaf waren diese Magiefunken aus Isaacs Händen der Beweis für mich, der alles, was die vergangenen Tage passiert war, endlich real erschienen ließ. Schon im nächsten Moment war die Wunde auf dem Bein meiner Freundin verschwunden und der Bruch verheilt.

Mit aufgerissenen Augen musterte ich Isaac. Und ich war nicht die Einzige. Auch Liam, Freddie und Cillian starrten ihren

Freund an. In den meisten Gesichtern stand Verblüffung geschrieben, außer in einem. Cillians Züge waren wutentbrannt und im nächsten Moment stürmte er auf Isaac zu, der sich gerade wieder aufgerichtet hatte, und brachte ihn mit einem gekonnten rechten Haken ins Schwanken.

„Du hast mir meine Magie geklaut. Vor fünf Jahren bei meiner Zeremonie hast du mir meine Magie geklaut, um sie für dich zu nutzen, weil du unbedingt Heilmagie wolltest." Er schubste Isaac gegen die Brust, was ihn einige Schritte nach hinten stolpern ließ.

Isaac hielt sich die blutende Nase und starrte Cillian vollkommen entgeistert an. „Ich habe dir deine Magie nicht gestohlen. Die Heilmagie in mir hat sich einfach entwickelt. Ich –"

„Als ob!", fiel Cillian ihm ins Wort. „Glaubst du eigentlich, wir sind bescheuert?" Er deutete auf die anderen Mitglieder des Zirkels hinter sich. „Magie entwickelt sich nicht einfach so nach der Zeremonie. Du hast als Wirkender deine magische Reise begonnen, ohne Beihilfe kannst du nicht einfach so neue Kräfte bekommen. Sowas ist noch nie zuvor passiert. Oder hat jemand schon mal von so einem Fall gehört?" Keiner antwortete ihm. „Nein! Aber weißt du, wovon ich schon mal gehört habe? Dass Junghexen bei der Zeremonie ihre Kräfte geraubt werden. So wie mir!"

Abigail kam ihrem Ehemann zu Hilfe und stellte sich zwischen ihn und Cillian. „Fuck, Cill! Isaac sagt die Wahrheit. Mann, genau deshalb hat er es niemandem außer Imogen und mir erzählt. Er hatte Angst, dass ihm niemand glaubt und ihm unterstellt, er hätte Theos Magie gestohlen. Das hat er aber nicht."

Cillians Gesichtszüge verhärteten sich. „War ja klar, dass du ihm glaubst. Schließlich bist du mit ihm verheiratet. Aber hast du Beweise dafür? Soweit wir wissen, könnte Isaac meine Magie gestohlen haben, doch es hat nicht ausgereicht, um ihn zum Heilenden zu machen und deshalb hat er sich auch noch Theos Magie geholt."

Ich bemerkte Liam neben mir, dessen Haltung sich versteifte. Der Blick, den er Isaac zuwarf, war nun mit Zweifeln gespickt. Hatte Cillian es geschafft, Bedenken an dem Zirkelanführer zu streuen? Schnell sah ich zu Freddie, auch seine Augenbrauen waren misstrauisch zusammengezogen und er sah aufgeregt zwischen den Streitenden hin und her.

„Glaubst du das wirklich, Cill? Meinst du nicht, ich hätte dich vorher gefragt, ob du einen Kräftetausch mit mir absolvieren würdest, wenn ich gern deine Magie hätte haben wollen?" Isaacs Kiefer mahlte. „Hältst du mich für einen so schlechten Menschen, dass ich dir deine Kräfte einfach geraubt hätte, ohne dir einen Tausch anzubieten?"

Cillian zuckte mit den Schultern. „Vielleicht willst du ja beide Kräfte haben. Die Gefühle anderer scheinen dich ja sowieso nicht zu interessieren. Bei Cornelia war es dir schließlich auch egal! Sonst hättest du dich nicht von ihr getrennt und ihr damit das Herz gebrochen."

Isaacs Gesicht verhärtete sich. „Cill, das kannst du doch nicht vergleichen! Ic-"

Er ließ ihn nicht ausreden. „Stimmt, das kann ich nicht vergleichen. Denn das, was du meiner Schwester angetan hast, war viel schlimmer. Da war es für dich sicher ein Klacks, auf meine Gefühle zu scheißen und meine Magie zu stehlen." Er drängte sich an Abigail vorbei und schubste Isaac erneut. „Du seelenloser Hund!"

Nun gingen Freddie und Liam auf Cillian zu und hielten ihn zurück. Imogen musterte Cillian besorgt. Verwunderung stand ihr ins Gesicht geschrieben. Korrespondierte sie mit seinen Worten? Hatte er vielleicht sogar recht und Isaac hatte sie alle hinters Licht geführt? Nein, das glaubte ich nicht. Zwar kannte ich den Zirkelanführer kaum und er hatte mir beim besten Willen bislang keinerlei Grund gegeben, ihm zu vertrauen, dennoch fühlte ich in mir drin, dass er die Wahrheit sagte.

„Lasst mich los!", schrie Cillian und versuchte, sich aus den Griffen seiner Freunde zu befreien.

„Haben alle Hexenwesen unterschiedliche Magiefarben?" Alle starrten mich verblüfft an, als hätten sie bereits vergessen, dass ich existierte. Ich stellte mich näher zu ihnen und wiederholte das, was Willow mir beigebracht hat. „Isaacs Magiefunken waren lila. Cillian, welche Farbe hatte deine Magie?"

„Blau", presste er unter geschlossenen Zähnen hervor.

„Und Theos Magie war?"

„Gelb", sagte Liam.

Ich nickte. „Müsste Isaacs Magie nicht eigentlich eine andere Farbe haben, wenn er sie gestohlen hätte?"

In allen Gesichtern spiegelte sich eine Emotion wider: Erleichterung. Schlagartig wurden alle Zweifel weggespült. Selbst Cillian wirkte für einen Moment wie vor den Kopf gestoßen. Unsere Blicke trafen sich für einen winzigen Moment, bevor er wieder zu Isaac sah.

„Du magst ja alle überzeugt haben, sogar Rosie, aber ich weiß, was für ein Monster in dir steckt. Cornelias Schicksal ist allein deine Schuld." Er riss sich von Freddie und Liam los. „Ich habe die Schnauze voll, gute Miene zu bösem Spiel zu machen. Sieh das als meine Austrittserklärung an." Er spuckte Isaac vor die Füße und verließ dann aufgebracht das Brew.

Freddie und Imogen riefen ihm hinterher, doch Cillian ignorierte sie. Einzig und allein mir schenkte er einen letzten Blick. Wut, Enttäuschung und abgrundtiefer Hass blitzten mir aus seinen Augen entgegen. Mein Herz verkrampfte sich, hatten mich seine Augen doch gestern noch ganz anders angesehen.

Kapitel 14

Rosie

Geheimnisse

Gemeinsam mit den anderen stand ich um Triss herum und sah meine Freundin an. „Was sollen wir ihr erzählen, wenn sie aufwacht?"

Freddie tauschte einen Blick mit Isaac, der nickte. „Es ist wahrscheinlich das Beste, wenn du ihr die Wahrheit erzählst."

Imogen atmete aus. „Oh, Gott sei Dank, wir können Ashley und Triss endlich reinen Wein einschenken."

Ich stimmte in Imogens Erleichterung mit ein. Endlich konnte ich mit meinen Freundinnen über die ganzen verrückten Sachen sprechen, die mir die vergangenen Tage passiert waren. Wie sie wohl darauf reagieren würden? Doch Isaac trübte meine Vorfreude sofort.

„Nein, Imogen." Er sah seine Schwester ernst an. „Nur Triss wird von uns erfahren, da sie von Magie berührt wurde und wir ihr eine Erklärung schuldig sind. Vor Ashley müssen wir es weiterhin geheim halten."

Mein Herz schlug schnell. Triss sollte etwas vor Ashley verheimlichen? Das hielt ich für äußerst unwahrscheinlich. Und was würde geschehen, wenn sie sich aus Versehen verplapperte? Würde sie ein Fluch treffen wie der, von dem Willow mir erzählt hatte? Würde Triss alle Erinnerungen an unseren Trip verlieren? An Freddie?

Imogen verdrehte die Augen und erwiderte schnippisch: „Aye, aye, Chef. Mal wieder machen wir alles, wie du es sagst, nur, weil du es so willst."

Isaac schloss für einen Moment die Augen und berührte seinen Nasenrücken mit Daumen und Zeigefinger. „Nicht, weil ich es so will … Du kennst die Regeln, Imogen. Menschen, die von Magie berührt wurden, haben in den darauffolgenden Tagen verstärkte Sinne." Wieder eine neue Information. Zu gern hätte ich ein Notizbuch bei mir gehabt, um das direkt zu notieren. „Triss ist Gast im *Griffin's Brew* – früher oder später wird sie die Magie enttarnen, wenn wir nicht für eine Woche vollkommen untertauchen wollen. Also erzählen wir es ihr lieber in einem kontrollierten Rahmen. Ashley willst du es nur erzählen, weil du Gefühle für sie hast. Aber das ist kein Grund. Wir müssen das Geheimnis der Magie schützen, solange es geht. Das weißt du."

Mit schnalzender Zunge ging sie zurück zum Tresen, Liam folgte ihr mit beschwichtigenden Worten. Freddie kniete sich neben Triss, die immer noch auf einem der Sessel im Foyer schlummerte. Er legte ihr liebevoll eine Hand auf die Stirn.

Die beiden waren so süß zusammen. Es wäre eine Schande, wenn Triss ihn durch Magie vergessen würde. Ich musste ihr klarmachen, wie wichtig es war, dass sie Ashley nichts von unserem Geheimnis erzählte. Doch würde sie sich darauf einlassen? Triss war stur, so unfassbar stur …

Isaac trat näher zu mir und lenkte mich von meinen Gedanken zu Triss ab. „Rosie, ich wollte mich bei dir bedanken. Es ist nicht selbstverständlich, dass du dich für mich einsetzt, so wie ich mich die vergangenen Tage dir gegenüber verhalten habe. Wieso hast du es getan?"

Ich zuckte mit den Schultern. „Ich wusste einfach, dass du die Wahrheit sagst. Imogen hatte mir letztens kurz erzählt, warum du wirkende Kräfte hast, obwohl diese Macht regulär Frauen zugeordnet wird." Er nickte. „Und als ich dich vorhin deine Heilmagie habe einsetzen sehen, hast du für mich so im Reinen mit dir selbst gewirkt, so als würdest du genau das tun, wofür du schon immer vorherbestimmt warst. Da wusste ich einfach: Diese Magie gehört zu dir. Du hast sie nicht gestohlen oder dir anderweitig erschlichen, sie kommt ganz tief aus deinem Inneren."

Mit einem dankbaren Lächeln musterte mich Isaac einen Moment still, dann umarmte er mich, ohne ein Wort zu sagen. Unbeholfen strich ich ihm über den Rücken. „Hab ich etwas Falsches gesagt?"

„Du hast genau das Richtige gesagt und ich freue mich einfach, dass du mir glaubst", antwortete er an meinem Ohr. Ich atmete erleichtert aus, dann löste er sich aus der Umarmung. „Rosie, es tut mir leid, wie ich zuerst auf dich reagiert habe. Es war vollkommen falsch von mir, dir gegenüber so ablehnend zu sein, ohne dir überhaupt erst eine Chance zu geben. Vermutlich wollte ich unser Gefüge nicht durcheinanderbringen. Theo ist ein Teil des Zirkels, ob mit oder ohne Magie, und ich wollte nicht, dass er durch dich ersetzt wird. Dabei habe ich vollkommen aus den Augen verloren, wie ich dich behandelt habe."

Ich schenkte ihm ein verständnisvolles Grinsen. „Schon gut. Im Grunde hattest du ja recht, ich habe euer Gefüge vollkommen durcheinandergebracht und –", ich atmete langsam aus, bevor ich weitersprach, „jetzt, da ich nicht an Cillians Magie gebunden bin, da er keine hat …" Ich kniff die Augen zusammen, unschlüssig, ob ich mit meiner Theorie richtig lag, doch Isaac nickte zustimmend. „Nun, jetzt seid ihr nicht mehr gezwungen, mich im Zirkel aufzunehmen."

Isaac holte tief Luft, als müsse er sich für seine nächsten Worte wappnen. „*Gezwungen* sind wir nicht, das ist wahr. Aber wir würden es trotzdem gern."

Perplex blinzelte ich ihn an. So viele Emotionen strömten gerade durch meinen Körper, ich konnte keine von ihnen wirklich fassen. Auch meine Gedanken waren ein reiner Wirrwarr. „Was? Aber … Cillian kriegt sich bestimmt wieder ein und dann sind wir acht. Er meinte vorhin, sieben Mitglieder wären … nun … ich … Ich will ihm nicht seinen Platz wegnehmen, ich will niemandem den Platz wegnehmen."

Isaac legte mir eine Hand auf die Schulter. „Das tust du nicht. Ein Zirkel mit acht Mitgliedern ist nicht verboten. Nur, weil sieben die mächtigste magische Zahl ist … Nirgendwo steht geschrieben, dass ein Zirkel genau sieben Mitglieder haben muss. Wenn wir uns dazu entscheiden, ein achtes Mitglied aufzunehmen, dann ist das so." Er ließ seinen Arm sinken und sah betrübt zur Tür. „Außerdem denke ich nicht, dass Cillian zurückkommt. Da liegt zu viel im Argen. Ich habe einfach nicht gesehen, dass ihn meine Trennung von Cornelia und ihr anschließender Weggang noch so plagen."

Verwirrt kniff ich die Augen zusammen. Isaac und Cillians Schwester waren ein Paar gewesen? Aber wieso redete er von ihrem Weggang? Wusste Isaac etwa nichts von dem Fluch um Cornelia? Oder war auch das eine Lüge, die Cillian mir aufgetischt hatte und sie war gar nicht wirklich verflucht? Mittlerweile nahm ich an, dass ich an allem zweifeln musste, was er mir erzählt hatte. Doch wieso hat er ein solches Spiel mit mir gespielt? Ich kam einfach nicht dahinter.

Wenn der Fluch um Cornelia wahr wäre und er sieben Zirkelmitglieder bräuchte, um sie zu retten, dann wäre er mit mir auch nur einen kleinen Schritt weiter als zuvor, denn wenn er keine Magie besaß, bestand der Zirkel mit mir ebenfalls nur aus sechs Mitgliedern, deren Kräfte aktiv funktionierten. Seiner Aussage nach wäre das nicht genug, um seine Schwester zu retten.

Isaac sah mir meine Verwirrung an, schien sie jedoch vollkommen falsch zu deuten und erzählte mir mehr aus der Vergangenheit von Cornelia und ihm. „Cornelia und ich kamen zusammen, bevor ich mich als trans geoutet habe. Sie hat meine Veränderung begleitet, mich in vielen dunklen Phasen unterstützt, doch für mich war irgendwann der Punkt gekommen, an dem ich so nicht weitermachen konnte. Cornelia hat mich immer an meine Vergangenheit erinnert und so sehr sie sich auch ins Zeug gelegt hat, ihr war deutlich anzumerken, dass sie mich noch immer als Frau gesehen hat." Er seufzte. „Und so habe ich mich schweren Herzens von ihr getrennt, was sie gar nicht gut aufgefasst hat. Es gab einen riesengroßen Streit und sie ist nach Australien ausgewandert. Das scheint mir Cillian nie verziehen zu haben."

Ich öffnete den Mund und schloss ihn wieder – unschlüssig, ob ich Isaac von Cornelias Fluch erzählen sollte oder ob Cillian mir überhaupt die Wahrheit gesagt hatte.

Im nächsten Moment hörte ich Triss aufstöhnen und widmete mich meiner Freundin. Freddie kniete noch immer neben ihr und streichelte ihre Wange. „Triss, hey, wie geht es dir?"

Langsam öffnete sie die Augen und sah von Freddie zu mir und dann hinter uns zu den anderen Menschen im Brew. „Mhm … der geniale Sex mit dir in deinem Van scheint nur ein Traum gewesen zu sein, oder? Genau wie der Sturz und mein schmerzendes Bei-" Sie sah an sich herab und erblickte ihre zerrissene, blutverschmierte Hose und den Stiefel, der neben ihr auf dem Boden lag. „Okay, ich bin verwirrt. Vielleicht ist auch das hier der Traum und Freddie hat mich ins Nirvana gefi-!"

„Triss!", riefen Freddie und ich lachend im Chor.

Kapitel 15

Rosie

Ich sehe Geister

Am Abend ging ich die Landstraße hoch zu Willow und dachte über die Geschehnisse des Tages nach. Triss hatte es erstaunlich gut verkraftet, als Freddie und ich ihr von unserer Magie erzählt hatten. Wie erwartet hatte sie Scherze darüber gemacht, was Freddies magische Finger mit ihr anstellen könnten … Doch als wir sie baten, niemandem, nicht einmal Ashley davon zu erzählen, hatte sich schlagartig ihre Stimmung verändert.

Sie war kein Fan von Geheimnissen, das wusste ich. Und auch mir war überhaupt nicht wohl dabei, Ashley auszuschließen. Doch Issac hatte bereits bei Triss eine Ausnahme gemacht und wollte sich nicht darauf einlassen, Ashley aus dem Nichts davon zu erzählen. Ich konnte ihn mit Mühen und Bitten davon abbringen, Triss unter einen magischen Eid zu stellen. Und das auch nur, weil ich Triss von dem Hochzeitsfluch erzählte, von dem Willow mir berichtet hatte. Danach schwor sie hoch und heilig, das Geheimnis der Magie für sich zu behalten. Schließlich wollte sie ihr Gedächtnis und vor allem die Erinnerungen an Freddie und unseren Girls Trip behalten.

Außerdem hatte ich das Gefühl, dass wir Ashley nicht für immer würden ausschließen müssen. Imogen hatte es gar nicht gepasst, sie nicht einzuweihen. Irgendetwas sagte mir, dass sie sich etwas einfallen lassen würde, um auch Ashley von der Magie erzählen zu können. Wie ich von Isaac erfuhr, gab es bestimmte Voraussetzungen, unter denen die Magie den Menschen offengelegt werden durfte:

- Wenn ein Hexenwesen und ein Menschling kurz davor waren, den Ehebund zu schließen.
- Wenn ein Menschling von Magie berührt worden war und danach weiterhin den Kontakt mit Hexenwesen pflegte.
- Wenn es unvermeidbar war, weil diese Information dazu dienen könnte, einer lebensgefährlichen Situation zu entkommen.

Zwar erschloss sich mir noch nicht, wie Imogen innerhalb dieser drei Regeln Ashley einweihen wollte, dennoch war ich mir sicher, dass sie nicht warten würde, bis sie ihr einen Heiratsantrag machen wollte. Ich hoffte nur, der Moment kam lieber früher als später.

Meine beiden Freundinnen im Unklaren zu lassen, war eine Sache. Freude hatte es mir nicht gemacht, aber es war ein notwendiges Übel gewesen. Mein Geheimnis allerdings mit einer meiner Freundinnen zu teilen, während die andere vollkommen ahnungslos war, fühlte sich wie übler Verrat an und bereitete mir argen Kummer. Dieses ganze Hexendasein war wirklich anstrengender als gedacht.

Allerdings durfte nicht ich diejenige sein, die Isaacs Regeln missachtete. Er war mir endlich wohlgesonnen und das wollte ich nicht sofort wieder aufs Spiel setzen. Ich hatte nun die Chance, im Killarney-Hexenzirkel aufgenommen zu werden und meine Kräfte zu behalten. Vorausgesetzt, ich bestand das Ritual …

Doch all das warf gleichzeitig so viele Fragen auf, dass mein Kopf zu platzen drohte. Ich traute mich nicht, Imogen oder Isaac meine Bedenken zu äußern, also ging ich zu dem einzigen Wesen, dem ich uneingeschränkt vertraute: meinem *Familiar*.

Mittlerweile war es dunkel und ich zog meine Jacke enger zusammen, da der Wind mir eine Gänsehaut bescherte. Willows Gehege war nur spärlich erleuchtet durch eine einzelne Laterne, die am Ende des Weges stand. Die Schafe schlummerten bereits alle vor sich hin. Ich fühlte mich schlecht, Willow um diese Uhrzeit zu stören, doch wenn ich nicht umgehend mit ihr sprach, würde ich die ganze Nacht kein Auge zubekommen.

So leise wie möglich rief ich ihren Namen. „Willow, Willow? Bist du wach? Ich muss dringend mit dir reden."

Mit verschlafenen Augen kam sie zum Zaunrand gelaufen. „Es war zwar wesentlich langweiliger ohne einen Schützling, aber immerhin hat auch niemand meinen Schönheitsschlaf gestört."

Ich lächelte. „Wie schön willst du denn noch werden, Willow?"

Dieses Kompliment schien sie zu besänftigen und ich meinte sogar ein Lächeln an ihr zu sehen, doch es konnte auch die Dunkelheit sein, die mir einen Streich spielte. Ich setzte mich vor ihr in das Gras, wobei der Boden unangenehm kalt unter meinem Hintern war. „Willow, heute ist viel passiert. Viel Gutes, denke ich … Aber auch ein paar sehr schlechte Dinge und ich muss mit dir darüber reden, weil ich keine Ahnung habe, was das alles bedeutet."

Aufmerksam musterte sie mich mit ihren knopfartigen dunklen Augen, dann senkte sie ihren wuscheligen Kopf. „Na, dann fang mal von ganz vorn an."

Ich erzählte ihr also, was nach unserem Gespräch heute Morgen alles vorgefallen war. Als ich zu dem Punkt kam, an dem Cillian offenbart hatte, er habe seine Kräfte beim Ritual verloren und würde Isaac beschuldigen, unterbrach mich Willow aufgebracht. „Dieser Cillian ist ein Magieberaubter?“ Ich nickte. „Und das ist derselbe Junge, mit dem du gestern Nacht während des Hexenfiebers intim wurdest?“ Ich schmunzelte kurz über den veralteten Ausdruck ‚intim werden‘ und nickte erneut. „O nein, o nein, nein, nein. Das ist gar nicht gut.“

Vollkommen aufgelöst ging Willow vor dem Zaun auf und ab. Sie machte mich nervös. Was hatte ihre Reaktion zu bedeuten? Heute Morgen hatte sie auf die Nacht mit Cillian noch ganz gelassen reagiert. Was hatte sich geändert, nur weil er ein Magieberaubter war?

„Ähm … Willow? Magst du mir erzählen, was los ist?“

Sie blieb stehen und sah mir in die Augen. „Mit einem anderen Zauberer während des Hexenfiebers zu schlafen, ist für eine Junghexe nicht so schlimm, in deinem Fall war es sogar von Vorteil, weil du so in den Zirkel aufgenommen wurdest. Passiert das jedoch mit einem Magieberaubten, entsteht zwischen den beiden eine Verbindung, die nicht so schnell gelöst werden und sie ihre Kräfte kosten kann.“

Sprachlos blinzelte ich. „Was meinst du damit, die Verbindung könnte mich meine Kräfte kosten?“

Willow seufzte. „Ich meine damit, dass Cillian an deiner Stelle bei dem Aufnahmeritual deine Magie bekommen könnte.“

Bei diesen Worten wurde mir schlecht. Hieß das etwa, dass Cillian das von langer Hand geplant hatte? Hatte er sich extra an mich rangeschmissen, um meine Magie zu stehlen? Plötzlich ergaben alle Ereignisse der vergangenen Tage einen Sinn. Seine liebevolle Art mir gegenüber von der ersten Sekunde an, dass wir an dem Tag des Hexenfiebers allein in seiner Wohnung waren …

Die Übelkeit schnürte mir den Hals zu. Mochte er mich überhaupt wirklich oder hatte er mich allein für seine Zwecke benutzt?

Willow sprach weiter, doch ich hörte ihre Worte nicht, da ein Fiepen in meinen Ohren erklang. Das war der Tropfen, der das

Fass zum Überlaufen brachte. Es war nicht allein die Tatsache, dass Cillian mich verarscht hatte. Zu Hause in Florida hatte ich genügend Fuckboys kennengelernt und war dieses Verhalten durchaus gewohnt. Doch die Verbindung mit ihm war das Einzige, was sich seit der Ankunft in Irland tatsächlich real angefühlt hatte. Und nun sollte das alles eine Farce gewesen sein?

Irgendwie machte das alles andere viel realer: Ich war eine Hexe, ich redete mit einem sprechenden Schaf, ich musste ein Ritual absolvieren und war jetzt Mitglied in einem Hexenzirkel, wobei ich weder Ashley noch meiner Mutter oder sonst wem davon erzählen durfte. Plötzlich brach ich in ein hysterisches Gelächter aus. Mein Gehirn schien mit all den Informationen vollkommen überfordert zu sein und sendete auf einmal wild Impulse durch meinen Körper. Denn zu dem Gelächter gesellten sich auch noch Tränen, die meine Wangen hinabliefen, und Hitze, die sich in meinem Brustkorb ausbreitete, obwohl die Umgebung definitiv keinen Anlass zum Schwitzen bot.

Ich spürte Willows besorgten Blick auf mir und versuchte, mich zu beruhigen. Ich hatte ihr noch nicht mal annähernd alles erzählt, was mir auf dem Herzen lag, sondern verfiel direkt in eine Panikattacke. Eine waschechte Panikattacke! Irgendwo im Nirgendwo, nur mit Schafen um mich herum. Fuck!

Mein Herz raste und ich begann zu hyperventilieren. Ich streifte mir die Jacke von den Schultern, stand auf und wedelte mir Luft zu, alles in der Hoffnung, mich endlich zu beruhigen, doch nichts funktionierte. Das Beste daran: Die Tatsache, dass ich mich nicht beruhigen konnte, machte mich noch panischer. Ein Teufelskreis.

Bis auf einmal ein helles Licht vor mir aufleuchtete. Kurz kniff ich die Augen zusammen, bis ich mich an den weißen Schein gewöhnt hatte. Als ich nun genauer hinsah, erkannte ich … Nein! Das konnte nicht sein … Meine Großmutter!

Jünger und noch schöner, als ich sie in Erinnerung hatte, schwebte sie in einem fließenden langen Kleid auf mich zu. Stopp! Schweben? Ja, sie schwebte. Und sie war … durchsichtig? Okay, cool! Meine Panikattacke hatte mich gekillt. War meine Granny gekommen, um mich ins Jenseits zu begleiten? Wow, als Hexe von einer Panikattacke dahingerafft. Keine Ahnung, ob jemals zuvor eine so erbärmliche Junghexe existiert hatte.

„Hallo, Rosie." Grannys Stimme verschlug mir den Atem. Im wahrsten Sinne, denn sofort hatte das Hyperventilieren aufgehört. Ich stand unter Schock, da war kein Platz mehr für Panik. Oder es lag einfach daran, dass ich tot war und Tote sicher keine Panik verspürten.

Granny sah zu Willow und schenkte ihr ein liebevolles Lächeln. „Danke, dass du mich gerufen hast, alte Freundin."

„Was? Wie? Bin ich tot?" Das waren die einzigen Worte, die ich herausbekam.

Nun grinste meine Granny auch mich an und mein Herz füllte sich mit so viel Liebe. „Nein, Kleines. Du bist nicht tot. Nur … ein wenig überfordert, wie Willow mir mitgeteilt hat. Also dachte ich, ich komm mal angeschwebt und greif meiner kleinen Junghexe unter die Arme."

„Aber … wie? Bist du ein Geist?" Ich verstand gerade gar nichts mehr.

Sie wackelte bedächtig mit dem Kopf. „Ich weiß nicht, ob es die Bezeichnung wirklich gut trifft, aber das tut jetzt auch nichts zur Sache. Ich habe nicht viel Zeit, möchte meine kleine Junghexe jedoch gern unterstützen. Also, was liegt dir auf dem Herzen?"

Ich schluckte schwer und die erstbeste Frage, die mir in den Sinn kam, sprudelte aus mir heraus. „Hast du gewusst, dass ich eine Hexe bin?"

Wieder dieses Lächeln, das mein Herz zum Schmelzen brachte. „Ich habe es geahnt, *Pumpkin*. Du hast als Kind bereits so viel Magie in dir gehabt und ich habe immer gehofft, dass du in meine Fußstapfen trittst. Nur mit klügeren Entscheidungen als ich. Leider bin ich nicht mehr da, um dich auf deinem Weg zu begleiten. Aber –" Sie blickte hinunter zu Willow. „Wie ich sehe, hast du die beste Lehrerin an deiner Seite."

Ich rieb nervös meine Hände. Wegen der Kälte oder weil ich so aufgeregt war, meine Großmutter zu sehen? Ich wusste es nicht. „Hast du deine Entscheidung je bereut?"

Sie schenkte mir einen prüfenden Blick. „Du meinst, Killarney und meinen Zirkel verlassen zu haben, um als Magielose in Amerika zu leben?"

Ich nickte.

„Nein, weil es damals das Richtige war. Ich habe deinen Großvater mit jeder Faser meines Daseins geliebt, dann deine Mutter und später dich. Für nichts in der Welt würde ich meine Familie missen wollen." Sie sah hinunter in die Richtung des *Griffin's Brew* und ihr Blick verdunkelte sich. „Dennoch habe ich mir oft genug gewünscht, ich hätte stärker gekämpft, um etwas zu verändern. Die Gesetze waren damals hart, Rosie. Verbindungen mit Menschlingen oder Magieberaubten waren verboten und mir blieb nichts anderes übrig, als mich selbst ins Exil zu verbannen. Vor einigen Jahren erreichte mich die Nachricht, dass die Zeiten sich geändert haben, die Gesetze zur Beziehung mit Nicht-Magiern waren abgeschafft worden und ich hätte mein altes Leben zurückhaben können." Sie ließ die Schultern sinken. „Doch es war zu spät für mich."

„Warum?"

Grannys Augen glitzerten. „Du kennst doch deine Mutter. Sie hätte mich wahrscheinlich für verrückt erklärt und direkt in ein Altersheim verfrachtet."

Ich schmunzelte verhalten. „Da hast du wohl recht."

Mit ernsterer Miene fuhr sie fort. „Ich habe mir so gewünscht, mit dir nach Irland reisen und dir bei dem Erwachen deiner Magie helfen zu können. Aber dann kam alles anders."

Meine Augen füllten sich mit Tränen, als ich an ihr plötzliches Ableben dachte. „Nichtsdestotrotz habe ich natürlich Vorkehrungen getroffen. Ich konnte es schließlich nicht dem Zufall überlassen, wo du an deinem einundzwanzigsten Geburtstag sein wirst."

Verlegen presste ich die Lippen aufeinander. Also hatte Granny tatsächlich einen Zauber gesprochen, der zu all dem hier geführt hatte. Eigentlich sollte ich sauer auf sie sein. Doch das war ich nicht. Egal, wie verzwickt die Situation gerade war, ich war glücklich, zum jetzigen Zeitpunkt hier zu sein, mit meinen Freundinnen, bei Willow und den anderen Zirkelmitgliedern. Nur hätte ich mir noch einen besseren Leitfaden erhofft.

„Hättest du in deinen Zauber nicht noch ein bisschen Weisheit mit einbauen können?" Ich lachte freudlos. „Ohne dich treffe ich hier vollkommen beschissene Entscheidungen."

Mit schiefgelegtem Kopf musterte sie mich. „Ach, Rosie. Ich glaube, du siehst das zu eng. Ic–"

„Zu eng?" Mit sich überschlagender Stimme unterbrach ich sie. „Ich habe mich während des Hexenfiebers nicht unter Kontrolle gehabt und mit einem Magieberaubten geschlafen. Natürlich wusste ich zu dem Zeitpunkt nicht, dass er ein Magieberaubter war, noch was das anrichten würde, geschweige denn so wirklich, was Hexenfieber ist …" Ich atmete schnell ein, um nicht an meinen heruntergeratterten Worten zu ersticken. „Außerdem bin ich jetzt Teil eines Zirkels, der mich anfangs gar nicht wollte, und ich bin immer noch nicht sicher, ob mich jedes Mitglied mit offenen Armen empfängt oder ob ich überhaupt diesem Zirkel angehören möchte. Denn was bedeutet das eigentlich für mich? Muss ich dann in Irland bleiben? Will ich in Irland bleiben? Kann ich noch studieren als Hexe? Will ich überhaupt noch studieren? Ganz sicher will ich nicht mehr Geschichte studieren, aber all das aufgeben, Mom im Stich lassen und nach Irland ziehen?" Aufgeregt lief ich vor Grannys Geist auf und ab und gestikulierte wild mit meinen Händen, während sie und Willow undeutbare Blicke tauschten.

„Und all diese Fragen sind noch vollkommen theoretisch, denn erstmal muss ich mich mit meinen Kräften und dem Ritual beschäftigen. Bin ich überhaupt eine gute Hexe? Werde ich das Ritual überstehen? Was, wenn ich es nicht überstehe und meine Magie verliere? Was, wenn ich es überstehe und meine Magie behalte? Was, wenn Cillian mir meine Magie rauben möchte? Was, wenn ich nicht wahrhaben will, dass er zu so etwas fähig ist? Was, wenn ich mich Hals über Kopf in ihn verliebe, er mich aber nur ausnutzt und ich am Ende ohne Magie mit einem gebrochenen Herzen zurück nach Amerika muss? Wie soll ich nach all dem wieder ein normales Leben führen?"

Ich atmete tief ein und wieder aus. All die Fragen und Zweifel, die auf meine Brust drückten, waren nun ausgesprochen. Auf einmal fühlte ich mich wieder wie das kleine Mädchen, das ich einmal gewesen bin, das erwartet, alle Probleme würden sich mit einem frisch gebackenen Kuchen von Oma lösen. Früher war nur ein Besuch bei Granny notwendig gewesen und all der Ballast war von meinen Schultern verschwunden.

Doch das hier war größer als eine Schürfwunde am Knie durch einen Sturz vom Fahrrad. Größer als die Trauer darüber, dass Caroline aus der neunten Klasse mir Sebastian ausgespannt hatte, der wahrscheinlich sowieso nicht einmal wusste, dass ich existierte. Größer als die Angst, durch den Einstellungstest im Kunststudium zu fallen. Hier ging es um mein restliches Leben und ich fühlte mich wie vor einer Weggabelung, wobei bei beiden Optionen verschiedene weitere Abzweigungen zu bedenken waren. Dieses Gefühl, das ich aktuell verspürte, konnte kein Kuchen der Welt besser machen.

„Meine Süße. Ich weiß, dass das gerade sehr viel ist für dich. Lass mich versuchen, dir ein wenig die Angst zu nehmen." Gerne konnte sie es versuchen, nur war ich ziemlich skeptisch, dass sie es schaffen würde. „Du hast dich schon lange nicht mehr in Tallahassee zu Hause gefühlt, oder?"

Zögerlich nickte ich. „Aber ich bin zum ersten Mal raus aus der Stadt, raus aus Florida, auf einem anderen Kontinent. Woher soll ich denn wissen, dass Irland der Ort der Wahl für mich ist?"

Sie lächelte mir zu. „Horche in dich hinein. Wie fühlt sich das Land für dich an? Wie gefällt dir Killarney? Lass all das Hexenzeug mal außen vor und besinne dich auf die unmagischen Erlebnisse, die du bislang hier hattest."

Ich dachte an die Busfahrt vom Flughafen hierher, während der ich kein Auge zumachen konnte, weil mich die atemberaubende Landschaft so in ihren Bann gezogen hatte. Dann erinnerte ich mich an den Ausflug zu meinem Geburtstag mit Ashley und Triss. Wie frei ich mich an den Klippen gefühlt hatte, als der Wind durch meine Haare wehte und ich die unendliche Weite der Natur vor mir sah. Getoppt wurde all das durch die Bootsfahrt, auf der ich trotz Eiseskälte einfach nur vollkommen überwältigt gewesen war von der Schönheit dieses Landes.

Die unzähligen Fotos, die ich mit meiner Kamera geschossen hatte, durchstöberte ich immer wieder und hatte sogar einige davon ausgedruckt, um sie in ein Tagebuch zu kleben. Ich erinnerte mich an die Worte, die ich dort reingeschrieben hatte. Sie waren rundum positiv gewesen, nicht ein negatives Wort, nicht ein Satz, dass ich Tallahassee mit nur einer Faser meines Seins vermisste.

Irland, Killarney und die Magie, die ich hier zu Gesicht bekam, erweckten in mir eine Kreativität, die ich seit Jahren vermisste. Es war Ewigkeiten her, dass ich zum Spaß Tagebuch geschrieben hatte, kleine Kritzeleien hineinmalte oder eine Speicherkarte nach der nächsten mit Bildern überfüllte. Selbst meine online Speicherplattform hatte ich beinahe ausgereizt und würde bald auf das nächst größere Upgrade aufstocken müssen.

All das lieferte mir die Antwort, die ich seit der ersten Minute, nachdem ich das Flugzeug verlassen hatte, spürte: Ich hatte mein Zuhause gefunden. Hier fühlte ich mich wirklich angekommen.

Die Tatsache, dass ich eine Junghexe war und alle Ereignisse seit dieser Offenbarung hatten dieses Gefühl überschattet, doch jetzt konnte ich es genau spüren. „Okay, in Irland zu bleiben, ist vermutlich gar nicht so schlimm. Und ich kann Mom und Dad ja immer noch besuchen, oder? Hexen dürfen doch reisen?“

Ein breites Lächeln zog sich über das so vertraute Gesicht meiner Granny. „Natürlich dürfen Hexen reisen. Sie dürfen auch den Hexenzirkel wechseln, wenn sie das im Laufe ihres Lebens möchten, oder allein praktizieren. Dein Zirkel ist keine Sekte, an die du deine Seele verkaufst. Es ist eben nur einfacher mit einem.“

Verwirrt legte ich die Stirn in Falten. Wieso hatte mir das niemand erzählt? Wussten die anderen überhaupt davon? „Aber … wieso brauche ich dann einen, um eine vollwertige Hexe zu werden?“

Granny schürzte die Lippen. „Also, erstmal ist es natürlich einfacher, in einer Gemeinschaft Fuß zu fassen, die dich an ihrem Wissen teilhaben lässt. Mit gebündelter Magie das Ritual zu bestehen, ist eigentlich ein Klacks, wenn du dich nicht besonders dämlich anstellst.“ Ich weitete die Augen und dachte an Theo. Das sah er sicher anders und auch Cillian würde meiner Großmutter in dieser Sache sicher nicht zustimmen. „Nichtsdestotrotz gibt es sogar Hexenwesen, die vollkommen allein ihre Magie entdecken und für immer allein arbeiten oder erst ganz spät im Leben einen Zirkel finden.“

„Echt?“ Verblüffung war ein viel zu sanftes Wort für das Gefühl, das mich gerade überkam. „Wieso … Ich meine, die anderen haben mir das nicht mal als Alternative aufgezeigt. Von Anfang an hieß es, ich muss einem Zirkel beitreten oder werde eine Magieberaubte sein.“

Granny verschränkte die Finger ineinander. „Sie werden es nicht anders wissen. Ein Zirkel wird einen Teufel tun, seinen Nachkommen zu erzählen, sie dürften sich verselbstständigen. Das ist immer noch nicht gern gesehen, es ist eher verpönt. Und ich kenne die Griffins." Ihr Gesicht nahm einen traurigen Ausdruck an. „Eine sehr traditionelle Familie, die die Regeln sehr streng auslegt und wenig Spielraum für Neues lässt."

Ich dachte an Isaac und Imogen und daran, dass die beiden auf mich alles andere als traditionell und engstirnig wirkten, aber wenn ihre Familie so war, dann ... Und in dem Moment fiel mir etwas ein. „Granny, sag mal, wer war denn alles in deinem Zirkel, als du noch in Killarney gelebt hast?"

Verschwörerisch hob sie die Augenbrauen. „Na, Spätzchen, was denkst du denn?"

„Die Griffins?"

Sie nickte. „Die Griffins, die Doyles, die Sullivans und die O'donnovans. All diese Familien sind zusammen mit deinen und meinen Vorfahren, den Mckennas, uralte Hexenfamilien, deren irische Wurzeln bis weit zurück in das dreizehnte Jahrhundert reichen. Umso schlimmer war es damals, dass ich dem Zirkel den Rücken gekehrt habe. Sean Griffin war alles andere als erfreut über meinen Weggang und hat ein paar unschöne Dinge zu mir gesagt, als ich ihm meine Entscheidung mitgeteilt habe."

Das Temperament lag wohl in der Familie, überlegte ich. Doch ich ließ meine Granny weitersprechen. Wie gebannt hörte ich ihrer Geschichte zu.

„Wir waren damals beste Freunde gewesen, musst du wissen. Seine Reaktion hat mich enorm geschockt. Das war auch einer der Gründe, warum ich nie zurückgekommen bin. Vielleicht hätte meine Entscheidung anders ausgesehen, wenn er sich bei mir entschuldigt hätte, nachdem die Gesetze geändert worden waren, doch ich habe es von Aislyn Doyle erfahren. Zusammen mit der Information, dass die Griffins verstorben waren und eine neue Generation an Hexenwesen in Killarney herrscht. Sie hatte mir Bilder vom Brew geschickt und von den damals vier Mitgliedern des Zirkels: Isaac Griffin, Cornelia O'donnovan, Freddie Doyle und Abigail Brennan."

Also waren Isaac, Cornelia und Abigail zusammen im selben Zirkel gewesen, als Isaac noch mit Cornelia zusammen war, dann hatte er sich von ihr getrennt und war mit Abigail zusammengekommen? Oder hatte er sich vielleicht sogar wegen Abigail von Cornelia getrennt? Weil sie ihm im Gegensatz zu Cornelia mehr das Gefühl gegeben hatte, als Mann begehrt zu werden? Das hörte sich nach wahnsinnigem Drama an. Wobei … Was gerade im Zirkel abging, war nicht minder dramatisch.

„Also nimmt ein Zirkel auch andere Familien auf? Ich mein, Abigails Nachname hat nicht zu den Gründerfamilien gehört, die du vorher aufgezählt hast."

Granny wechselte einen Blick mit Willow. „Selten, aber wie ich höre, heißt sie jetzt nicht mehr Brennan?"

Ich nickte. „Schon, aber bei ihrer Aufnahme war ja noch nicht klar, dass sie später einmal eine Griffin sein wird."

„Da hast du recht. Ich konnte Aislyns Briefen auch entnehmen, dass Sean darüber absolut nicht begeistert gewesen war und es zwischen ihm und Isaac zu einem heftigen Streit gekommen sein musste, kurz vor seinem Ableben. So schlimm, dass auch Isaacs Eltern, die wie deine Mutter, Rosie, ohne Magie geboren worden waren, sich von ihren Kindern abgewandt hatten."

Verdutzt blinzelte ich. „Aber … Das versteh ich nicht. Wenn sie doch gar keine Magie besaßen, wieso war ihnen dann so wichtig, dass der Zirkel weiterhin aus den Gründerfamilien bestand?"

Kurz angebunden zuckte Granny mit den Schultern. „Ich weiß es nicht, Liebes, vielleicht lag da noch mehr im Argen, als mir bekannt ist. Aber das musst du deine Freunde selber fragen."

Ich schluckte schwer und ein ungutes Gefühl überkam mich. Diese Entzweiung hatte doch hoffentlich nichts mit Isaacs Transition und Imogens sexueller Orientierung zu tun.

„Ich habe nicht mehr viel Zeit, bevor ich zurückmuss, und ich nehme an, du möchtest mit mir noch über den O'donnovan-Jungen sprechen?"

Ich verkniff mir zu fragen, wohin Granny denn zurückging, denn das würde meinen Kopf aktuell wahrscheinlich sprengen, und konzentrierte mich darauf, nicht in Tränen auszubrechen, während ich ihr von meinen Sorgen wegen Cillian berichtete.

Kapitel 16

Rosie

Hexenschule

Die nächsten Tage vergingen wie im Flug. Nach und nach unterrichtete mich jedes Zirkelmitglied in den verschiedenen Arten der Magie. Freddie brachte mir Runenkunde bei. Man konnte Runen für alles Mögliche verwenden: zum Schutz, zur Intensivierung oder sogar für einen erholsamen Schlaf. Als Wirkende konnte ich selbst Runen erschaffen, diese nannte man dann *Sigillen,* weil sie keine offiziell anerkannten Symbolzauber waren.

So erfuhr ich auch, dass die Prägung auf dem Medaillon meiner Granny eine Sigille war und keine Rune. Zu merkwürdig, da meine Großmutter doch eine Brauende gewesen war. Hatte jemand diese Sigille für sie erschaffen? Wie gern ich erneut mit ihr reden würde, um ihr diese und noch so viele andere Fragen zu stellen, doch Willow meinte, dass ihr Besuch eine einmalige Sache gewesen war. Warum, erschloss sich mir nicht, weil sie auf meine Nachfragen nur mit dem ominösen Satz „Regeln sind Regeln“ antwortete.

Was übrigens auch Isaacs Lieblingsantwort auf meine Fragen war. Er unterrichtete mich in magischer Politik und das war alles immer noch so veraltet, dass ich mich wie ein Kindergartenkind fühlte, wenn ich nach jeder Erklärung mit „Warum?“ reagierte.

Das einzige Fach, in dem ich wenige Nachfragen hatte, war Imogens Spezialgebiet: Zaubertränke. Einem Rezept zu folgen war einfach. Nun … zumindest erschloss sich mir das Ganze in der Theorie sehr logisch: Bestimmte Kräuter hatten eine genaue Wirkung und zusammen konnte man sie dann zu einer Tinktur, einem Trank oder einer Salbe vereinen. So hingen wir auch heute wieder über dem Kessel und steckten unsere Nasen in eines der alten Rezeptbücher im Keller.

Gerade schenkte mit Imogen ihr breitestes Lächeln, was die Sommersprossen auf ihrer Nase betonte. Dann schloss sie das Buch vor sich. „So, das wär's für heute. Ich muss mich zurechtmachen für mein Date mit Ash."

Wir standen beide im Keller des Brew und hatten eine Unterrichtseinheit über magische Kräuter hinter uns. Ihre Worte versetzten mir einen Stich in meiner Brust. So faszinierend ich all diese Themen fand, stimmte der Unterricht mich doch auch traurig, da ich dadurch weniger Zeit mit meinen Freundinnen verbringen konnte. Imogen und Triss gaben sich alle Mühe, damit Ashley keinen Verdacht schöpfte, dennoch hatte ich ein schlechtes Gewissen. Wie gern würde ich das Geheimnis mit ihr teilen und zusammen mit ihr und Triss über all die coolen Dinge sprechen, die ich lernte.

„Was macht ihr Schönes?", fragte ich und kam nicht umhin, den verbitterten Unterton in meiner Stimme zu bemerken.

Imogen bekam meine Eifersucht nicht mit, stattdessen wurde ihr Grinsen nur noch breiter. „Oh, wir fahren zum Torc Wasserfall im Killarney National Park und danach gehen wir ins ‚The Tan Yard' Pizza schnabulieren." Wieder spürte ich dieses Stechen in meiner Brust, doch als ich das freudige Glitzern in Imogens Augen sah, verflog meine Eifersucht sofort. Ich wusste, wie sehr Ashley in Imogen verknallt war und es war schön zu sehen, dass es auf Gegenseitigkeit beruhte. Imogen plante diese romantischen Dates nicht, um Ashley abzulenken, sondern weil ihr wirklich etwas an ihr lag.

„Und du hast auch einen spannenden Abend vor dir, wie ich gehört habe?" Sie ließ die Augenbrauen tanzen und mein Magen überschlug sich.

„Hoffen wir mal, dass er spannend wird und ich mir nicht das Genick breche."

Sie lachte. „Ach, Quatsch! Das Besenfliegen ist gar nicht so schwer. Und Liam ist ein toller Lehrer. Das wirst du sicher im Nu draufhaben."

Unbeholfen nickte ich, auch wenn mir eigentlich danach zumute war, mich in den nächstbesten Mülleimer zu übergeben. Besenfliegen. Von all den Dingen, die ich in den vergangenen Tagen gelernt hatte, war das das Furchteinflößendste und Unwirklichste von allem. Ich sah mich schon Kopf über vom Wischmopp hängen, mich an den Ästen eines Baums aufspießen oder in einem Affenzahn durch die Innenstadt pesen und dabei allen Menschen die Existenz von Magie offenbaren. Auf die eine oder andere Weise würde der heutige Abend sicher in einer Katastrophe enden.

Imogen schulterte ihren Rucksack und ging zur Kellertreppe. „Wenn du magst, kannst du noch ein bisschen die Bücher durchforsten, ich weiß doch, wie gern du deine Nase in die magischen Schriftwerke vergräbst." Sie zwinkerte mir zu und ging dann die Stufen nach oben.

Seufzend sah ich auf die Uhr: 16:15. Ich hatte noch fünfundvierzig Minuten Zeit bis zu meiner ersten Flugstunde mit Liam. Gemütlich schlenderte ich das antike Holzregal in der hinteren Ecke des Kellers entlang und betrachtete die verschnörkelten Titel auf den ledrigen Buchrücken.

„Das Geheimnis magischer Schönheit" – Nein, danke, am Ende geht etwas schief und ich ende mit grüner Haut für immer und ewig. Außerdem hielt die Verwandlung meines ersten versehentlichen Zaubers immer noch an und ich wollte nichts riskieren.

„Welche Edelsteine deine Magie stärken, basierend auf deinem Sternzeichen" – Astrologie? Ich rümpfte die Nase. Noch nie ein großer Fan davon gewesen. Obwohl ich vergangenes Jahr eine spannende Buchreihe gelesen hatte, in der die Menschen Magie aufgrund ihres Sternzeichens und ihres Aszendenten hatten. Aber das war Fantasy und auch wenn sich mein Leben gerade ähnlich realistisch anfühlte, würde ich nicht noch mehr Übernatürliches in mein Leben ziehen. Schon gar keinen Sternzeichen-Hokuspokus.

„Basishexenwissen für Anfänger“ – dieses Buch hatte ich bereits vor Tagen durchgelesen. Fühlte ich mich dadurch weniger wie eine Anfängerin? Nicht wirklich.

Es folgte eine Lücke im Regal und ich fragte mich, ob jemand ein Buch ausgeliehen hatte. Imogen hatte mich gestern beinahe einen Kopf kleiner gemacht, als ich ein Buch aus diesem Sortiment mit ins Foyer genommen hatte. Durften die anderen Bücher ausleihen, nur ich nicht? Oder wusste Imogen vielleicht gar nicht, dass ein Buch fehlte?

Ich richtete meine Aufmerksamkeit auf den nächsten Titel: „Junghexenrituale: Eine Guideline für deinen großen Tag“. Na, wenn das nicht vielversprechend klang. Ich zog das Buch aus dem Regal, als meine Aufmerksamkeit von dem nächsten Werk mit leuchtend violettem Einband angezogen wurde.

„Sehende – Von der Kristallkugel zur Zeitreise“ war in goldenen Lettern eingeprägt. Zeitreisen? Okay, das löste Astrologie vom ersten Platz der unrealistischsten Magiethemen ab. Dennoch zog mich dieses Buch in seinen Bann. Wenn Zeitreisen wirklich möglich wären …

Ach, warum nicht? Ich stellte das Buch über Junghexenrituale zurück in das Regal, wobei ich es mir für später merkte, und griff nach dem violetten Einband. Damit ging ich zu dem Sessel gegenüber und setzte mich hinein. Warum hatte dieses Thema eine solche Anziehung auf mich? War es wegen Cillian?

Niemand hatte seit dem Vorfall vor nun beinah einer Woche mit ihm gesprochen. Und genauso wenig hatte jemand das Thema auf den Tisch gebracht. Mir hingegen spukten seine Worte immer wieder durch den Kopf. Sein Ritual war für alle sichtbar erfolgreich gewesen und dennoch hatte er danach keine Magie mehr gehabt. Und ich wurde nicht schlau daraus. Die einzige Lösung war die, die auch Cillian in Betracht gezogen hatte: Jemand hatte ihm seine Magie gestohlen. Doch wer? Müsste nicht unmittelbar danach jemand aufgetaucht sein, der urplötzlich Magie besaß, die er zuvor noch nicht besessen hatte?

Gab es jemanden, der, wie meine Granny es erklärt hatte, allein Magie praktizierte? Oder gab es einen verfeindeten Hexenzirkel in Killarney, von dem noch keiner etwas mitbekommen hatte? Existierten Rivalitäten zwischen Hexenzirkeln überhaupt? Wenn ja, wieso?

Da waren so viele offene Parameter, so viele Fragen, so viele Theorien … Doch niemand konnte wissen, was passiert war. Außer es gäbe einen Weg, Cillians damaliges Ritual zu analysieren. Da offensichtlich kein Videomaterial dazu existierte, war eine Zeitreise die einzige Möglichkeit. Die Idee dazu war mir schon des Öfteren gekommen, doch ich hatte sie bislang als Humbug abgetan. Ich meine … Zeitreisen? Das klang nicht nach Magie, das war Superheldenterritorium.

Ein paar Kräuter zu einer Tinktur zusammenmischen, ja, das hatte selbst die Wissenschaft der Menschlinge für sich entdeckt. Mit reiner Willensstärke Gedankenlesen, sein Äußeres verändern oder andere heilen, auch damit war ich mittlerweile fein. Meine Güte, selbst einen Besen zu fliegen, erschien mir nicht mehr vollkommen unmöglich … Aber Zeitreisen?!

Wie konnte so etwas Kraftvolles existieren und dennoch gab es so viel Leid auf der Welt? Krieg, Epidemien, Unglücke … All das hätte durch Zeitreisen verhindert werden können. Und dennoch hielt ich hier ein Buch in den Händen, das genau das versprach: Einen Weg, Grausames ungeschehen zu machen, die Welt zu verbessern und nicht enden wollenden Frieden zu erschaffen.

Ich lehnte mich im Sessel zurück und fing an, die ersten Seiten durchzublättern. Schnell merkte ich, dass meine Traumvorstellung von einem Mittel gegen alles Unheil auf der Welt nur eben genau das war: eine Traumvorstellung.

Zeitreisen hatten zwei eiserne Regeln:

- Zeitreisende können nur zu einem Ereignis zurück, an dem sie selbst aktiv beteiligt gewesen waren, dabei ist es jedoch möglich, eine unbeteiligte Begleitperson mitzunehmen.
- Zeitreisende dürfen die Vergangenheit nur beobachten, nicht verändern, sonst beschwören sie Zeitreisedämonen, die sich von den Kräften der Zeitreisenden ernähren und sie in eine dunkle Zeitreisedimension ziehen.

In Ordnung. Das erklärte zumindest, warum noch niemand mithilfe eines Ausflugs in die Vergangenheit die Welt gerettet oder zumindest schlimme Ereignisse abgeändert hatte. Ob es dennoch Menschen versucht hatten und nun für immer in einer Dimension zwischen den Zeiten gefangen waren, in der sich Dämonen von ihren Kräften ernährten? Mich schüttelte es bei dieser Vorstellung.

Gedankenverloren ließ ich meine Augen wandern. Zwar konnte ich nicht verhindern, dass Cillians Magie gestohlen wurde, aber ich konnte herausfinden, wie es passiert war. Das Problem: Ich musste ihn überzeugen, mit mir zu reisen, da ich allein nicht zu einem Ereignis zurückkonnte, das ich nicht selbst miterlebt hatte. Nachdenklich kniff ich die Augen zusammen: Es musste nicht unbedingt Cillian sein, der mit mir in die Vergangenheit reiste, denn es waren noch andere Zirkelmitglieder bei seinem Ritual anwesend gewesen. Stirnrunzelnd ging ich die Zugehörigkeitsdauer aller durch. Das neueste Mitglied im Zirkel war Theo, davor kam Imogen und davor Liam. Auf diese drei konnte ich also nicht zählen. Einsame Spitze … Das ließ mich zurück mit: Freddie, Abigail und Isaac.

Freddie könnte ich noch am ehesten überzeugen, aber dafür müsste ich ihn allein erwischen. Sobald Abigail oder Isaac von meinem Plan erfuhren, würden sie es ihm ausreden, mir dabei zu helfen. Abigail war mir noch immer nicht wohlgesonnen und ich verstand partout nicht, was ich ihr getan hatte. Und Isaac … nun, er war mittlerweile zwar um einiges netter zu mir, dennoch würde er das Risiko niemals eingehen.

Schon jetzt konnte ich seine Stimme in meinem Kopf hören: „In die Vergangenheit reisen? Bist du wahnsinnig? Der kleinste Fehler könnte uns alles kosten. Nichts ist das Risiko wert, von Zeitreisedämonen verschleppt zu werden. Auf gar keinen Fall, Rosie."

Also doch Cillian? Ob er es schaffen würde, die Vergangenheit nicht zu verändern? Oder würde bei ihm eine Sicherung durchbrennen, wenn er erfuhr, wer ihm seine Magie gestohlen hatte? Wollte ich dieses Risiko eingehen? Konnte Cillian überhaupt mit mir in der Zeit zurückreisen, wenn er magielos war? Je mehr ich darüber nachdachte, umso mehr war ich mir sicher, dass ich Freddie davon überzeugen musste, mich bei meinem Plan zu unterstützen.

Das Klingeln meines Telefons riss mich aus meinen Gedanken. Ich sah Liams Namen auf dem Display aufleuchten. Meine Augen wanderten zur Uhrzeitanzeige: bereits fünf nach fünf. Mist, ich war zu spät. Ich betätigte den grünen Button.

„Sorry! Bin sofort da."

Seine amüsierte Stimme erklang. „Jetzt sag bloß, du kleine Streberin hattest bis jetzt deine Nase in ein Buch gesteckt oder bist du etwa eingeschlafen?"

Ich verdrehte die Augen. Wieso fragte er denn so blöd, wenn er sicher alles bereits mit seiner Magie gesehen hatte?

„Ich steh vor dem Brew." Dann legte er auf.

Ich sprang auf und ging zurück zum Regal. Kurz überlegte ich, ob ich das Buch nicht doch in meine Tasche stecken sollte. Schließlich brauchte ich etwas, um Freddie zu überzeugen. Allerdings entschied ich mich schlussendlich dagegen. Imogen würde mir den Kopf abreißen, wenn sie erfuhr, dass ich unerlaubt etwas aus dem Keller entwendet hatte, und ich konnte es mir nicht leisten, noch mehr Zirkelmitglieder gegen mich aufzubringen.

Schnell stellte ich also das Buch zurück ins Regal und rannte die Treppe – immer zwei Stufen auf einmal nehmend – nach oben. Am Eingang vom Brew machte ich Halt. Das Fenster war gekippt und ich hörte zwei Stimmen miteinander reden. Normalerweise war ich niemand, der andere belauschte, aber als mein Name fiel, machte ich eine Ausnahme.

„Rosie wird dir den Platz im Zirkel nicht wegnehmen, Theo."

Theo antwortete mit einem wütenden Knurren. „Woher willst du das wissen? Hast du es mit deiner Magie gesehen oder glaubst du mal wieder an das Gute in allen anderen?"

„Theo …" Liams Stimme klang geknickt.

„Na, was denn? Manchmal kann ich nicht fassen, wie gutgläubig du bist. Wobei … Vielleicht wäre ich das auch, wenn mir nicht ständig so eine Scheiße passieren würde." Ein Schluchzen folgte seinen Worten. Ich hörte Schritte durch den Kies.

„Hey, Babe. Ich weiß, dass es für dich so aussieht, aber ich verspreche dir, ich werde nicht zulassen, dass Rosie deinen Platz einnimmt."

Ich runzelte die Stirn. Wieso hatte Theo Angst, ich würde ihn verdrängen wollen? Jemanden aus dem Zirkel zu kicken, war das Letzte, das ich wollte.

„Wie willst du das denn machen? Wenn Cillian zurückkommt, und du weißt, das wird er früher oder später, dann sind wir acht mit Rosie. Sieben Zirkelmitglieder ist die optimale Anzahl. Und was ist schon ein Zirkel mit einem nutzlosen, magieberaubten achten Mitglied? Ich bin doch allen nur ein Klotz am Bein."

Liam intervenierte. „Du vergisst, dass Cillian ebenfalls keine Ma–"

„Ach, jetzt mach dich doch nicht lächerlich!", unterbrach Theo ihn. „Wenn die Wahl zwischen Cillian und mir steht, wer würde sich denn schon für mich entscheiden?"

„Ich!" Liams Stimme klang eisern und entschlossen. „Ich würde mich immer für dich entscheiden."

„Einer von sieben ist aber nicht genug, darling." Ich konnte den Schmerz in Theos Stimme hören und fragte mich, ob er recht hatte. Würden die anderen Cillian mit offenen Armen empfangen, wenn er sich entschuldigen würde, und dafür wirklich Theo opfern? Das wäre nicht fair!

„Ich würde ihnen ein Ultimatum stellen: Wenn sie dich rausschmeißen, dann geh ich auch."

Theo schnaubte ungläubig. „Genau. Mach dich doch nicht lächerlich, Liam. Du würdest deine Magie verlieren, wenn du den Zirkel verlässt."

„Was, wenn nicht? Was, wenn wir unseren eigenen Zirkel gründen?" Theo reagierte nur mit einem Schnauben, dann sprach Liam weiter. Er schien nichts von allein Praktizierenden zu wissen, genau wie Granny es vorhergesagt hatte. „So oder so würden sie mich nicht gehen lassen. Der Zirkel würde mit mir ein Mitglied verlieren und wäre mit sechs Hexenwesen genauso kraftvoll wie mit acht."

„Und wenn sie dem zustimmen, weil sie der Meinung sind, sie finden schnell ein neues Mitglied? Was machst du dann? Dein Plan wäre nach hinten losgegangen und dann würdest du einen Rückzieh–"

Ich hörte ein schmatzendes Geräusch und merkte, wie mir die Hitze ins Gesicht stieg, als ich realisierte, dass die beiden sich küssten. Sie jetzt zu unterbrechen, wäre sehr unhöflich, hier weiter rumzulungern und sie zu belauschen ebenfalls. Was sollte ich nur tun? Ehe ich eine Entscheidung treffen konnte, ertönte Liams Stimme erneut.

„Ich würde keinen Rückzieher machen, weil ich dich liebe und du mir wichtiger bist als alles andere. Wichtiger als dieser doofe Zirkel, wichtiger als diese Stadt, wichtiger als Magie." Stille. Theo reagierte nicht, noch hörte ich erneute Kussgeräusche.

Jetzt die Stille zu durchbrechen, wäre noch schlimmer als vor einer Minute, doch was sollte ich tun? Einfach hier herumstehen und die unangenehme Situation abwarten? Der arme Liam … Wieso sagte Theo denn nichts?

„Würdest du nicht dasselbe für mich tun?", fragte Liam nach einer Weile.

„Ich muss jetzt los, Rosie kommt gleich." Und das war mein Signal.

Ich stieß die Tür auf und sah noch, wie Liam die Hand nach Theo ausstreckte, sie aber abrupt sinken ließ, als er mich bemerkte. Mit traurigem Blick drehte er sich zu mir um.

„Hey, sorry, dass ich zu spät bin." Ich versuchte, mir nicht anmerken zu lassen, dass ich wusste, was vorgefallen war, und es funktionierte. Sofort hellte sich Liams Gesicht auf und er schenkte mir ein Lächeln. Ich konnte spüren, dass es nicht so herzlich war wie sonst, aber ich sagte nichts.

„Na, die Zeit holst du hoffentlich wieder raus, indem du eine gute Schülerin bist und sofort alles verstehst."

Ich hoffte, dass ich ihn ablenken konnte, indem ich auf seinen Scherz einging. „Die Schülerin ist nur so gut wie ihr Lehrer."

„Fuuuck!" Aufgebracht warf ich den Besen in das Gras.

Liam beobachtete mich mit verschränkten Armen. „Indem du dein Flugwerkzeug schlecht behandelst, wirst du auch nicht besser."

Ich schenkte ihm einen vernichtenden Blick. „Halt die Klappe, Liam."

„Uh, Rosie. Ich wusste ja gar nicht, dass du eine solche Seite hast. Warum so frustriert? Man kann nicht sofort alles können."

Wie ein trotziges Kind hätte ich am liebsten „Doch!" erwidert. Ich hasste es, wenn etwas nicht hinhaute, was ich mir vorgenommen hatte. Als ich durch die Prüfung meines Kunstkurses gefallen war und das Studienfach wechseln musste, war ich nicht eine Sekunde traurig oder frustriert gewesen, sondern einfach nur wütend. Das war mein verdammter Perfektionismus.

Fehler bei anderen? Kein Problem. Viel zu oft ließ ich Menschen immer wieder etwas durchgehen. Aber bei mir selbst? Ich ging zu oft zu hart mit mir ins Gericht.

Dabei war Besenfliegen nun wirklich nichts, was man in die Wiege gelegt bekam. Oder? Es war auch nicht annähernd mit Fahrrad- oder Autofahren zu vergleichen.

Allein das Gleichgewicht auf diesem unbequemen, schmalen, kleinen Stock zu halten, war eine ganz neue Erfahrung, auf die mich nichts in meinem Leben je vorbereitet hätte. Doch das Schlimmste waren das Abstoßen und in der Luft schweben. Weiter war ich auch noch nicht gekommen, denn jedes Mal, wenn ich einen Meter über dem Boden verweilte, kippte ich um und hing kopfüber am Stock wie eine Fledermaus.

Es war frustrierend. Mittlerweile war es bereits dunkel. Der Vollmond blickte immer wieder durch die Wolken hindurch und ich hörte einen Uhu, dessen Laute mich zu verspotten schienen. Vielleicht war es an der Zeit, aufzugeben und diese Lehreinheit auf einen anderen Tag zu verschieben?

Womöglich war heute auch nicht der geeignete Tag. Zu viel schwirrte mir durch den Kopf. Immer wieder glitten meine Gedanken zurück zu der Zeitreisenthematik und der Frage, ob ich Freddie überzeugen konnte, mir zu helfen, oder ob ich doch versuchen sollte, Cillian von meinem Plan zu erzählen.

„Wie wäre es, wenn wir morgen weitermachen?“ Als hätte er meine Gedanken gelesen, legte Liam seine Hand auf meine Schulter.

Was ich eigentlich sagen wollte, war: „Ja“. Was dagegen aus meinem Mund kam, war: „Können wir vielleicht die Gepäckträgermethode versuchen?“

Liam trat neben mich und musterte mich skeptisch. „Ich bin mir nicht ganz sicher, was du damit meinst. Ist das so ein amerikanisches Ding?“

Schmunzelnd musterte ich ihn. „Kennst du das nicht, wenn Eltern ihren Kindern Fahrradfahren beibringen und sie am Gepäckträger festhalten?“

Nachdenklich biss er sich auf die Lippe. „Rosie, ich weiß nicht. Wenn ich dich begleite und du dann in mehreren Metern Höhe kopfüber hängst … Da kannst du dir alle Knochen oder gleich das Genick brechen bei einem Sturz.“

Frustriert trat ich gegen ein paar Grashalme. „Wahrscheinlich würde ich auch einfach nur aufwachen und das Ganze würde sich als verschissener Traum herausstellen. Ich wäre noch mit Triss und Ashley im Bus nach Killarney und nichts hiervon wäre real gewesen.“

Liam schenkte mir ein Schmunzeln, hob den Besen aus dem Gras auf, klemmte ihn sich zwischen die Beine und bedeutete mir, hinter ihm Platz zu nehmen. „Damit du heute wenigstens ein bisschen Höhenluft schnuppern kannst und mehr Motivation fürs nächste Mal hast: Steig auf.“ Angespannt nahm ich hinter ihm Platz und legte meine Hände auf seine Schultern. „O nein, Fräulein! Arme fest um meinen Bauch. Wenn du mir vom Besen fällst, darf ich mir aber was anhören von den anderen.“

Ich lachte und schlang meine Arme um Liams Rumpf. Dann stieß er sich kräftig vom Boden ab und wir stiegen gemeinsam auf in den Himmel. Der Wind wehte mir kalt um die Nase und meine Haare flatterten in alle Richtungen. Zuerst war es super ungewohnt und verdammt kalt. Doch schnell gewöhnte ich mich an die frische Note weiter oben und genoss die Draufsicht auf Killarney.

Mittlerweile waren wir so hochgestiegen, dass ich die Wolken berühren konnte. Sie fühlten sich so flauschig und gleichzeitig feucht an, dass ich kichern musste und erschrocken meine Finger wegzog.

Ein Gefühl beschlich mich, das ich so noch nie zuvor gespürt hatte. Hier oben im Himmel kam es mir vor, als hätte ich all meine Sorgen auf dem Boden gelassen und wäre einfach nur frei. Genauso klein wie alles unter mir aussah, wirkten auch all die Probleme, die mich belasteten. Konnte ich nicht einfach für immer hier oben bleiben?

„Und? Habe ich zu viel versprochen?“, rief Liam über seine Schulter.

„Liam, ich liebe dich. Danke, dass du mir das gezeigt hast.“ Ich drückte mich enger gegen seinen Rücken.

„Witzig, wie einfach es ist, jemandem seine platonische Liebe zu gestehen und wie schwer, sobald Romantik mit hineinspielt. Findest du nicht auch?“

Aufmerksam beobachtete ich einen Vogel, der an uns vorbeiflog. Ob es noch etwas Besonderes wäre, wenn man zu jeder möglichen Zeit einfach abheben und davonfliegen könnte? Würde sich das Besenfliegen jemals normal für mich anfühlen und das Gefühl der unendlichen Freiheit wäre vorbei?

Als der Meister der Lüfte nicht mehr am Horizont zu sehen war, dachte ich über Liams Worte nach. „Wie lange geht das zwischen dir und Theo schon?“

Er seufzte. „Wir haben uns vor seiner Zeremonie ineinander verliebt. Unsere gemeinsame Zeit war wunderschön und unkompliziert gewesen. Seit er seine Magie verloren hat, ist alles anders. Erst hatte er sich vollkommen von mir distanziert, allgemein niemanden aus dem Zirkel an sich herangelassen und seit dem Frühjahr nähern wir uns langsam wieder an. Jedoch plagen ihn viele Selbstzweifel.“ Er nahm eine scharfe Linkskurve und ich erschrak, klammerte mich mit den Fingern fester in seinen Pullover. „Seit du aufgetaucht bist, wird es von Tag zu Tag schlimmer. Er hat Angst, dass der Zirkel ihn durch dich ersetzt.“

Ich betrachtete die Häuser, die von hier oben aussahen wie kleine Puppenhäuschen, und die einzelnen Menschen, die so winzig waren wie Monopolyfiguren. „Aber …, ich will ihn doch gar nicht ersetzen.“

Liam ließ erleichtert die Schultern sacken. „Ich weiß. Und auch der Zirkel wird ihn nicht verbannen. Aber Theo hat sich in den Kopf gesetzt, dass Isaac und Abigail alles tun würden, um die mächtige Anzahl von sieben Mitgliedern beizubehalten. Jetzt, wo Cillian weg ist, besteht kein Grund zur Panik, dennoch glaubt er, dass sie Cillian eine neue Chance geben, wenn er zurückkommt, schließlich ist er schon viel länger dabei.“

Ich seufzte, all das hatte ich vorhin im Foyer belauscht, endlich konnte ich darauf antworten, in der Hoffnung, Liam würde es an Theo weitergeben und ihm so die Angst nehmen. „Aber …, das wäre unfair und das würde ich nie wollen, lieber würde ich zurücktreten. Außerdem würden Isaac und Abigail das nie machen.“ Plötzlich fiel mir ein, dass ich die beiden eigentlich gar nicht kannte und keine Ahnung von ihrem moralischen Kompass hatte. „Oder?“

Liam schüttelte den Kopf. „Würden sie nicht, das weiß ich. Aber selbst, wenn ich Theo diese Angst nehmen könnte, würde er sich im nächsten Moment vor einer neuen Junghexe oder einem Jungmagier fürchten.“

Ich war mit meinem Latein am Ende und sah keinen Weg, wie Theo seine Angst loswerden sollte, außer der Zirkel würde sich irgendwann auf acht Mitglieder erweitern und Isaac und Abigail würden ihm aktiv zeigen, dass sie ihn nicht verstießen. Nachdenklich ließ ich meinen Blick wieder über die Dächer von Killarney streifen. Es war so unwirklich, hier oben in der Luft zu schweben, während die Menschen auf den Straßen nichts davon ahnten.

Plötzlich bemerkte ich eine Gestalt. War das …? Ich schüttelte den Kopf und schloss die Augen. Niemals konnte ich aus dieser Entfernung eine einzelne Person ausmachen. Doch auch als ich sie wieder öffnete, war ich mir sicher, dass ich da unten auf den Straßen Cillian sah. Das konnte kein Zufall sein.

„Können wir unauffällig irgendwo in der Nähe landen?“ Ich deutete auf die Stelle, wo ich Cillian gespottet hatte.

„Nichts leichter als das, Kleines.“

Kapitel 17

Rosie

Wessen Wahrheit glaube ich mehr?

Wir landeten auf dem Parkplatz eines Supermarktes. Laut Liams Aussage hatte sein Besen eine Rune eingraviert, die uns tarnte. Und tatsächlich: Keiner der Passanten würdigte uns auch nur eines Blickes, als wir auf unserem ungewöhnlichen Transportmittel mitten zwischen den beschäftigten Menschen einflogen. Magie war einfach nur saucool!

Liam musterte mich, als wir vom Besten gestiegen waren. „So, warum genau wolltest du jetzt hier landen? Lust auf einen späten Snack?"

Ich reckte ihm meinen Kopf mit einem breiten Grinsen entgegen. „Ich habe Cillian gesehen und möchte ihn zur Rede stellen."

Liam fiel die Kinnlade herunter. „Du hast ihn von da oben ausmachen können? Hast du Adleraugen oder wie?"

Beiläufig zuckte ich mit den Schultern und wandte mich ab, um den Parkplatz in die Richtung zu verlassen, in der ich ihn gesehen hatte.

Liam folgte mir. „Rosie, warte! Cill hat seit Tagen kein Wort mit einem von uns gesprochen. Warum denkst du, dass er mit dir reden will und was willst du ihm sagen?"

Ja, was wollte ich ihm sagen? Im Grunde wollte ich ihn gern anschreien. Ihn als Fuckboy betiteln und ihm sagen, dass er meine Magie niemals bekommen würde, solange ich lebte. Aber das würde gar nichts bringen. Diese emotionale Reaktion würde alles nur schlimmer anstatt besser machen. Das war definitiv nicht meine Intention.

Als ich ihn aus der Luft gesehen hatte, war mir eins klargeworden: Es waren seine Vergangenheit und seine Magie, um die es hier ging. Ich wollte ihm also so sachlich wie möglich begegnen, ihm erzählen, was ich heute über Zeitreisen erfahren habe und ihm einen Deal anbieten. Sollte er darauf nicht eingehen, war Freddie mein Backup-Plan. Doch zuallererst musste ich Cillian die Gelegenheit geben, sich selbst ein Bild von dem zu machen, was damals passiert ist.

Liam begleitete mich. Wir gingen zwei Blocks über die Hauptstraße, bogen rechts in eine kleine Seitenstraße ab, bevor wir uns erneut rechts hielten und auf einer kleinen engen Gasse herauskamen. Dort stand er. Seine pechschwarzen Haare wehten ihm in die Augen und als er sie mit der Hand nach hinten strich, schien das Laternenlicht auf seine kantigen Wangenknochen. Mein Magen verkrampfte sich. Dahin war die Gelassenheit.

Ich drehte mich zu Liam. „Bleib du hier. Ich muss das allein machen.“ Er nickte und trat um die Ecke, sodass Cillian ihn nicht sehen konnte, dann wandte ich mich wieder zur Gasse und ging auf ihn zu.

Meine Hände begannen zu zittern und mein Magen rebellierte. Wie konnte es sein, dass mich ein Gespräch mit Cillian nervöser machte, als auf einem verdammten Besen zu fliegen? Ich räusperte mich, kurz bevor ich bei ihm war. Er drehte sich um und verengte die Augen, als er mich erkannte.

„Rosie? Was machst du hier?“

„Rosie? Was machst du hier?“ – War das alles, was er zu sagen hatte? Ich vergrub meine Fingernägel tief in meine Handflächen und ermahnte mich zu der Sachlichkeit, die ich mir vorgenommen hatte.

„Ich hatte gerade meine erste Besenflugstunde, habe dich gesehen und dachte, ich schau mal, wie es dir geht. Keiner hat mehr etwas von dir gehört nach dem Vorfall.“

Er schnaubte. „Wie es mir geht? Du bist doch nicht wirklich daran interessiert, wie es mir geht.“

Verwirrt runzelte ich die Stirn. „Sondern?“

Der eiskalte Blick, den er mir schenkte, traf mich wie ein Schlag. „Eigentlich willst du doch auch nur sichergehen, dass ich mich vom Zirkel und deinem Ritual fernhalte. Genauso wie die anderen.“

„Mhm …“ Ich verschränkte die Arme vor der Brust. „Wenn du das meinst, dann habe ich heute wohl vollkommen umsonst ein Buch über magische Zeitreisen gelesen, das einen Weg beschreibt, wie wir herausfinden können, was mit deiner Magie passiert ist.“

Seine Augen weiteten sich und jetzt drehte er sich mit dem vollen Körper zu mir. Bingo! Ich hatte nun seine ungeteilte Aufmerksamkeit.

„Zeitreisen? Du meinst, wir können die Vergangenheit verändern?“

Sofort schüttelte ich den Kopf. „Nein, nicht verändern. Das ist strengstens verboten. Es gibt Regeln. Aber wir können beobachten. Und wer weiß, vielleicht –“

Wieder dieses verächtliche Schnauben. „Beobachten. Und was soll mir das bringen?“

Wütend biss ich mir auf die Lippen, um ihn nicht anzuschreien. „Gewissheit vielleicht? Du könntest sehen, was mit deiner Magie passiert ist, herausfinden, ob Isaac dich hintergangen hat und wer weiß, vielleicht gibt uns das Aufschluss darüber, wie wir deine Magie zurü–“

„Sch!“ Mit einem harschen Laut schnitt er mir das Wort ab. Aus der Tür direkt vor uns trat eine Frau. Ich erschrak, da neben ihr auf dem Boden eine riesige olivgrüne Schlange über den Boden glitt.

Cillian stürzte vor und packte die Frau an der Taille. „Cornelia, nicht so schnell. Du sollst dich nicht über–“

„Verdammt, Cill. Hör auf, mich zu behandeln, als würde ich jeden Moment tot umfallen.“

Ich sah den Schmerz in Cillians Augen und wusste, dass genau das seine größte Angst war. Dann sah ich zu der Frau in seinen Armen. Cornelia hatte dunkle hüftlange Haare, die früher einmal die Farbe des Nachthimmels gehabt haben mussten, genau wie Cillians. Mittlerweile waren sie von grauen Strähnen durchzogen und wirkten aschfahl. Genau wie ihre Haut, die jegliches Leuchten verloren hatte. Ihre Wangen waren eingefallen und auch ansonsten legte sich die Haut schlaff und faltig um ihre Knochen. Darunter verbarg sich kein Gramm Fett oder ein funktionierender Muskel, der ihr irgendwie Kraft gab. Auf grausame Weise erinnerte sie mich an das Mädchen aus „The Ring“, nur wesentlich älter.

Ich schluckte. Er hatte mich also nicht belogen. Cornelia war von einem Fluch betroffen. Einem, der sie wirken ließ, als wäre sie bereits weit über achtzig. Und dabei dachte ich beim besten Willen nicht an die fitten Rentnerinnen, die zu Hause am Clearwater Beach entlang joggten und aussahen wie das blühende Leben.

Was war nur geschehen? Wie hatte Cornelia diesen Fluch auf sich gezogen und warum bat sie den Zirkel nicht um Hilfe? Laut den Erzählungen meiner Granny war sie Mitglied des Zirkels gewesen. War sie ausgetreten, als Isaac sich von ihr getrennt hatte? War sie einfach nur zu stolz, um die anderen um Hilfe zu bitten oder war mehr vorgefallen?

Doch was konnte so schlimm gewesen sein, dass sie jetzt lieber in Windeseile alterte, anstatt sich an ihre alten Freunde zu wenden und sie stattdessen in dem Glauben zu lassen, sie wäre nach Australien ausgewandert? Es musste etwas Schlimmes sein, dessen war ich mir sicher.

„Gib mir eine Minute, Sis. Ich bin gleich wieder da." Cillian ließ seine Schwester zurück, packte mich sanft am Oberarm und zog mich einige Meter von ihr weg, zurück in die Richtung der Ecke, hinter der Liam wartete. „Ich brauch mir kein Replay von dem schlimmsten Tag in meinem Leben anzusehen, wenn ich dadurch nicht meine Magie zurückbekomme." Er ließ seinen Blick an mir hinabgleiten. „Viel Glück bei deiner Zeremonie." Dann ließ er mich los und ging zurück zu seiner Schwester.

Betrübt sah ich den beiden nach, während ich die Stelle berührte, an der Cillian mich eben noch festgehalten hatte. Seine letzten Worte hallten in meinem Kopf nach. Irgendetwas in seiner Stimme verriet mir, dass er alles daransetzen würde, mir meine Magie zu nehmen. Mein einziger Ausweg war diese Zeitreise. Auch wenn ich nicht wusste, was ich mir genau davon erhoffte, war es das Einzige, das mir gerade einfiel. Also blieb mir nur noch Plan B.

Kapitel 18

Rosie

Zachariah

„Wie nein?“

Vollkommen fassungslos starrte ich eine Woche nach dem Gespräch mit Cillian in Freddies Gesicht. Er hatte mir gerade beigebracht, wie ich verschiedene Runen auf unterschiedlichen Alltagsgegenständen nutzen konnte, sodass sich der Kochlöffel im Topf von alleine drehte oder mein Wasserglas sich immer wieder auffüllte, wenn es einmal leer war. Nach unserer Trainingsstunde hatte ich ihn mit meiner Zeitreiseidee konfrontiert.

„Weil zu viel schiefgehen kann, Rosie. Zeitreisedämonen, die einen für immer festhalten? Hörst du eigentlich, wie hirnrissig das klingt? Sich einer solchen Gefahr auszusetzen, nur um herauszufinden, was damals passiert ist? Und dann? Was willst du mit der Information, die du bekommen hast, anstellen?“

Ich öffnete den Mund, schloss ihn aber wieder, unfähig etwas zu sagen, da ich keine Antwort wusste. Freddie ließ nicht locker.

„Stell dir vor, du findest heraus, dass Isaac oder jemand anderer Cillians Magie gestohlen hat. Und dann? Willst du die Person nett bitten, sie ihm zurückzugeben?“

„Ähm … ich …“ Die Wahrheit? Ja, genau das war mein Plan gewesen. Aber ich traute mich nicht, es auszusprechen, da es aus Freddies Mund wie die Idee eines dummen Kindes klang.

„Stell dir vor, du findest heraus, dass niemand Cills Magie gestohlen hat, sondern dass er ganz einfach nur das Ritual versemmelt hat und die ganze Zeit viel zu delulu war, um es zu checken. Was machst du dann? Denkst du, du kannst ihm das erzählen und ihm geht sofort ein Licht auf, er glaubt dir und es gibt ein Happy End für dich und ihn?"

Verwirrt blinzelte ich. Das war definitiv nicht mein Ziel. Ein Happy End dieser verkorksten Liebesgeschichte, die eigentlich gar keine war, hatte ich mir schon längst abgeschminkt.

„Ich … Darum geht es mir doch gar nicht." Meine Stimme klang trotziger als beabsichtigt.

„Ach, nein? Worum geht es dir dann, Rosie? Wieso willst du so dringend einen auf magische Detektivin machen?"

Beklommen blickte ich auf den Boden und vergrub die Hände in den Taschen meiner Jeans. Seine Frage war berechtigt. Cillian hatte mich ausgenutzt. Er hatte während des Hexenfiebers mit mir geschlafen, damit meine Vorbereitungszeit für mein Ritual verkürzt und es auf meine Magie abgesehen. Ich sollte andere Dinge im Kopf haben, als ihm zu helfen. Warum ließ mich dieses Thema dann nicht los? Waren da noch Gefühle für Cillian in mir? Und wenn ja, waren sie echt oder beruhten sie auf dem Hexenfieberbann?

Nein! Das war es nicht.

Natürlich dachte ich ab und an noch an die Nacht mit ihm, sein süßes Grübchen oder seine unverschämt talentierten Finger, aber ich war alt genug, um – ungeachtet der Anziehungskraft – zu merken, wenn etwas nicht stimmte. Und hier war etwas gewaltig faul. Irgendetwas an der ganzen Geschichte mit Cillian, seiner Schwester und auch Theo ließ mich nicht los. War es nur ein Bauchgefühl oder passten die Puzzleteile wirklich nicht zusammen? Ich wusste es nicht. Alles, was ich wusste, war, dass Granny mir geraten hatte, auf mein Bauchgefühl zu hören und das riet mir im Moment, dieser Sache auf den Grund zu gehen.

Nur wie, wenn weder Cillian noch Freddie mir dabei helfen wollten? Sie waren nicht die einzigen, die bei Cillians Zeremonie dabei gewesen waren, auch Isaac und Abigail könnten mit mir in die Vergangenheit reisen. Doch diese Idee war so absurd, dass ich es nicht in Betracht zog, auch nur einen der beiden zu fragen. Womöglich würden sie mich für übergeschnappt halten und gleich die ganze Zeremonie absagen.

Einen Weg gab es noch. War er riskant? Ja! Würde er funktionieren? Absolut keine Ahnung, aber es war mein letzter Ausweg.

„Du hast recht. Das war eine dumme Idee."

Ich erhaschte gerade noch so Freddies skeptischen Blick, als Triss die Treppe herunterkam und sich in seine Arme warf. „Hallo, *Magic Mike*. Kann ich dich Rosie entreißen oder seid ihr noch mit wichtigen Magiesachen beschäftigt?"

Ich griff nach meiner Kette mit dem Runenanhänger, die im Keller auf dem Holztisch neben dem Kessel lag, und legte sie wieder um. Für die Magieeinheit hatte ich sie abgelegt, damit nichts meine Kräfte blockieren konnte. „Er gehört ganz dir."

Triss funkelte mich fröhlich an. „Und was hast du heute gelernt? Ist Freddie ein guter Lehrer?" Sie sah zurück zu ihrem Freund und biss sich auf die Unterlippe.

„Okay, das wird mir hier zu heiß im Raum mit euch beiden." Ich lachte und nahm die erste Stufe, während ich meine Hand auf dem Geländer ablegte. „Ich geh jetzt shoppen mit Ashley."

„Viel Spaß und bringt mir was mit", rief Triss mir hinterher.

„Wer lieber mit seinem Freund abhängt, als shoppen zu gehen, bekommt nichts mitgebracht." Nach diesen Worten schloss sich die Kellertür in meinem Rücken und ich erblickte bereits Ashley, die ihren Oberkörper über den Tresen im Foyer gebeugt hatte und Imogen einen Kuss gab.

Mein Magen verkrampfte sich. Meine beiden Freundinnen hatten in Irland ihr Glück gefunden und ich? Meine semesterfreie Zeit hatte sich zu einer wahren Selbstfindungsphase entwickelt, mit noch mehr Schulstoff als zu Unizeiten und immer noch keinem Plan, was ich später mal studieren wollte, sollte das mit dem Hexendasein nach hinten losgehen. Ach, und von meinem verkorksten Liebesleben wollte ich nicht schon wieder anfangen. Das stand auf einem ganz anderen Blatt.

Doch den heutigen Nachmittag würde ich genießen. Komme, was wolle!

„Das Top ist so süß. Zu schade, dass die das nicht in wollweiß haben. Nur in diesem Fliederton. Der steht mir leider überhaupt nicht, zumal ich nichts habe, was ich damit kombinieren kann." Ashley betrachtete sich im Spiegel und strich den Stoff des Oberteils glatt.

Mit einem verschmitzten Grinsen ging ich zurück zu dem Kleiderständer, an dem das Shirt hing, und griff mir ein weiteres Exemplar in Ashleys Größe. Ich vergewisserte mich mit einem Blick über meine Schultern, dass niemand mich beobachtete, wobei ich kurzzeitig meinte, einen Schatten vor dem Schaufenster gesehen zu haben, doch als ich blinzelte, war er verschwunden und ich widmete mich wieder dem Oberteil. Unbemerkt verwandelte ich den Fliederton in ein schlichtes Wollweiß.

„Meinst du so?" Ich hielt das Kleidungsstück hoch, sodass Ashley es sehen konnte.

Freudig klatschte sie in die Hände. „Uh! Ja, genau so. Wo hast du das her? Ich habe das vorhin nicht gesehen."

„Das hing ganz hinten. Ist das letzte und dann auch noch in deiner Größe. Was für ein glücklicher Zufall." Ich reichte es ihr und sie verschwand damit in die Umkleidekabine.

„Ein glücklicher Zufall, wohl wahr." Es war nicht Ashley, die mir geantwortet hatte, sondern eine rauchige Stimme hinter mir.

Ich drehte mich um und erblickte einen der Biker aus dem Pub. Zachariahs Crew – die Black Skullz ... Es erschien mir

Ewigkeiten her, dass mir Cillian von ihnen erzählt hatte. Was machte dieser Kerl in einer Boutique für Frauenkleidung? War ich bei meinem magischen Trick doch nicht so unbeobachtet gewesen, wie ich vermutet hatte?

Die Verkäuferin Amanda, nach der das Geschäft benannt war, kam aus dem Lager zurück und ihr Gesicht strahlte, als sie den Biker erblickte. „Zachariah, Baby! Was machst du denn hier?"

Zachariah? Es war also nicht irgendein Crewmitglied, sondern ihr Anführer höchstpersönlich?

„Ich wollte dich überraschen, Schnuckiputz." Dann küsste er sie und holte hinter seinem Rücken einen Strauß Rosen hervor.

Baby? Schnuckiputz? Rosen? War ich im falschen Film? Die Verkäuferin bemerkte, dass ich die beiden anstarrte. „Kann ich dir helfen, Liebes? Brauchst du eine andere Farbe?"

„Oh, ähm … nein –"

„Mit einer anderen Farbe ist Rosie bereits ausgestattet", sagte Zachariah. Ein kalter Schauer lief mir den Rücken hinunter bei seinen Worten. Woher kannte der Typ meinen Namen?

Und wieso sagte er diesen Satz so, als würde sich mehr dahinter verstecken? Hatte dieser Typ mich etwa beim Zaubern gesehen? Wie konnte das nur sein? Ich hatte doch so gut aufgepasst? Oh, Isaac würde mich einen Kopf kleiner machen oder direkt in eine Kröte verwandeln, wenn er erfuhr, dass ein Menschling mich beim Praktizieren meiner Magie erwischt hatte. Und dann auch noch, um die Farbe eines Tops zu ändern. Verdammt, ich war sowas von Geschichte.

Ehe ich mich irgendwie aus der Sache rausreden konnte, kam Ashley aus der Kabine. „Ich bin hin und weg, Rosie. Schau doch, wie süß dieses Top in der Farbe ist und wie gut es zu diesem beigen Faltenrock passt. Ist der nicht cool? Mit dieser fetten Schnalle mal etwas ganz anderes. So Anfang Zweitausender, aber in schick. Oder was sa–" Ashley stockte. Sie bemerkte, dass nicht nur ich sie ansah, sondern auch die Verkäuferin und der furchteinflößende Biker. „Ähm … hi. Ich würde gerne das beides nehmen, haben Sie vielleicht passende Schuhe mit ein bisschen Futter für die kalten Tage hier in Irland und eine schöne Strumpfhose?“

Amanda räusperte sich. „Oh, na klar. Ich war nur eben überrascht, dass wir dieses Oberteil auch in dieser Farbe führen.“

Ashley grinste. „Meine Freundin hat es ganz hinten gefunden. Es war das Letzte.“ Dann verschwand sie mit der Frau zu dem Regal mit den Schuhen.

Gerade wollte ich ihnen folgen, da hielt mich Zachariah zurück. „Ich würde an deiner Stelle ein bisschen vorsichtiger sein, Frischling.“ Und mit diesen Worten verließ er das Geschäft.

Zitternd griff ich nach meinem Smartphone. Ich musste jemandem Bescheid geben. Nur wem? Würde es ausreichen, wenn ich Liam oder Imogen von diesem seltsamen Treffen berichtete? Nein, ich wusste, was zu tun war, auch wenn ich deshalb sicher heute Abend noch als Kröte enden würde.

Also öffnete ich den Chat „W!tches, Baby ✨“ und schrieb in die Gruppe:

Rosie:
Ich hatte gerade eine ultra merkwürdige Begegnung mit Zachariah. Ich glaube, er weiß, dass ich eine Junghexe bin. Help! Was mach ich denn jetzt?

Isaac:
Fuck! Rosie, wie konnte das passieren?
@all: Notfallmeeting in einer Stunde im Brew.

Kapitel 19

Rosie

Ehrlichkeit

„Warum müssen wir denn schon zurück? Ich dachte, wir verbringen mal wieder den ganzen Tag zusammen. Shoppen, Sushi essen … Ich habe das Gefühl, wir gehen, seit wir in Killarney sind, getrennte Wege. Und ich fühle mich schlecht deswegen. Weil ich so viel Zeit mit Imogen verbringe. Aber … irgendwie ahne ich schon länger, dass du etwas vor mir verheimlichst. Warum kannst du mir nicht sagen, was los ist? Wir hatten doch noch nie Geheimnisse voreinander."

Ich seufzte und drehte mich bei jedem Schritt panisch um, um sicherzustellen, dass Zachariah und seine Crew uns nicht folgten. Ashley hatte recht und ich hatte es satt, sie auszuschließen. Wir kannten uns seit dem Kindergarten. Es fühlte sich so falsch an, sie nicht einzuweihen.

Außerdem wurde ich das ungute Gefühl nicht los, dass sie in Gefahr war. Dieser Zachariah jagte mir mächtig Angst ein. Ich wusste nicht, was genau sein Deal war, aber mein Bauchgefühl schrie: Vorsicht! Und er hatte mich mit Ashley zusammen gesehen. Ich musste sie beschützen. War das nicht eine der Ausnahmen, die Isaac erwähnt hatte? Um den Schutz eines Menschen zu gewährleisten, dürfte ich mein Geheimnis preisgeben?

Ach, scheiß drauf. Ich würde seine Worte jetzt so auslegen und Ashley einweihen. Ich hatte diese Lügen satt und konnte nicht länger mein Leben vor meiner besten Freundin verheimlichen.

„In Ordnung. Versprichst du mir, dass du offen bist, mich nicht gleich für verrückt erklärst und dir anhörst, was ich zu sagen habe?“ Mit zusammengekniffenen Augen musterte sie mich argwöhnisch, nickte dann aber. „Ich mein das ernst, Ash. Ich will nicht, dass du mich auslachst, wegrennst oder sauer bist, weil ich es dir nicht sofort erzählt habe.“

Eine besorgte Falte bildete sich zwischen ihren Augenbrauen. „Versprochen.“

Ich atmete tief ein und begann dann zu erzählen. „Du weißt doch noch, dass es mir an meinem Geburtstag so schlecht ging? “ Sie nickte. „Das war nicht, weil mir jemand etwas in den Drink gemischt hat, sondern –“ Sie riss die Augen auf und schlug sich die Hand vor den Mund. „Nein, ich bin nicht schwanger. Ich bin eine Hexe.“

Perplex nahm sie auch die zweite Hand vor ihren Kopf und faltete ihre Finger ineinander. In wenigen Sekunden spielte ihr Gesicht verschiedene Ausdrücke durch: ein unterdrücktes Lachen, Skepsis, Furcht, erneute Skepsis.

Dann sah sie mir eiskalt in die Augen und sagte: „Imogen auch, oder?“

Abrupt blieb ich stehen, stemmte meine Hände in die Taille und verstellte meine Stimme. „Was? Rosie, dein Ernst? Verarsch mich doch nicht. Oha, cool. Was kannst du denn alles schon? Wie fühlst du dich damit, Rosie? Kannst du mal was zeigen? Bin ich die Einzige, die davon weiß? Kannst du mich bei Hermès auf der Warteliste nach oben zaubern? – All diese Fragen habe ich erwartet, aber nicht das.“

Mit verblüfftem Blick legte Ashley den Kopf schief. „Kannst du mich wirklich bei Hermès auf der Warteliste nach oben zaubern?“

„Ash!“

Verteidigend hob sie die Hände. „Was? Du hast es in den Raum geworfen.“

Amüsiert schloss ich die Augen. „Warum bist du nicht überraschter?“

Ashley schenkte mir einen so überheblichen Blick, dass sie ihrem Serienidol Blair Waldorf in diesem Moment aufs Haar glich. „Girl, meine Freundin hat einen schwarzen Kater, mit dem sie redet, als wäre er ein Mensch. Ständig verschwinden dieselben Leute im Keller und kommen mit Besen wieder hoch, die aussehen, als hätten sie noch nie einen Boden gefegt. Überall im Brew stehen antike Bücher verteilt, die kein Mensch lesen kann, weil sie in einer alten Runenschrift geschrieben sind, und ständig verteilt Imogen irgendwelche Smoothies an Gäste.“

Ich grinste. Das waren tatsächlich sehr auffällige Hinweise, die Ashley observiert hatte. „Und du kamst nicht auf die Idee, sie oder mich mal zu fragen?“

Meine Freundin lachte. „Hey, Imogen, ich liebe dich und übrigens, bist du eine Hexe?“

Überrascht schlug ich die Hand vor den Mund. „Du hast ihr gesagt, dass du sie liebst?“

Ashley schüttelte den Kopf. „Na ja, nein. Das waren eigentlich eher so zwei Beispiele in einem von Dingen, die ich mich bislang noch nicht getraut habe zu sagen.“ Sie verzog das Gesicht zu einer Grimasse.

Ich legte meinen Arm um ihre Schultern und erzählte, was seit der „Magiershow“ alles vorgefallen war, während wir zum *Griffin's Brew* hinaufliefen. Dabei stellte ich sicher, dass ich immer mal wieder über meine Schulter spähte, um mich zu vergewissern, dass die Black Skullz uns nicht auf den Fersen waren.

Kapitel 20

Rosie

Hexenjäger

Der Stuhlkreis, in dem wir im Keller des Brew saßen, hatte etwas von einer Therapiegruppe. „Hi, mein Name ist Rosie und ich bin eine Junghexe, habe keinen Plan, was ich hier mache, und eventuell gerade vor einem unheimlichen Biker-Typen gezaubert. Hups."

Doch so witzig ich mir das Ganze in meinem Kopf vorstellte, so ernst erschien es in der Realität. Isaac saß auf seinem Stuhl und hatte den Kopf in den Händen vergraben. Als Ruhe eingekehrt war, begann er zu sprechen. „Ich habe in den vergangenen Wochen viel recherchiert und nachdem, was Rosie heute widerfahren ist, muss ich euch aufklären. Bitte verfallt nicht in Panik." Die Stille im Raum fühlte sich unbehaglich an. Alle Augenpaare um mich herum waren auf Isaac gerichtet. „Ich habe auch versucht, Cillian zu kontaktieren, doch ohne Erfolg. Deshalb müssen wir ohne ihn auskommen." Mein Blick fiel zu dem leeren Platz neben Freddie und ein beklemmendes Gefühl legte sich um meine Brust. „Ich bin mir ziemlich sicher, dass Zachariah und seine Crew Hexenjäger sind."

Ein Raunen ging durch die Runde und Freddie erhob sich. „Hexenjäger? Bist du von allen guten Geistern verlassen? Sind die nicht ausgestorben?"

Isaac schenkte ihm einen kalten Blick. „Findest du, wir sind in der richtigen Position zu glauben, dass eine Form mystischer Wesen ausgestorben ist?“ Freddie öffnete den Mund, schloss ihn, ohne ein Wort zu sagen, und setzte sich.

Ich räusperte mich. „Ähm … Hey, die unerfahrene Junghexe hier … könntet ihr mich vielleicht aufklären?“

Abigail seufzte und konnte ein Augenrollen nicht ganz unterdrücken. „Hexenjäger sind gottgesandte Wesen in menschlicher Gestalt, die auf Erden wandeln, um Hexenwesen dorthin zurückzuschicken, wo sie der Kirche nach herkommen: in die Hölle.“

Ich gluckste, da ich fest davon ausging, dass sie mich auf den Arm nahm, doch alle anderen sahen todernst drein. „Stopp! Das ist euer Ernst?“

Abigail hob eine Augenbraue. „Sagen dir die Hexenprozesse von Salem etwas?“

Zögerlich nickte ich. „Ja. Tatsächlich war das mein Facharbeitsthema im letzten Semester. Aber das waren doch nur irgendwelche fanatischen Männer, die nicht damit klarkamen, wenn Frauen intelligenter waren als sie oder sich nicht für sie interessierten.“

Imogen schürzte die Lippen. „Viel scheinst du für diese Facharbeit nicht recherchiert zu haben.“ Ich schürzte die Lippen und verkniff mir einen bissigen Kommentar. „Teilweise waren es Männer, die auf den Zug aufgesprungen sind, das ist wahr. Sie haben sich an die Hexenverfolgung drangehangen und unschuldige Frauen der Zauberei bezichtigt. Aber gestartet haben das die Hexenjäger und der große Kern der verbrannten Frauen waren tatsächliche Hexen.“

Unschlüssig blickte ich in der Runde umher. Dieses historische Ereignis hatte ich noch nicht eine Sekunde mit den tatsächlichen Hexenwesen in Verbindung gebracht, seitdem ich von ihnen erfahren hatte. Und das aus einem ganz bestimmten Grund: Weil ich in meiner Facharbeit ausschweifend auf die

Diskriminierung von Frauen eingegangen bin und die Hexenverfolgung damals für einen Vorwand von Männern hielt, Frauen mundtot zu machen.

Ich musste die Frage stellen, die mir unter den Nägeln brannte: „Aber wieso wurden damals nur Frauen verbrannt, wenn doch auch Männer Magie haben?"

Isaac lehnte sich in seinem Stuhl zurück und schlug die Hände im Schoß zusammen. „Es gibt verschiedene Theorien darüber. Die einen Überlieferungen sagen, dass Hexenjäger aus vergrämten Magiern entstanden sind, die neidisch auf die Magie der weiblichen Hexen waren. Andere behaupten, dass die verfolgten Hexen zu dieser Zeit ihre Magie auf ihre Söhne übertragen haben, um den Prozess zu überstehen und als unschuldig freigesprochen zu werden. Ihre Magie existierte nach ihrem Tod weiter in der Welt, und zwar in jemandem, den niemand verdächtigen würde. Über die Jahrhunderte haben diese Männer die Magie dann an ihre Kinder weitergegeben und so hat sie sich auf alle Geschlechter verbreitet."

Ich war geschockt. Beide Theorien klangen schlüssig, beide auf ihre Art grausam. Wenn die Black Skullz wirklich Hexenjäger waren … Was konnten wir tun, um ihnen zu entkommen und neuerliche Hexenprozesse zu vermeiden?

„Weiß man denn, welche Kräfte Hexenjäger besitzen?", fragte Liam.

Isaac schüttelte den Kopf. „Nein und genau das macht sie so gefährlich. Rosies Zeremonie ist nun noch riskanter als eh schon, wir alle sind in Gefahr, all unsere Freunde sind in Gefahr."

Imogens Kopf schnellte zu mir. „Ashley war mit dir unterwegs heute, oder? Hat Zachariah sie gesehen?"

Ich pustete meine Wangen auf und ließ einen langen Atemzug entweichen, bevor ich sprach. „Ja … und …" Ich schürzte die Lippen, unschlüssig, wie ich weitersprechen sollte.

„Du hast Ashley erzählt, dass du eine Hexe bist." Die Feststellung kam von Liam.

Imogen sprang auf und sah mich mit großen Augen an. „Fuck! Ist das wahr? Wie hat sie reagiert? Hast du auch gesagt, dass ic–"

Alle sprachen durcheinander, ich wusste nicht, wem ich zuerst antworten sollte, bis Isaac sich mit einem lauten Ruf Gehör verschaffte. „Genuuug!" Imogen ging zurück zu ihrem Platz, alle beruhigten sich und sahen zu dem Zirkelanführer. Ich traute mich nicht und betrachtete scheu meine Boots. „Rosie, wir müssen deine Zeremonie vorverlegen." Wieder sprachen alle durcheinander.

„Was? Aber Halloween ist der mächtigste magische Tag", kam es von Liam.

„Sie ist noch nicht bereit", sagte Freddie.

„Das ist absoluter Irrsinn", plädierte Imogen.

Mit einer Handbewegung befahl Isaac erneut allen zu schweigen. „Die Hexenjäger werden vermuten, dass wir die Kräfte am 31. Oktober nutzen wollen und genau deshalb werden sie an diesem Tag zuschlagen. Wir müssen ihnen einen Schritt voraus sein. Wir machen das Ritual morgen."

„Bro, sie kann noch nicht mal auf einem Besen fliegen!" Liams Protest hallte laut von den Wänden wider und ich fühlte mich prompt wie die unnützeste Hexe des Planeten.

Mit einer autoritären Ausstrahlung stand Isaac von seinem Stuhl auf. „Wie gut, dass Besenfliegen noch nie relevant war für die Einführungszeremonie einer Junghexe."

Ich stand unter Schock und bekam nur wenige der Worte mit, die die anderen sprachen. Bereits Halloween war ein früherer Zeitpunkt gewesen als der Ablauf der zwei Mondzyklen. Anfang November wäre der eigentliche, durch die Nacht mit Cillian vorgezogene Zeremonietermin gewesen. Vor einer Woche hatte Issac mir erklärt, dass am 31. Oktober mächtige Energien auf Erden walten und der Zeremonie einen extra Kick geben würden. Also hatten wir uns darauf geeinigt, mein Aufnahmeritual an diesem Tag durchzuführen.

Nun sollte ich morgen bereit sein, von einer Junghexe zu einer vollwertigen Magierin zu aszendieren? Das war fast ein Mondzyklus zu früh. Ich hatte immer noch keine Ahnung, wie das Ritual aussehen würde. Das Einzige, das ich wusste, war: Ich würde es auf jeden Fall verkacken.

Kapitel 21

Rosie

Zweifelhaft oder verzweifelt?

Triss legte mir an dem Abend einen Zettel auf das Bettende und sah mich mit hochgezogenen Brauen an. „Magst du mir auch noch erklären, warum ich Freddies Handy nach Cillians Nummer durchsuchen sollte, ohne dass er es mitbekommt, oder ziehst du die ‚Das ist ein Hexending'-Karte?"

Ashley saß auf ihrem Bett neben meinem und musterte mich mit demselben Gesichtsausdruck wie Triss. „Hatten wir die Geheimnistuerei nicht abgelegt?"

Ich nickte und leckte mir nachdenklich über die Lippen. Diesmal konnte ich die beiden wirklich nicht einweihen. Gerade wusste ich ja noch nicht einmal selbst, ob ich meiner Intuition folgen und Cillians Nummer benutzen würde. „Girls, ich –"

„Du gehst zurück zu dem Kerl, der dir buchstäblich eine Sexfalle gestellt hat. Und jetzt schnappt die Falle zu." Triss warf die Arme in die Luft. „Und ich dachte, du wärst die Vernünftige in diesem Raum."

„Was? Eine Sexfalle? Warte! Was habe ich verpasst?" Ashley sah aufgeregt zwischen mir und Triss hin und her.

Oh, shit! Die ganze Sache mit dem Hexenfieber hatte ich Ashley nicht erzählt. Zum einen, weil ich dachte, es wäre nicht unbedingt ganz oben auf der Liste an wichtigen Informationen über meine Hexenerfahrung. Zum anderen war es mir immer noch peinlich, dass ich das Hexenfieber Herr über all meine Sinne hatte werden lassen.

Ich stand vom Bett auf, schnappte mir meinen Zimmerschlüssel und sah zu Triss. „Das darfst du ihr gerne erklären, ich muss dringend mit jemandem reden.“ Mit der Hand auf dem Türknauf hielt ich kurz inne. „Und denkt dran, dass ihr das Brew heute nicht verlassen solltet.“ Dann schloss ich die Tür hinter mir.

Imogen, Freddie und ich hatten Ashley und Triss über die Gefahr der Hexenjäger aufgeklärt und ihnen geraten, die nächsten Tage extrem vorsichtig zu sein und das Bed & Breakfast nicht ohne ein Mitglied des Zirkels zu verlassen.

Den Zettel mit Cillians Nummer in der einen Hand und mein Smartphone in der anderen, stieg ich in den Fahrstuhl und speicherte die Kontaktinformationen in meinem Adressbuch ab. Dann steckte ich den Zettel in meine Hosentasche.

Der Wind wehte mir kalt um die Nase auf dem Weg hinauf zu Willows Weide. Es war mittlerweile Mitte Oktober und selbst eine gefütterte Jacke, ein Stirnband und ein Schal konnten mich nicht vor der ungewohnten Kälte schützen. Plötzlich vermisste ich die Sonne in Florida, das Meer und den Strand.

In Anbetracht der Gefahr, in der wir gerade alle schwebten, und der Aufgaben, die vor mir lagen, vermisste ich sogar mein Kinderzimmer, harmlose Diskussionen mit meinen Eltern und vor allem fehlten mir langweile Filmabende allein in meinem Bett mit meiner Katzendame Molly.

Doch die Kälte und der Kummer waren sofort vergessen, als ich einen Brief mit meinem Namen am Zaun der Weide vorfand. Von Willow keine Spur. Mit zittrigen Händen öffnete ich den Umschlag, entfaltete das Papier und las die Nachricht:

Hey Rosie, Willow geht es gut – noch zumindest. Dass es so bleibt, liegt in deinen Händen. Schreib mir unter der unten angegebenen Nummer, wenn du das hier liest, und ich schicke dir eine Adresse, zu der du kommen sollst. - C
+353 175 78902317

Diese verdammten Hexenjäger hatten sich meinen *Familiar* gekrallt? Ein hilfloses Tier? Wie tief wollten sie sinken?

Moment! Ich zog den Zettel aus meiner Hosentasche und verglich die beiden Nummern miteinander. So ein Hund! Das durfte doch nicht wahr sein.

Ich eröffnete einen Chat mit Cillian und schrieb eine Nachricht mit so vielen Schimpfwörtern, dass ich glaubte, mein Smartphone würde sich von allein sperren, weil es davon ausging, gehakt worden zu sein:

Cillian, du verfickter kleiner Bastard. Hast du eigentlich Lack gesoffen? Wenn du Willow auch nur eine Locke krümmst, dreh ich dein bestes Stück durch den nächsten Fleischwolf, den ich finden kann und lass dich daran verrecken. Das schwöre ich dir, so wahr ich Rosie Baker heiße. Wie tief kann man eigentlich sinken, du erbärmlicher kleiner Lurch?

Triff mich in der St. Mary's Cathedral, New St, Inch, Killarney, Co. Kerry, Irland in einer halben Stunde. Komm allein oder Willows letztes Stündlein hat geschlagen. Ich habe meine Spione und weiß sofort Bescheid, wenn du jemanden informierst. Auch dann mach ich ein deftiges Lammkotelett aus der alten Lady.

Ich werde da sein, du kleine Made. Und wenn ich mit dir fertig bin, dann bist du nichts weiter als Dreck unter meinem Schuh!

Ich war so sauer, mein kompletter Körper zitterte. Was erlaubte sich Cillian? Letztens wollte er nicht mit mir sprechen, obwohl ich ihm meine Hilfe angeboten hatte, und nun erpresste er mich?

Ich öffnete die Navigationsapp und gab die Adresse der Kirche ein. Noch so ein Ding. Wie unheimlich wollte er eigentlich sein? Der Treffpunkt war einfach eine Kathedrale bei Nacht? Fehlte nur noch, dass dahinter ein Friedhof war. Unfassbar! Fünfundvierzig Minuten? Wie sollte ich in einer halben Stunde da sein, wenn ich zu Fuß eine Dreiviertelstunde brauchte und niemandem Bescheid sagen konnte, also auch kein Uber nehmen durfte?

Schnellen Schrittes ging ich hinunter zum Brew. Es blieb mir nur ein Weg: Ich musste fliegen. Zwar hatte ich es immer noch nicht geschafft, einen passablen Flug allein hinzubekommen, doch hatte ich keine andere Wahl. Ganz sicher würde ich nicht zulassen, dass Willow etwas geschah.

Ich war so wütend auf Cillian. Bei dem Gedanken daran, dass ich mit diesem Kerl geschlafen hatte, ekelte ich mich. Wie hatte er es nur geschafft, mich so zu täuschen?

Vor dem Brew machte ich Halt und versuchte, mich zu beruhigen. Niemand durfte Verdacht schöpfen. Ich musste hinein, mir einen Besen schnappen und so schnell wie möglich wieder rauskommen. Am besten, ohne mit irgendjemandem zu reden. Jede Person konnte der Spion sein, jede. Ich konnte niemandem vertrauen. Ich dachte an Triss und Ashley. Von ihnen war definitiv keine Cillians Spionin, das wusste ich zu einhundert Prozent. Dennoch konnte ich meine Freundinnen nicht einweihen. Das war einfach viel zu riskant. Sie hatten keine Kräfte, um sich zu verteidigen und wenn ihnen etwas zustieß, würde ich mir das nie und nimmer verzeihen.

Mit gestrafften Schultern betrat ich das Foyer, ging vorbei an Imogen und Gordon hinunter in den Keller. Keiner der anderen war mehr hier. Das war die perfekte Chance. Ich schnappte mir also einen Besen und wollte direkt wieder verschwinden, als ich Spencer am Kellerfenster entlanglaufen sah. Oh, das war meine Chance!

Schnell rannte ich auf das Fenster zu, öffnete es und rief so leise wie möglich Spencers Namen. Er hörte und kam zu mir. „Spencer, ich weiß, du verstehst mich, kannst aber nicht mit mir reden. Es ist ganz wichtig, dass du Imogen in einer halben Stunde, nicht früher, aber auch nicht später, etwas sagst. Es geht um Willow. Sie ist in Gefahr." Aufmerksam fixierten mich seine leuchtend gelben Augen, als ich ihm erklärte, was passiert war und wo ich hin musste. „Kannst du Imogen und die anderen in einer halben Stunde dorthin lotsen?"

Er nickte und ich atmete erleichtert aus, dann drehte ich mich um und ging zurück zum Foyer. Imogen musterte mich. „Rosie, was willst du mit dem Besen?"

Ich schenkte ihr ein, wie ich hoffte, überzeugendes Lächeln und sagte: „Muss ja für morgen vorbereitet sein, oder?"

Sie stellte die Frage, die ich erwartet hatte. „Soll ich mitkommen? Vielleicht bin ich ja eine bessere Lehrerin als Liam?"

Schnell schüttelte ich den Kopf. „Ich denke, genau das ist mein Problem. Ich werde so nervös, wenn mir jemand zusieht. Aber ich komm auf dein Angebot zurück, wenn ich auch allein vollkommen scheitern sollte." Mein gespieltes Lächeln wurde breiter und ich hoffte inständig, dass es überzeugender aussah, als es sich anfühlte.

Sie erwiderte mein Lächeln und ließ mich ziehen. Juhu! Die erste Hürde gemeistert. Keiner hatte Verdacht geschöpft und

Spencer würde in einer halben Stunde allen Bescheid geben, wo ich war. In der Hoffnung, dass es dann bereits zu spät für den Spion war, eine Nachricht an Cillian zu senden.

Jetzt musste ich nur die nächste Hürde meistern und es irgendwie schaffen, mit diesem blöden Besen in die Luft zu steigen und nicht abzustürzen.

Kapitel 22

Rosie

St. Mary's Cathedral

Irgendwie hatte ich es voller Adrenalin geschafft, den Besen in die Luft zu bekommen, mein Smartphone nicht aus zweihundert Metern Höhe fallen zu lassen und mich auch nicht in der Luft zu übergeben, obwohl ich mit meinem Besen flog wie mit einem Boot beim schlimmsten Wellengang. Vollkommen durch den Wind und überaus glücklich, noch am Leben zu sein, landete ich wenige Minuten später vor dem schwarzen Eisentor, das den Eingang zur St. Mary's Cathedral markierte.

Ein bläulicher Schimmer lag über diesem Ort und ein unheimlicher Nebel kroch über den Boden. Das Ambiente wirkte wie in einem schlechten Horrorfilm. War das Cillians Ziel? Wollte er, dass ich mich fürchtete und dadurch Fehler machte?

Ich betrat das Kirchengelände und sofort rutschte mir das Herz in die Hose, als das Krächzen zweier Raben aus den Baumspitzen erklang. Was auch immer er für ein Spiel spielte, er tat es gut.

Nachdem ich ein paar Schritte über den Hof gemacht hatte, vibrierte mein Smartphone. „Heilige Mutter Gottes!", stieß ich aus und entschuldigte mich anschließend ins Nichts. Irgendwie fühlte es sich verboten an, auf heiligem Boden zu fluchen.

Auf dem Display sah ich eine Nachricht von Cillian:

> Geh in die Kirche. Hinter dem Podium führt eine Tür in einen Hinterraum. Dort findest du, was du begehrst.

Ich stockte. Ging es noch kryptischer? Ich steckte das Gerät zurück in meine Jackentasche und öffnete die Tür zum Kirchensaal. Unheimliche Orgelmusik spielte und obwohl der Raum hell erleuchtet war, wirkte er um einiges gruseliger als der dunkle, neblige Vorderhof.

„Ich bring dich um, O'donnovan", dachte ich für mich und hoffte inständig, dass zumindest gedankliche Flüche in einer Kirche wirklich geheim blieben.

Dann maßregelte ich mich selbst. Was erwartete ich? Dass gleich ein Erzengel höchstpersönlich vor mir auftauchte und mich zu dreihundert Ave-Marias verdonnert? Das würde wohl kaum passieren. Vielleicht das Abbild von Elaine – der Kirchenfreundin meiner Mutter –, aber kein Engel. Eigentlich glaubte ich doch auch gar nicht an diesen ganzen spirituellen Kirchenkram …

Und dennoch … vor drei Monaten glaubte ich auch noch nicht daran, dass ich heute mit einem Besen zu einer Kirche fliegen würde, um dort einen Mann zu treffen, der mein sprechendes Schaf gekidnappt hatte, um mich zu erpressen. Was lernte ich daraus? Sag niemals nie.

Mittlerweile war ich an der beschriebenen Tür hinter dem Podium angekommen. Nicht nur fühlte es sich illegal an, meine Hand auf die Türklinke zu legen, mein Bauchgefühl sagte mir auch eindeutig, dass irgendetwas furchtbar faul an der ganzen Sache war.

Wieso wollte sich Cillian mit mir in einer Kirche treffen? Allein, um mir Angst einzujagen? Wenn es ihm nur darum ging, meine Magie zu stehlen, hätte er so viele einfachere und schnellere Möglichkeiten gehabt. Er hätte mir direkt bei Willows Weide auflauern können, er hätte mich einfach fragen können, ja, selbst wenn er mich auf der Toilette überfallen hätte, wäre das weniger aufwendig gewesen als das.

Und allem voran hätte er auf meinen Zeitreisedeal eingehen und sich allein mit mir treffen können, mich in Sicherheit wägen und dann hinterrücks austricksen können. Dieses Setup jedoch fühlte sich übertrieben drüber an und das vollkommen grundlos.

Ich stockte. Und zum ersten Mal, seit ich den Brief an Willows Zaun gefunden hatte, schaltete ich mein Gehirn ein. Was, wenn gar nicht Cillian diese Nachricht hinterlassen hatte, sondern …?

Meine Gedanken konnte ich nicht zu Ende führen, da ich einen plötzlichen Schmerz an meinem Hinterkopf verspürte und im nächsten Moment alles um mich herum schwarz wurde. Verdammt, warum hatte mein Bauchgefühl so spät eingesetzt? Panik machte einen augenscheinlich nicht immer klar im Kopf, in meinem Fall machte sie mich vor allem eins: dumm!

Kapitel 23

Rosie

Der Hinterhalt

Benommen und mit dröhnenden Kopfschmerzen öffnete ich die Augen. Über mich gebeugt, sah ich Cillian. Ich richtete mich auf und gab ihm reflexartig eine Backpfeife. „Wo ist Willow, du Schwachmat?"

Mit einer Hand hielt er seine Wange fest und drehte den Kopf von mir weg. „Okay, irgendwie habe ich das verdient. Aber, Rosie, bitte hör mir zu."

„Dir zuhören?" Meine Stimme überschlug sich. „Nicht, ehe du mir sagst, wo Willow ist."

Benommen sah ich mich im Raum um. Ich war nicht mehr im Kirchensaal, noch kam mir irgendetwas hier bekannt vor. An den steinernen Mauern hingen leuchtende Fackeln, um uns herum war ein Kreis aus rotem Sand gezogen und Runen mit weißer Kreide drumherum gemalt. Willow war nirgends zu sehen.

Gruselig. Ich kam mir vor wie bei einer Opfergabe, bei der ich das Opfer war. Was war passiert? Ich griff an die schmerzende Stelle an meinem Hinterkopf. Hatte Cillian mich ausgeknockt? Befanden wir uns im Hinterraum der Kirche? So viele Fragen und ich fand keine Antworten. Nicht ohne den Mann, der vor mir saß und wegen dem ich überhaupt in diesem ganzen Schlamassel steckte.

Er drehte seinen Kopf wieder zu mir und nun war sein Gesicht mir befremdlich nahe. Ich rutschte ein Stück zurück, doch stieß sofort gegen eine Mauer. Stopp! Eine Mauer? Aber wir saßen in der Mitte des Raums, die Wände waren noch mindestens zwei Meter entfernt. Ich blickte über meine Schulter und sah, dass ich mit meiner Hand den roten Kreis berührte. War das etwa eine magische Barriere, gegen die ich soeben gestoßen war?

Magie in einer Kirche? Ich dachte immer, das wäre nicht möglich … Halt! Das waren Vampire, die nicht auf geweihten Boden durften. Oder Dämonen? Oh Mann, ich hätte bei den ganzen Fantasybüchern echt besser aufpassen sollen.

Aber das tat jetzt auch nichts zur Sache. Denn anscheinend war es möglich, Magie in einer Kirche zu praktizieren und das war das einzige Wissen, das ich im Moment brauchte.

Ich sah zurück zu Cillian. Seine blauen Augen suchten meinen Blick und sobald ich mich darauf einließ, ihn anzusehen, wusste ich, dass mein Bauchgefühl kurz vor meinem Blackout richtig gelegen hatte: Cillian hatte mit dem Ganzen hier nichts zu tun. Zumindest nicht so, wie ich anfänglich glaubte …

Konnte ich in dieser Angelegenheit wirklich meinem Bauchgefühl vertrauen? Oder waren es die Hormone, die verrückt spielten bei seinem Anblick? Es durfte doch nicht wahr sein, dass ich hier saß und ein Blick genügte, damit ich ihn für unschuldig erklärte. Hätte er ein blutverschmiertes Messer in der Hand und ich eine Stichwunde im Bauch …, ein Blick aus seinen Augen und ich würde allen Ernstes infrage stellen, ob er wirklich der Mörder war. Das war doch lächerlich!

Und all das wegen einer Nacht. Einem schwachen Moment, den er extra ausgenutzt hatte. Triss hatte es vorhin vollkommen richtig formuliert: Die Sexfalle schnappte zu.

„Ich kann dir nicht sagen, wo Willow ist." Er ließ die Hand in meinen Nacken fahren zu der Stelle, wo mich ein stumpfer Gegenstand getroffen hatte, bevor ich ohnmächtig geworden war. „Tut es sehr weh?"

Beiläufig hob ich die Schultern. „Ach, der kleine Kratzer."

Und da war es: Das Grübchen, dass meine Knie weich werden ließ … Moment! War ich wirklich so naiv? Das durfte doch nicht wahr sein. Ein Mann machte mir schöne Augen und wieder nahmen die Hormone Besitz von meinem Verstand. Aber ich konnte doch nicht einfach so vergessen, was vorgefallen war! Bereits einmal war ich auf Cillian hereingefallen, er hatte jahrelang seine Freunde getäuscht und ich ließ sofort von meinem Verdacht ab, weil er mir ein süßes Lächeln schenkte?

Das war doch eigentlich Triss' Part. Sie war die Dark-Romance-Leserin, die es sogar heiß finden würde, wenn ein Mafiaboss sie zu einer Zwangsehe drängen würde.

Ich stieß ihn von mir fort, stand auf und klopfe mir den Dreck von meiner Hose. „Was zur Hö–" Erneut erinnerte ich mich, dass ich in einer Kirche war und hörte, wie Elaine mich in Gedanken tadelte. „Was machen wir hier?"

Das Lächeln, das sich nun über Cillians Gesicht zog, war alles andere als verführerisch und als er seine nächsten Worte aussprach, dachte ich, ich wäre im falschen Film. „Dir deine Magie stehlen und wenn der Plan aufgeht, auch die der anderen Zirkelmitglieder. Außer du warst wirklich so dumm und hast niemandem davon erzählt, wo du hin bist."

Die weichen Knie waren zurück, nur jetzt aus einem vollkommen anderen Grund.

Kapitel 24

Cillian

6 Stunden zuvor …

Wieder griff ich zu meinem Smartphone und scrollte durch die Namen meiner Freunde. Wobei ich vielleicht eher sagen sollte: meiner ehemaligen Freunde. Der Kontakt, nach dem ich mich eigentlich sehnte, war Rosie. Seit unserem Aufeinandertreffen in der Nacht vor Cornelias Appartement wollte ich mich bei ihr melden. Doch da wir nie Nummern ausgetauscht hatten, führte nur ein Weg an sie heran: Ich musste jemanden aus meinem alten Zirkel kontaktieren.

Nein! Frustriert sperrte ich den Bildschirm des Geräts und legte es mit der Rückseite nach oben auf den Küchentresen. Diese Blöße würde ich mir nicht geben. Zumal sie dann alarmiert wären. Niemand durfte wissen, dass ich mich mit Rosie treffen wollte, aber ohne es jemandem zu erzählen, kam ich nicht an sie heran. Oh, es war ein Teufelskreis.

Mit meinem frisch gebrühten Kaffee setzte ich mich auf die Couch. Irgendetwas musste mir doch einfallen. Als ich gerade einen Schluck der heißen Flüssigkeit schlürfte, hörte ich ein leises Räuspern.

„Mr O'donnovan, Sir? Ich … ich habe vielleicht eine … eine Neuigkeit, die Sie überaus … überaus erfreuen könnte."

Als ich aufblickte, sah ich Ursula, die mich vom Couchtisch aus mit ihren acht tiefschwarzen Augen musterte. Meine kleine, schüchterne, britische Vogelspinne, der ich schon hundert Mal gesagt hatte, sie soll mich doch bitte nicht so formell ansprechen und die es dennoch tat. Ursula war mein *Familiar* und ich liebte sie, auch – oder gerade – wegen ihrer vornehmen Art.

Sie hatte mich das erste Mal kurz nach meinem Magieverlust aufgesucht. Ich dachte schon, ich spinne, weil ich immer wieder eine Stimme hörte, aber niemanden sah. Und als sich Ursula mir dann endlich gezeigt hatte, beschloss ich, niemandem aus dem Zirkel von ihr zu erzählen.

Ich hatte gerade meine Magie verloren und war der festen Überzeugung, jemand hätte sie mir gestohlen. Eine Spinne war der perfekte *Familiar*, um Menschen auszuspionieren und so zu erfahren, wer sich meine Magie gekrallt hatte. Und dazu war es am besten, wenn niemand von ihr wusste.

„Na, hau raus, Urs. Ich bin ja mal gespannt, womit du mich aufmuntern willst."

„Sir, Sie sagten gestern, Sie müssen Miss Baker allein … allein sprechen. Ich habe sie soeben zusammen … zusammen mit Miss Cook in der High Street gesehen bei … bei ‚Amanda's'."

Gespannt setzte ich mich aufrecht hin und verschüttete bei dieser hastigen Geste beinahe meinen Kaffee. „Nur Rosie und Ashley? Bist du dir da sicher, Urs? Niemand aus dem Zirkel war bei ihnen?"

Sie hob ihre beiden Vorderbeine, wie sie es immer tat, wenn sie etwas bejahte. „Soweit ich das verstanden habe, Sir, ist das … das ein Mädelstag zum Shoppen. Nur die … die beiden."

Aufgeregt stellte ich die Kaffeetasse neben Ursula auf den Tisch und streichelte ihr mit dem Zeigefinger über den Kopf. „Urs, du bist die Beste." Wenn ich es nicht besser gewusst hätte, hätte ich in diesem Moment schwören können, dass sie rot wurde.

Schnell schnappte ich meine Jacke, verließ mein Appartement und ging die Treppen hinunter auf die leicht belebte Fußgängerstraße. Die High Street war nur zwei Parallelstraßen entfernt und ich hoffte inständig, dass ich Rosie noch erreichte, bevor sie und Ashley das Geschäft verließen, weiterzogen und ich wieder keine Ahnung hatte, wie ich sie finden sollte.

Vor der hochpreisigen Boutique angekommen, um die ich sonst immer einen Bogen machte, blieb ich stehen. Bislang hatte mich nichts hineingetrieben, da es in diesem Geschäft keine Männerkleidung gab. Ich brauchte einen Plan, schließlich konnte ich nicht wie ein Besessener in eine Frauenboutique stürmen und Rosie überfallen.

Also atmete ich tief durch und überlegte mir, wie ich vorgehen konnte, ohne Rosie zu verschrecken. Während ich dort stand und mir Phrasen durch den Kopf gingen, von denen ich hoffte, dass sie in echt nicht so sehr nach Fuckboy klangen, wie in meinen Gedanken, erblickte ich Rosie durch das Schaufenster.

Mein Herz verkrampfte sich. Ihre rotbraunen Haare lagen in leichten Wellen um ihre Schultern und als sie einen Blick über die Schulter warf, konnte ich beinahe ihr liebliches Parfüm riechen, was mir seit unserer ersten Begegnung in der Nase hing und mich seit der Nacht des Hexenfiebers nicht mehr losließ.

Warum musste die neue Junghexe in der Stadt, bei der ich die Chance hatte, meine Magie zurückzugewinnen, nur so eine anziehende Wirkung auf mich haben? Immer, wenn ich sie erblickte, bekam ich kaltnasse Hände, mein Herz schlug schneller in meiner Brust und meine Wangen begannen zu glühen.

Schon vor unserer gemeinsamen Nacht war es mir so ergangen, doch seitdem gesellten sich zudem immer wieder Bilder in meinen Kopf: Rosie auf der Küchenzeile meines Appartements, Rosie in meinem Bett, ihr Gesicht, wenn ich sie zum Höhepunkt brachte … wieder und wieder und wieder.

Schnell schüttelte ich den Kopf. Fuck! Was hatte ich nur getan? Mit ihr während des Hexenfiebers zu schlafen, sollte doch *ihren* Kopf vernebeln und nicht meinen. Frustriert fuhr ich mir durch das Gesicht. Ich durfte meine Gefühle nicht in die Queere des großen Plans kommen lassen. Rosie war die letzte

Chance, meine Magie zurückzubekommen und Cornelia zu heilen. Das war wichtiger als alles andere. Wichtiger als Schmetterlinge im Bauch, wichtiger als ein Mädchen, das mich ständig in meinen Träumen heimsuchte, und wichtiger noch als etwas, das ich noch nie zuvor so intensiv gespürt hatte.

Als ich meine Hände sinken ließ, bemerkte ich eine Gestalt neben mir: Bikerkluft, Pferdeschwanz, Rauschebart. Zachariah? Was machte er denn hier vor einer Frauenboutique? Doch ehe ich etwas tun, sagen oder auch nur denken konnte, spürte ich einen pochenden Schmerz an meinem Hinterkopf und bekam gerade noch mit, wie mein Körper unkontrolliert zu Boden sackte, bevor sich die Welt verdunkelte.

Mit einem stechenden Schmerz am Hinterkopf wachte ich auf. Ich spürte kalten Stein in meinem Rücken und weiße Sterne tanzten vor meinen Augen, als ich sie aufschlug. Es dauerte einen Moment, bis ich irgendetwas erkennen konnte, und als die Schemen sich schärften, wurde ich daraus leider auch nicht schlauer.

Vor mir lag ein steinerner Raum, Fackeln steckten in den Wänden, darunter standen mehrere hölzerne Truhen und verschiedene Werkzeuge baumelten von Nägeln, die in die Steine geschlagen waren. Ich lag auf dem Boden, jedes meiner Gliedmaßen schmerzte und der harte kalte Boden machte es nicht besser. Als ich versuchte, mein Bein auszustrecken, stieß ich gegen eine Barriere. Komisch! Ich konnte nichts erkennen, gegen das ich hätte stoßen können. Da bemerkte ich einen Kreis aus rotem Sand in einem engen Radius um mich, Runen waren mit weißer Kreide auf den grauen Stein drumherum gezeichnet. Ich kniff die Augen zusammen und erkannte die Symbole: Es war eine Hexenfalle.

Alle Alarmglocken in mir schlugen Dreizehn. „Fuck!" Mit der Hand am Hinterkopf setzte ich mich in eine aufrechte Position.

„Na, na, na … Du bist hier auf heiligem Boden. Ich würde an deiner Stelle keine solchen Worte in den Mund nehmen."

Ruckartig drehte ich mich um zu der Stimme, die aus meinem Rücken kam. Und da saß der Anführer der Black Skullz auf einem hölzernen Schemel. Direkt erinnerte ich mich an den Moment, als ich das Bewusstsein verloren hatte. Zachariah war neben mir erschienen, als ich … „Rosie!" Panik stieg in mir auf, als der Rauschebart meines Gegenübers wackelte, während er gehässig lachte. „Geht es ihr gut? Was hast du mit ihr gemacht?"

„Die süße Junghexe? Noch habe ich gar nichts mit ihr gemacht, aber mit deiner Hilfe wird sie heute Abend zu einer Magieberaubten werden."

Argwöhnisch zog ich die Brauen zusammen. „Was … wovon …" Und als Zachariahs Augen golden aufleuchteten, wusste ich, was hier gespielt wurde. Alle Puzzleteile fügten sich zusammen. Plötzlich erschloss sich mir, was seit Ewigkeiten in dieser Stadt vor sich ging und wer tatsächlich meine Kräfte gestohlen hatte. „Du bist ein Hexenjäger!"

Sein Lächeln wurde breiter. „Ding, ding, ding. Der erste deiner Sippe, der es erraten hat. Macht dich aber dennoch nicht zur hellsten Kerze auf der Torte."

Ich ballte die Hände zu Fäusten. „Was willst du von mir?"

„Du wirst mir helfen, die kleine Junghexe hierher zu locken, ihre Kräfte zu stehlen und anschließend auch die Kräfte all deiner erbärmlichen kleinen Freunde."

Verächtlich schnaubte ich. „Und warum sollte ich das tun?"

Er hob seine Stimme und rief: „Karl? Bring sie rein!"

Ein weiteres Mitglied der Black Skullz kam durch die Tür und schubste Cornelia vor sich in den Raum. Mir stockte der Atem. Sie stürzte zu Boden, doch als ich zu ihr eilen wollte, prallte ich an dem unsichtbaren Schutzwall ab. „Conny, ist alles okay?"

Mit tränenüberströmtem Gesicht sah sie zu mir auf. „Sie haben George getötet."

Wütend schlug ich mit der Faust gegen die Barriere, ein beißender Schmerz fuhr durch meinen gesamten Arm. George war Cornelias *Familiar* gewesen und die einzige Magiequelle, die ihr noch etwas Lebenskraft geschenkt hatte. Ohne George waren ihre Tage gezählt.

„Weißt du, der Liebeszauber von deiner süßen Schwester hier war es, der uns überhaupt in euer gemütliches Städtchen verschlagen hat. Cornelias verbotener Zauber und der daraus resultierende Fluch haben eine solche Magiewelle freigesetzt, dass unsere Amulette geleuchtet haben." Zachariah griff unter sein Shirt und holte einen silbernen Kettenanhänger hervor. „Ich bin ja kein böser Kerl, ich geb dir eine Chance, das Leben deiner Schwester wieder lebenswert zu machen." Er holte eine Phiole mit einer leuchtend pinken Flüssigkeit aus seiner Weste und hielt sie hoch. „Das hier ist die Lebensenergie deiner Schwester." Verwirrt kniff ich die Augen zusammen. Zachariah bemerkte meinen Blick und holte weiter aus. „Siehst du, der Fluch hätte deine Schwester normalerweise nur ihre Magie gekostet. Doch nachdem wir in der Stadt aufgetaucht sind, haben wir uns gedacht, dass das nicht genug ist. Eine Hexe, die einen verbotenen Zauber benutzt, gehört durchaus stärker bestraft, als nur mit dem Verlust ihrer Magie. Für einundzwanzig Tage sind verfluchte Magier und Hexen gebrandmarkt und für Jäger besonders leicht erkennbar." Ein teuflisches Grinsen erstreckte sich über sein Gesicht und wieder bemerkte ich den leuchtenden goldenen Schimmer seiner Augen. „Als wir Cornelia ausgemacht hatten, haben wir also ihre Lebensenergie geraubt und verkorkt." Er wedelte mit der Phiole soweit vor meiner Nase, wie der unsichtbare Wall es zuließ. „Hilf uns, den gesamten Hexenzirkel von Killarney magielos zu machen und deine Schwester bekommt ihre Lebensenergie zurück."

Angestrengt presste ich die Zähne aufeinander. „Und ich meine Magie?“

Zachariah ließ seine Augenbrauen tanzen. „Einer bekommt heute Abend auch seine Magie wieder, wenn alles gut geht.“

Kapitel 25

Rosie

Hexen vs. Hexenjäger

„Was ist eigentlich dein Problem? Du willst mich wirklich erpressen, dir meine Magie zu geben, indem du meinen *Familiar* entführst. Hast du eigentlich gar keine Ehre?" Wütend schrie ich Cillian an, der Zorn kochte wie brodelnde Lava in mir. Doch ich war nicht nur wütend auf ihn, ich war auch wütend auf mich, denn ich war genau in seine Falle getappt.

Mit der wiederholten Aufforderung, niemandem Bescheid zu sagen, hatte er genau das gegenteilige Ziel verfolgt: Er war davon ausgegangen, dass ich einen Weg finden würde, die anderen zu alarmieren und gleich würden auch sie in Cillians Falle tappen.

Sein Kiefer mahlte, während er zu Boden starrte. „Irgendwie musste ich ja deine Aufmerksamkeit gewinnen."

Gerade wollte ich erneut meine Stimme erheben und ihn fragen, ob er eigentlich noch alle Tassen im Schrank hatte, da sah ich eine einzelne Träne seine Wange hinunterlaufen. Wieder setzte mein Bauchgefühl ein und alarmierte meinen ganzen Körper. Irgendetwas stimmte hier nicht.

Erneut blickte ich mich in dem gruseligen Raum um. Cillian saß mit mir in dem Kreis aus rotem Sand. Konnte er der Barriere entkommen, weil er ein Magieberaubter war, oder galt diese Falle nicht nur mir, sondern auch ihm?

Ich dachte an das, was ich heute über die Hexenjäger erfahren hatte, an Zachariahs Blick, den er mir in der Boutique zugeworfen hatte, und an Cillians Verzweiflung über den Fluch, der auf seiner Schwester lastete.

Fuck! Das war nicht nur für mich ein Hinterhalt, sondern auch für ihn. Erschöpft ließ ich die Schultern sinken und starrte grübelnd auf die Runen rund um den Kreis.

Mein plötzliches Schweigen schien Cillian aus seinen Gedanken gerissen zu haben. Er sah auf und musterte mich. „Alles in Ordnung, Rosie?"

Ich schnaubte. Mehr Beweise brauchte ich nicht. Wenn Cillian wirklich der Bösewicht in dieser Geschichte wäre, dann würde er mich nicht fragen, ob bei mir alles in Ordnung war, wenn ich nicht mehr mit ihm sprach. Er saß im selben Boot wie ich, dessen war ich mir sicher.

Irgendjemand hatte etwas gegen uns in der Hand – Willow gegen mich und gegen Cillian vermutlich seine Schwester. Waren die Black Skullz wirklich Hexenjäger und würden wir an diesem Abend alle unsere Magie verlieren? Nein! Das konnte ich nicht zulassen.

Unsere Blicke trafen sich. Wie gern würde ich jetzt die Kraft der Telekinese besitzen und meine Gedanken in Cillians Kopf projizieren. Ich griff zu dem Anhänger an der Kette um meinen Hals und umklammerte ihn fest. Vielleicht konnte ich darüber irgendwie meine Großmutter erreichen? Sie wüsste einen Weg, wie sie uns helfen konnte …

Da kam mir eine Idee. Was, wenn der Anhänger nicht nur Gedankenlesekräfte neutralisierte? Vielleicht wirkte er gegen jede Magie, die mir schaden sollte? Es war eine weit hergeholte Idee, doch was sollte schon passieren außer absolut gar nichts?

Ich griff in meinen Nacken, öffnete den Verschluss und führte dann die Kette zum Kreis. Meine Hand prallte an der Barriere ab. Doch meine Haut hatte auch vor dem Schmuckstück die unsichtbare Käfigwand berührt. Ich musste es schaffen, dass nur der Anhänger durch die Barriere schwang, ohne ein Körperteil von mir. Ich hielt also die Kette fest und versuchte, den Anhänger durch die Barriere zu schleudern.

„Was machst du da?“, fragte Cillian und ich fragte mich dasselbe.

Mit meinem pendelnden Anhänger und dem gebührenden Abstand zum Kreis kam ich mir äußerst dämlich vor. Doch als die Kette mir aus den Händen glitt und genau auf den Sandkreis fiel, riss ich jubelnd die Arme in die Luft. Es hatte geklappt!

In der nächsten Sekunde erschrak ich mich beinahe zu Tode, als der rote Sand in Flammen aufging. Bei dem Versuch auszuweichen, kam es, wie es kommen musste und ich prallte mit Cillian aneinander, der ebenfalls vom Feuer weg in die Mitte des Kreises geflüchtet war.

Sein Kopf schnellte zu mir, mit weit aufgerissenen Augen starrte er mich an. „Wie um alles in der Welt hast du das gemacht?“

Unfähig, etwas zu sagen, starrte ich in seine meeresblauen Augen. Unsere Gesichter waren sich nun so nah wie zuletzt in der Nacht des Hexenfiebers. Mir wurde heiß. Halt! War es wirklich Cillian, der diese Reaktion in mir auslöste, oder war es das Feuer, das mir ordentlich einheizte?

Doch als ich mich umschaute, bemerkte ich, dass die Flammen bereits erloschen waren. Ich besann mich schnell auf das Wichtige und blendete die Anziehungskraft zwischen Cillian und mir aus. Mit einem Räuspern bückte ich mich, um den Anhänger wieder aufzuheben. „Ich habe auf mein Bauchgefühl gehört, denke ich.“ Schulterzuckend beendete ich meinen Satz und legte mir die Kette wieder um.

„Ähm …“ Cillian hielt mich am Arm fest. „Du kannst nicht fliehen. Du … ich … sonst werde ich Willow –“

Mit zusammengekniffenen Augen musterte ich ihn. Es tat beinahe weh, wie schlecht er lügen konnte. Hatte er nicht seinen Freunden jahrelang etwas vorgespielt? Wieso fiel es ihm jetzt so schwer zu schauspielern? Bedeutete das etwa, dass ich mir unsere Anziehung in der Nacht des Hexenfiebers auch nicht eingebildet hatte? Der Cillian, der soeben vor mir stand und mir versuchte weiszumachen, er hätte Willow entführt und würde mich festhalten, hätte nicht solche Gefühle vortäuschen können.

Doch ich versuchte, die Gedanken an unsere Romanze und seine tatsächlichen Intentionen auszublenden. „Oh, Cillian, Schluss mit dem Theater. Ich weiß, dass Zachariah hinter dem Ganzen steckt und dich wahrscheinlich mit irgendetwas zwingt, mitzuspielen."

Er gab ein trauriges Geräusch von sich. „Nicht nur mit *irgendetwas*." Angsterfüllt sah er sich im Raum um, dann beugte er sich vor und flüsterte in mein Ohr. „Er hat Cornelias Lebensenergie und wenn er heute nicht die ganze Magie des Zirkels bekommt, ist sie am Ende des Abends tot."

Erschrocken riss ich die Augen auf. Doch mir blieb keine Zeit, diesen Schock zu verarbeiten, da sich im nächsten Augenblick die Tür öffnete. Panisch drehten Cillian und ich uns um. Mein Herz sackte in die Hose, doch es kam kein Hexenjäger durch die Tür, sondern Theo und Liam. Erleichtert atmeten wir aus.

„Alles in Ordnung bei euch beiden?", fragte Liam.

Ich nickte, dann sah ich zu Cillian und wieder zu Liam. „Wenn wir dieses Gebäude verlassen, muss es so aussehen, als wäre Cillian auf der Seite der Hexenjäger." Liam und Theo sahen verwirrt zwischen uns hin und her. Meine Aussage musste so viele Fragen für die beiden aufwerfen, doch es blieb uns keine Zeit für ausführliche Erläuterungen. „Lange Geschichte, die Kurzfassung ist, dass sowohl Cornelias als auch Willows Leben auf dem Spiel stehen, wenn wir das verbocken."

Beide nickten. Ich erblickte ein Seil, das an einem eisernen Haken hing, der in die Wand geschlagen war. Ich schnappte es mir und hielt es Cillian entgegen. „Fessle uns."

Mit zittrigen Händen versuchte er, das Seil um Liams, Theos und meine Handgelenke zu binden. Dabei rutschte es ihm immer wieder aus den Händen oder er band die Knoten so locker, dass wir, ohne es groß zu versuchen, sofort wieder freikamen.

Ich seufzte. „Wo ist Triss, wenn man sie braucht?" Die Jungs schenkten mir einen skeptischen Blick, woraufhin ich nur mit den Schultern zuckte. „Ist das eine Überraschung für euch, dass Triss auf Bondage steht?"

Endlich hatte Cillian es hinbekommen, dass wir alle drei mit dem Rücken zueinander gefesselt waren. So, dass es glaubwürdig aussah, das Seil nicht nach drei Schritten auf den Boden fiel, wir uns aber auch mit wenig Anstrengung selbst befreien konnten. Zu viert gingen wir zurück in den Kirchensaal. Cillian vor uns, der uns drei hinter sich herzog.

„Oh, Girl." Liam drehte seinen Kopf zu mir und begann zu flüstern. „Ich hoffe, das ist keiner dieser Doppelagententricks und wir können ihm wirklich vertrauen, ansonsten haben wir uns gerade gefesselt in die Hände des Bösen begeben, was unfassbar dumm wäre." Liam versuchte es zu verstecken, doch ich konnte seiner Stimme entnehmen, dass er Angst hatte.

Und ich konnte es ihm nicht verübeln. Dieselben Gedanken hatte ich auch: Was, wenn mein Bauchgefühl doch nicht immer richtig lag und ich gerade sowohl Liams als auch meine Magie aufs Spiel gesetzt hatte?

Geräusche drangen von draußen zu uns. Ich konnte die Laute nicht zuordnen, doch je näher wir dem Ausgang kamen, desto geräuschvoller wurde es. Hörte ich da Schreie?

„Wo sind die anderen?", fragte ich in der Hoffnung, ich schaffte es, die Panik in meiner Stimme zu dämpfen.

„Irgendwo auf dem Hof unterwegs, nach Willow und den Hexenjägern suchen. Spencer und Drusilla sind auch mit von der Partie. Immerhin können sie mit Willow kommunizieren. Wir hoffen, dass wir sie so schneller finden können."

Stutzig kniff ich die Augen zusammen, während Cillian sich besorgt zu uns umdrehte. „Drusilla?"

„Abigails *Familiar*", sagte Liam.

„Abigails *Familiar* ist auch eine Katze?"

„Nein, eine Fledermaus."

Passend. Diesen Gedanken sprach ich nicht aus, sondern nickte nur, während wir den Hof betraten. Nun waren die Geräusche klar zu verstehen und zusätzlich zeigten sich vor uns die Bilder eines Kampfes. Wir stockten, als wir sahen, wie die Hexenwesen und Hexenjäger sich bekriegten.

Abigail und Isaac nahmen sich zusammen ein Zwillingspaar vor, das scharfe Dolche gezückt hatte. Beide sahen drein, als nahmen sie keine Rücksicht auf Verluste. Doch auch der Zirkelanführer und seine Frau wirkten nicht so, als wollten sie die Jäger verschonen.

Imogen stellte sich zwischen Spencer und Amanda, die Verkäuferin der Boutique, in der ich heute mit Ashley war. Spencer schien der Frau die Augen auskratzen zu wollen, doch Imogen tat alles daran, ihren *Familiar* zu beschützen. Zurecht, denn Amanda hatte nicht nur einen Wurfstern, sondern auch einen Blick, der vermuten ließ, dass ihr nichts heilig war, nicht mal das Leben eines Tieres.

Freddie kämpfte derweilen mit einem eisernen Schürhaken, den er augenscheinlich auf dem Boden der Kirche gefunden hatte, gegen zwei Männer, die mir sonderbar bekannt vorkamen, die ich aber erst nicht zuordnen konnte, bis es mir wie Schuppen von den Augen fiel. Es waren Albert und Harvey, die Besitzer des Pubs O'Connors.

War die ganze Stadt unter die Hexenjäger gegangen? Jetzt fehlte es nur noch, dass der alte Mann aus dem Elektronikladen, der jeden Mittag das Internet löschte, um die Ecke kam und mit explodierenden Speicherkarten um sich warf.

Doch ganz so amüsant wie in meiner Vorstellung war der nächste Augenblick auf gar keinen Fall. Zwar tauchte nicht der besagte Mann auf, dafür aber Zachariah, und er gebot allen Kämpfen Einhalt, indem er einen Warnschuss mit einer Schrotflinte abfeuerte. Ich duckte mich zusammen und presste mein Gesicht in Liams Schulter, während ein grausames Fiepen durch meine Ohren drang.

Ein Gewehr? War das sein Ernst? Mein Herz schlug wie wild und ich konnte einfach nicht fassen, was hier gerade vor sich ging. Dass wir uns auf einem Kirchengelände befanden, machte all das noch viel grotesker, als es ohnehin schon war.

Als ich es schaffte, meinen Blick wieder auf das Geschehen zu richten, wurde mir schlecht: Alle meine Freunde waren auf den Knien, gefangen genommen von den Jägern. Spencer lag reglos auf dem Boden und Willow stand mit blutgetränktem Fell neben Zachariah, den Kopf traurig zu Boden gesenkt. Neben ihr kauerte Cornelia, die sich kaum auf den Beinen halten konnte.

„So, so, Cillian, mein lieber Junge …, fein hast du das gemacht. Genau wie wir es besprochen haben." Abigail, Isaac, Imogen und Freddie starrten hasserfüllt zu ihrem ehemaligen Freund. „Ich habe zwar keine Ahnung, wie du den Bannkreis durchbrochen hast, aber sei's drum, ich –"

„Zur Hölle mit dem Scheißdreck!", rief Theo in bitterem Ton. Ich spürte einen heftigen Ruck an dem Seil, das Liam, Theo und mich verband, und wurde auf die Knie gezwungen. Dann merkte ich, wie etwas Schweres neben mir zu Boden fiel. Der dumpfe Aufprall trieb mir einen Schauer durch Mark und Bein. Cillian lag bewusstlos im Gras.

„Er hat gar nichts gemacht. Das war Rosie. Wie, weiß ich auch nicht, aber ihre Magie ist stark. Ich war euch bis zum jetzigen Zeitpunkt treu ergeben. Dass alle Hexen nun hier sind, ist mein Verdienst. Also verlange ich nun das, was ihr mir versprochen habt: Meine Magie zurück."

Fassungslos blickte ich auf und sah Theo erhaben über den Friedhof zu Zachariah schauen. Sein Gesicht war entschlossen und er würdigte keinen seiner Freunde auch nur eines Blickes, nicht einmal Liam, der neben mir zu zittern begann. Ob aus Wut über den Verrat seines Geliebten oder aus Angst, konnte ich nicht sagen.

„Wir haben dich auch ohne Magie wie einen von uns behandelt. Dich dennoch im Zirkel aufgenommen und dich in alles eingeweiht. Und so dankst du uns das? Mit deinem Verrat?", rief Isaac mit Wut in der Stimme.

„Ha!" Theo schnaubte. „Dass ich nicht lache! Ihr wollt mich wie einen von euch behandelt haben? Das glaubst du doch wohl selbst nicht! Bist du eigentlich echt so blind, dass du nicht gemerkt hast, dass ihr mit mir umgegangen seid, als wäre ich Dreck unter euren Schuhen?" Er verstellte seine Stimme. *„Theo, du machst sauber, nachdem wir praktiziert haben. Theo, du kaufst die Zutaten für das Ritual ein. Theo, du behältst die Junghexe kritisch im Auge und berichtest uns alles, wenn dir etwas Merkwürdiges auffällt!* All das durfte ich das vergangene Jahr ertragen. Aber ihr wart nicht die Einzigen, denen ich Bericht erstattet habe. Zachariah hat ebenfalls alle wichtigen Informationen rund um Rosie bekommen. Seit dem Abend, an dem ihre Magie erwacht ist, denn zu dem Zeitpunkt hatte ich das Hexenjägerversteck und all die Unterlagen über den Magieraub gefunden."

„Und damit bist du nicht zu uns gekommen?" Abigail funkelte ihn böse an. „Wir hätten dir ebenfalls geholfen, deine Magie von ihnen zurückzuholen."

Theo lachte. „Ach, hättet ihr das? Auch, wenn es bedeutet hätte, dass mir einer von euch seine Magien hätte geben müssen?" Keiner sagte ein Wort, woraufhin Theo mit der Zunge schnalzte. „Seht ihr, hab ich es mir do–"

„Ich hätte dir meine Magie gegeben, Theo." Liam presste die Worte unter seinen Zähnen hervor. „Hättest du mich einfach nur gefragt, ich hätte sie dir gegeben." Theos Blick war undeutbar, als er seine braunen Augen auf Liam senkte.

Für einen Moment meinte ich, einen Schatten über Theos Gesicht huschen zu sehen. Seine Augen fixierten Liam neben mir, dessen Gesicht ich nicht sehen konnte, da wir Rücken an Rücken gefesselt waren. Doch ich spürte, wie er seine Hände zu Fäusten ballte.

„Oh, buhu!", kam es von Zachariah. „Der kleine verletzte Magierjunge. Mir reicht es jetzt hier. Theo, du wirst ausreichend belohnt werden, aber zuerst bringst du mir die Junghexe."

Ohne Widerworte band mich Theo los. Ich versuchte mich zu wehren oder Cillian aufzuwecken, doch vergebens. Auch die Bemühungen, meine Hände aus den Fesseln zu befreien, waren vergebens. Theo hatte sie so festgezogen, dass ich keinen Spielraum mehr hatte. Brutal stieß er mich vorwärts, ich stolperte über einen Stein und stürzte mit den Knien voran auf den Boden. Verflucht! Der Schmerz zog mir durch Mark und Bein, doch Theo zerrte mich an den Haaren erneut auf die Beine und ich spürte, wie sich meine Augen mit Tränen füllten, weil mittlerweile jeder Körperteil wehtat.

Vor Zachariah angekommen, drückte mich Theo erneut auf den Boden, doch diesmal wehrte ich mich mit aller Kraft. Vor diesem Schurken würde ich nicht auf die Knie gehen, nicht, wenn ich noch Herrin meiner Sinne war.

„Rosie, tu, was er von dir verlangt", flehte Willow und bei dem Klang ihrer Stimme gab ich nach und ließ mich in das feuchte Gras drücken.

Es war vorbei. Alle Hexenwesen waren gefesselt. Hintergangen von jemandem aus ihrer eigenen Mitte. Ich kniete vor dem Anführer der Hexenjäger, der eine Schrotflinte in der Hand hielt. Wir hatten verloren. Meine Augen trafen die von Willow. Ich wusste, dass sie mir stumm vermitteln wollte, ich solle meine Magie einsetzen, doch ich hatte keine Ahnung wie.

Angestrengt dachte ich an all das, was ich gelernt hatte, versuchte mir irgendeinen Zauberspruch ins Gedächtnis zu rufen, der mir hier behilflich sein konnte. Doch vergebens. Ich konnte keine der Runen zeichnen, die ich gelernt hatte, da meine Hände gefesselt waren. Kräuter zu erkennen oder Gegenstände zu verwandeln, würde mir auch nicht helfen, außer ich würde es schaffen, Zachariah in ein Schweinchen zu verwandeln.

War das möglich? Angestrengt versuchte ich all meine Kraft in diesen Gedanken zu stecken, doch nichts geschah. Ohne Willows Hoffnung zu teilen, sah ich sie an. Und als sie meinen Blick bemerkte, schwand die Zuversicht auch aus ihren schwarzen Kulleraugen.

Und da wusste ich, dass es vorbei war. Dieser ekelhafte Kerl würde mir meine Magie nehmen, mein Lebenslicht ... Er würde mich erschießen. Ich machte mich bereit, mich von meiner tierischen Freundin zu verabschieden.

Gerade wollte ich mich bei ihr bedanken für alles, was sie für mich getan hatte in den wenigen Wochen, die wir uns kannten, ihr sagen, dass sie der beste *Familiar* war, den ich mir hätte wünschen können, dass ich Granny im Jenseits von ihr grüßen würde und wir dort auf sie warten würden, bis sie irgendwann zu uns stoßen würde.

Doch dazu kam ich nicht, da Zachariahs Lachen meine Worte übertönte. Es hallte so laut in meinem Kopf wider, dass ich keinen klaren Gedanken fassen konnte. Sollte ich wirklich so meine letzten Sekunden verbringen? Auf Knien vor einem verdammten Bösewicht, ohne die Chance, auch nur einen letzten Satz von mir zu geben?

Ohne noch ein letztes Mal in Cillians azurblaue Augen zu blicken? Ob er lebend aus der Sache herauskommen würde? Ob irgendjemand meiner Freunde diesen Kampf überstehen würde? Ich wusste es nicht. Das Einzige, das ich wusste, war, dass ich die Erste sein würde, der Zachariah das Lebenslicht ausknipste.

Es war so unfair! Doch ich weinte nicht. Ich konnte nicht weinen, während dieses widerliche freudlose Lachen sich durch mein Trommelfell fraß. Es wurde lauter und lauter, immer lauter, bis es sich plötzlich wie ein Schuss anhörte und verstummte.

WTF?!

Kapitel 26

Rosie

Die Prophezeiung

Warme Flüssigkeit von dicklicher Konsistenz tropfte auf mein Gesicht. Mein ganzer Körper gefror zu Eis. War das Blut? Auch wenn ich durch die Dunkelheit der Nacht nichts erkennen konnte, blieb kein Zweifel offen. Ich bebte. Aus Reflex hatte ich die Augen geschlossen und ich traute mich nicht, sie wieder zu öffnen. Wenn ich Willows leblosen Körper vor mir sehen würde, könnte ich nicht mehr an mich halten. Übelkeit überkam mich, mein Herz schlug wild in meiner Brust und ein Rauschen erfüllte meine Ohren, das beinahe alle Geräusche rund um mich herum ausblendete.

Kurzzeitig überkam mich auch ein Hoffnungsschimmer. Konnte ich das gewesen sein? Hatte meine Magie dazu geführt, dass Zachariahs Kopf mit einem ohrenbetäubenden Knall explodiert war? Wohl kaum. Nicht nur, dass das bei Weitem mein Können überstieg, es handelte sich bei so etwas ganz eindeutig auch um schwarze Magie. Und schwarze Magie verlangte immer Opfer.

Nach einem Augenblick, der sich wie eine schmerzvolle Ewigkeit anfühlte, hörte ich eine Stimme, die mich aus meiner Starre riss. „Nimm das, *Motherfucker*!“ Ruckartig öffnete ich die Augen und blickte über meine Schulter. Ich erspähte Triss, die mit einem Taser auf einen der Männer neben Freddie schoss.

Blaue Lichtblitze erhellten das Geschehen, als die Elektropistole die Haut des Jägers berührte.

Triss? Was ging hier vor sich, was machte sie hier? Ich sah mich um und hatte Schwierigkeiten, die Situation so schnell zu erfassen, wie sie sich veränderte.

Vor mir lag der leblose Körper von Zachariah, mit einem Loch in der Stirn. Ich musste ein Würgen unterdrücken und versuchte, meinen Blick abzuwenden. Willow stand immer noch unversehrt neben ihm, jedoch war ihr ehemals weißes Fell mit noch mehr Blutflecken bedeckt. Doch das war egal, nichts, was man nicht bereinigen konnte. Ich atmete erleichtert aus und suchte nach dem Schützen, der den Anführer der Hexenjäger ausgeschaltet hatte.

Neben mir erblickte ich ihn. Gordon, der Housekeeper des *Griffin's Brew*, hielt ein Gewehr in den Händen und zielte damit bereits auf sein nächstes Opfer: einen der Zwillinge neben Abigail und Isaac.

Dann erspähte ich Ashley. Was machte sie hier? Triss und Ashley hatten doch mit dem Ganzen gar nichts zu tun! Und jetzt brachten sie sich für mich in Gefahr?

Ich sah meine Freundin über den Hof zu Imogen hechten. Sie hatte ebenfalls einen Taser und zielte damit auf Imogens Gegnerin: Amanda. Und da wurde mir bewusst, dass meine Freundinnen nicht nur meinetwegen hier waren. Beide hatten noch jemanden zu verlieren, den sie liebten.

In meinem Rücken spürte ich eine Person, die sich an meinen Fesseln zu schaffen machte. „Rosie, bitte bleib ganz ruhig und lass mich dir –" Doch Theo konnte seinen Satz nicht beenden. Noch ehe er das Seil komplett gelöst hatte, wurde er von Liam zu Boden geworfen.

„Du miese Ratte. Ich habe dich geliebt. Ich hätte alles für dich geopfert. Wie konntest du uns nur so hintergehen?" Mit der Faust schlug er auf das Gesicht seines Freundes ein. Ich schaffte es, mich aus den gelockerten Fesseln zu befreien, und drehte mich zu den beiden Männern um.

„Liam! Es ist nicht so, wie es aussieht." Isaac erhob die Stimme und Liam hielt in der Bewegung inne. Gleichzeitig blickten er und ich zu dem Zirkelanführer auf.

Der Kampf war vorüber. Alle Jäger waren ausgeschaltet oder festgenommen. Imogen hielt den immer noch regungslosen Spencer im Arm, das Gesicht tränenüberströmt. Ashley stand neben ihr, die Hand tröstend auf ihre Schulter gelegt. Mein Magen verkrampfte sich. War Spencer etwa tot?

Freddie und Triss bewachten die Jäger, die noch am Leben waren, und stellten sicher, dass sie nicht erneut angreifen konnten. In der Zwischenzeit war auch Cillian wieder zu Bewusstsein gekommen, zu seiner Schwester geeilt und hielt sie fest im Arm. Die Frau wirkte so blass, dass ich mich fragte, wie sie es überhaupt noch schaffte zu atmen.

Isaac und Abigail standen zusammen mit Gordon in der Mitte und sahen auf Theo und Liam hinab. „Wir waren eingeweiht in Theos Plan und es war ganz anders, als es für euch alle jetzt den Anschein erweckt." Verwirrt sahen alle zu Abigail, deren *Familiar* auf ihrer Schulter hockte.

„Was willst du damit sagen?" Mit gerunzelter Stirn kniete Liam immer noch über Theo und drückte ihn in das feuchte Gras.

Isaac atmete tief ein. „Alles begann an dem Abend von Rosies einundzwanzigstem Geburtstag. Theo hat an diesem Abend das Geheimversteck der Hexenjäger entdeckt und wurde von Zachariah dabei erwischt. Also musste er sich schnellstmöglich eine Tarnung einfallen lassen. Diese bestand darin, die Jäger glauben zu lassen, er wäre auf ihrer Seite." Liam wich von seinem Freund zurück und ließ ihn los.

Theo räusperte sich und erzählte die Geschichte weiter. „Im Keller des Pubs habe ich eine Tür entdeckt, die zu einem dunklen Gang führte, der wiederum im Geheimversteck der Hexenjäger endete. Dort fand ich uralte Bücher, magische Artefakte und in einer verschlossenen Vitrine kleine Phiolen mit Cillians, Cornelias und meinem Namen darauf. Ich wusste sofort, dass sich in den Fläschchen verkorkte Magie versteckte. Und ab diesem Zeitpunkt wusste ich auch, wo ich gelandet war. Also habe ich mein Smartphone gezückt, um alles abzufotografieren. Als Letztes fand ich eine Schriftrolle auf einem Altar. Ich schaffte es gerade noch, den Text mit einem Foto festzuhalten, als ich Schritte hörte. Schnell packte ich mein Handy in meine Hosentasche und wusste, was zu tun war. Das Schauspiel habe ich nicht nur abgezogen, um meinen Arsch zu retten und meine Magie zurückzubekommen, sondern für die Prophezeiung."

„Eine Prophezeiung?", fragte Cillian. „Und was soll die besagt haben?"

Aus seiner Hosentasche holte Theo sein Smartphone hervor, öffnete das Bild der Schriftrolle und las den genauen Wortlaut vor:

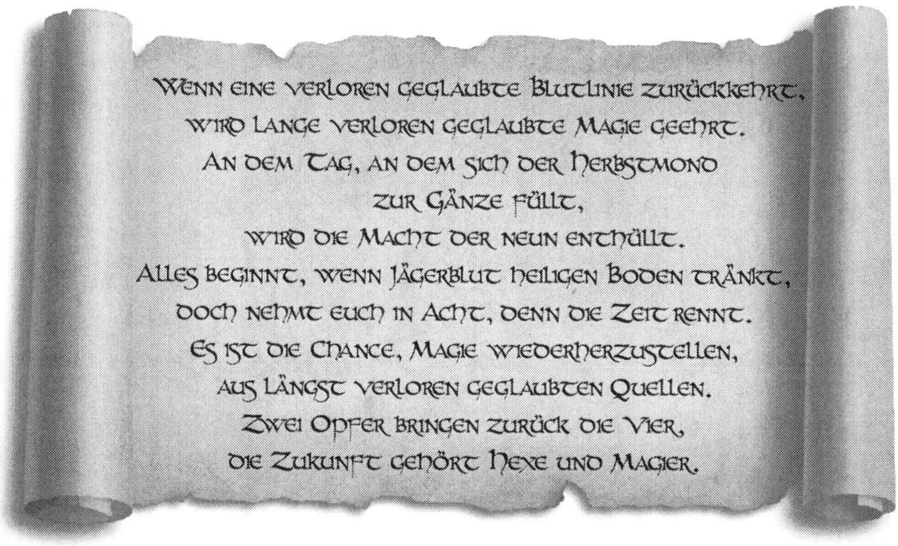

Nachdem alle außer Abigail und Isaac ihn vollkommen verdattert ansahen, las er die Reime erneut vor. Dabei versuchte ich, mir jedes einzelne Wort einzuprägen. Als er geendet hatte, blieb mir eine Zeile besonders im Gedächtnis.

„Die Macht der neun?" Ich zählte die anwesenden Hexenwesen durch: Isaac, Abigail, Theo, Liam, Imogen, Freddie, Cillian, Cornelia und ich. „An dem Tag, an dem sich der Herbstmond zur Gänze füllt ..." Mein Blick ging gen Himmel: Es war tatsächlich eine Vollmondnacht. Ich schluckte. „Ihr meint doch nicht etwa –" Vollkommen perplex wischte ich mir das Jägerblut von der Stirn. Noch ein Punkt, der erfüllt war.

Isaac nickte. „Doch, genau das meinen wir. Heute ist der Tag, an dem sich die Prophezeiung erfüllt. Als Theo damit zu uns kam, wussten wir, was zu tun war. Abigail und ich hatten bereits über die Prophezeiung gelesen. Als ich meine neue Magie entwickelte, bin ich auf ein antikes Buch gestoßen, aus dessen Artikeln hervorging, dass Magie nicht immer in Fraktionen eingeteilt war. Vor den Hexenverfolgungen kannte Magie kein Geschlecht und jeder Mensch, der Magie praktizieren konnte, verfügte über alle vier Fähigkeiten: Heilkräfte, seherische Magie, Wirkungsenergie und das Talent des Brauens."

Verwirrt blickte ich mich um. Alle meine Freunde starrten Isaac erstaunt an. Doch Willow nickte. Stirnrunzelnd sah ich sie an. Gordon saß im Gras neben ihr und strich ihr durch das verklebte Fell. „Wusstest du davon?"

Nun blickten alle zu uns. Zwar konnten die anderen meine Frage hören, doch Willows Antwort blieb für sie ein Geheimnis. „Ich kannte die Prophezeiung, Rosie. Ich wusste nicht, dass du die verloren geglaubte Blutlinie bist, die zurückkehrt ... Zumindest war es mir bis zum heutigen Abend nicht bewusst. Als der Jäger mich entführt hatte und ich den Vollmond am Firmament entdeckte, ging mir jedoch ein Licht auf."

Ich staunte. Stimmte das? Hatte ich etwa die Prophezeiung losgetreten? „Aber ... wie ... was bedeutet das denn jetzt? Wie sollen wir die Magie wiederherstellen und welches Opfer muss gebracht werden?"

Ein Schluchzen ertönte von Imogen. „Ich denke, am heutigen Abend wurden genügend Opfer gebracht." Sie hielt Spencer fest gegen ihre Brust gedrückt.

Isaac erschrak, als er zu seiner Schwester sah. Vermutlich war er durch die ganze Prophezeiung und den Doppeldoppelagententwist so abgelenkt gewesen, dass er nicht mitbekommen hatte, wie schlimm es um Spencer stand. Er eilte zu seiner Schwester und berührte den kleinen Kater am Kopf. „Nicht so ein Opfer, Imogen", versuchte er, sie zu beruhigen.

Unter Tränen entfuhr ihr ein Lachen, als das schwarze Fellknäuel in ihren Armen die gelben Augen öffnete und ein klägliches Miauen von sich gab. Sie sank auf die Knie und Ashley legte den Arm um ihre Schultern.

„Das Opfer ist mehr … energetischer Art." Wieder starrten alle Isaac an, der angestrengt ausatmete. „Ich habe viel recherchiert. Und bin zu dem Schluss gekommen, dass heute Nacht zwei der Anwesenden für immer auf ihre Magie verzichten müssen, damit alle anderen Hexenwesen zukünftig von allen Magiearten profitieren können."

Stille. Alle gingen in sich, denn keiner wollte der erste sein, der seine Magie opferte. Keiner außer Cillian. „Wenn Cornelia ihre Lebensenergie zurückbekommt und eure Absolution erfährt, melde ich mich freiwillig, meine Magie aufzugeben." Er lachte bitter und kurz auf. „Ist ja nicht so, als hätte ich in den vergangenen Jahren viel davon gehabt."

Cornelia stöhnte. „Nein. Dann will ich meine Magie auch nicht. Mir reicht meine Lebensenergie."

Ein Lächeln spielte über Theos Gesicht. „Na, das war doch gar nicht so schwer wie gedacht."

Verwirrt blickte ich zwischen Theo, Isaac und Cillian hin und her. Da waren so viele Gedanken, die mir durch den Kopf schwirrten. Und vor allem waren da riesengroße Fragezeichen. Stück für Stück ging ich die vergangenen Wochen durch. Wenn die drei bereits nach dem Erwachen meiner Magie gewusst hatten, dass ich die bin, von der in der Prophezeiung die Rede ist, wieso haben sie es mir dann so schwer gemacht? Wieso haben sie Cillian aus dem Zirkel austreten lassen? Gehörte das alles zum Plan?

Als wüsste Abigail genau, was ich dachte, schenkte sie mir einen prüfenden Blick, während sie die Arme vor der Brust verschränkte. „Du fragst dich vermutlich gerade, weshalb ich die ganze Zeit so eklig zu dir war, oder?"

Zögerlich nickte ich. Wollte ich die Antwort wirklich wissen? Irgendwie vermutete ich, dass Abigail mich tatsächlich nicht ausstehen konnte und mir das nun in aller Manier aufs Brot schmierte. „Indem wir dich nicht direkt in den Zirkel aufgenommen haben, wollten wir Zachariah in Sicherheit wiegen. Er sollte denken, dass er es leicht hat, an dich ranzukommen. Ich habe mich die ganze Zeit von dir distanziert, weil ich wusste, dass Albert und Harvey mir bei meiner Schicht im Pub Erinnerungen entlockt haben."

Verwirrt kniff ich die Augen zusammen. „Erinnerungen entlockt? Was können Hexenjäger denn noch? Bald fang ich an zu glauben, dass sie selbst Magie benutzt haben."

Abigail schwankte mit dem Kopf. „Tatsächlich unterscheiden sich ihre Praktiken gar nicht allzu sehr von denen der Hexenwesen, außer dass sie wesentlich schwarzmagischer sind und ihre schwarze Magie keine Opfer fordert." Mit gerümpfter Nase betrachtete sie die Hexenjäger. „Nun, außer vielleicht das Opfer der Hässlichkeit."

Triss kicherte. Doch ich sah verwirrt auf die leblosen Körper der Jäger. „Aber …, wenn sie selbst Magie benutzen …"

„Dann unterscheiden sie sich gar nicht so sehr von uns Hexenwesen, wie sie immer denken", beendete Abigail meinen Satz. „Exakt, Rosie. Und genau das ist ja das Perfide. Diese Jäger stellen uns an den Pranger für etwas, das sie selbst nicht anders machen, verkaufen es aber unter der Prämisse, dass sie ihre Kräfte nur benutzen, um uns Hexenwesen auszuschalten."

Sie streichelte Drusilla auf ihrer Schulter über die ledrigen Flügel. „Die ewige Geschichte der Menschheit: Personen auszuschließen, die ein klein wenig anders sind, obwohl wir uns alle kaum voneinander unterscheiden, wenn wir mal genau hinsehen würden."

Wow! Ich nickte. Abigail hatte wahre Worte gesprochen. Umso grotesker fand ich die Hexenjäger nun ... wenn da überhaupt eine Steigerung möglich war.

Sie fuhr fort. „Ich vermied es also, Zeit mit dir zu verbringen, weil ich Angst hatte, den Jägern eventuell irgendetwas preiszugeben. Sorry."

Ich schüttelte den Kopf. „Schon gut, es war nötig gewesen." Damit wäre ein Punkt geklärt. Jedoch gab es noch so viele offene Fragen ... „Wie soll dieses Ritual denn jetzt ablaufen? Was müssen wir tun und woher wisst ihr, dass das Opfer die Magie zweier Personen betrifft?"

Abigail zückte ihr Smartphone und zeigte den anderen Bilder von den Artikeln, die sie und Isaac gefunden hatten:

Um die Magie wiederherzustellen, sind mehrere Opfer notwendig:

- Das Blut von Hexenjägern, vergossen kurz bevor sie Hexenmord begehen wollten
- Neun Hexenwesen, deren Zusammenschluss aus mindestens fünf Blutlinien besteht, wovon zwei ihre Magie willentlich dem größeren Wohl opfern
- Geweihter Boden
- Salbei, Mistel und Beifuß
- Das Licht des Vollmonds
- Die Lebensenergie eines verfluchten Hexenwesens

Ich biss die Zähne fest aufeinander. Der zweite Anstrich hatte meinen Blick angezogen. Dreimal las ich ihn durch, bevor ich bemerkte, was mich daran störte. „Ähm ... Leute, ich weiß nicht so recht, ob es ausreicht, wenn Cillian und Cornelia ihre Kräfte opfern. In dem speziellen Punkt –", ich deutete auf das Foto auf Abigails Smartphone, „ist von Blutlinien die Rede. Ich lese das so, dass zwei verschiedene Blutlinien ihre Kräfte opfern müssen. Meint ihr nicht?"

Imogen und Liam stimmten mir zu. „So habe ich das auch gelesen", sagten sie im Chor.

Isaac riss das Smartphone an sich. „Mist. Wie konnten wir das übersehen?"

Auch Cillian hatte einen Einwand. Er war von der Seite seiner Schwester gewichen und stand nun neben mir. „Und was soll das bitte bedeuten, dass für das Ritual Cornelias Lebensenergie verwendet wird? Kann sie sie danach noch benutzen? Wird sie danach sterben? Werden womöglich sogar alle, die ihre Magie geopfert haben, durch das Ritual sterben?"

Ein heilloses Chaos brach los. Alle sprachen durcheinander, doch Triss, Ashley und ich tauschten einen Blick über die Menge an streitenden Iren hinweg. Ich brauchte jetzt die Unterstützung meiner Freundinnen. Sie eilten an meine Seite und wir berieten uns.

„Rosie, wenn das Rätsel jemand knacken kann, dann du mit deinem analytischen Gehirn." Triss tippte mir mit dem Finger auf die Stirn und ich wusste, dass sie recht hatte.

Eigentlich musste ich kein Rätsel mehr knacken. Die Prophezeiung, zusammen mit dem Artikel auf Abigails Smartphone, hatte sofort Sinn ergeben in meinem Kopf. Doch wollte ich es nicht wahrhaben, denn, wenn ich alle Möglichkeiten durchging, kam ich nur zu einer einzigen Lösung. Eine Lösung, die für zwei unter uns alles bedeutete, ganz besonders für mich.

Jemand musste den ersten Schritt machen und bevor ich noch mehr Zeit verstreichen ließ und schlussendlich zu feige für das war, was ich sagen musste, fasste ich mir ein Herz. Ich räusperte mich, um mir Gehör zu verschaffen, doch die Diskussionen waren mittlerweile zu hitzig, als dass mich jemand hören konnte.

„Hey, Magic Mike Gang, könntet ihr alle mal die Klappe halten und Rosie zuhören?“ Triss hatte mit ihrer lauten Stimme die Aufmerksamkeit auf sich gezogen und schnell waren alle Blicke auf mich gerichtet.

„Ich glaube, ich habe die Lösung gefunden.“ Isaac zog die Braue hoch, Cillian schenkte mir einen hoffnungsvollen Blick und die anderen warteten erwartungsvoll darauf, dass ich weitersprach. „Zuallererst: Cillian, niemand wird hier sterben, auch nicht Cornelia.“ Er atmete erleichtert aus und sah zu seiner Schwester, die mit aller Kraft ein Lächeln hervorbrachte. „Über die Magieopferung kommen wir nicht hinweg. Wir können jedoch versuchen, und ich glaube, das müssen wir auch, damit die Rechnung am Ende aufgeht, den Schaden so gering wie möglich zu halten.“ Für diese Worte erntete ich skeptische Blicke von allen. „Wir haben im Zirkel sechs Blutlinien vertreten. Drei davon haben jeweils zwei Personen: Isaac und Imogen, Freddie und Liam und Cornelia und Cillian. Die anderen drei haben nur eine Person: Abigail, Theo und ich.“

Sofort intervenierte Theo: „Vergesst es. Ich habe mir das alles nicht gegeben und meine Zeit mit diesen Mistkerlen verbracht“, er deutete auf die am Boden liegenden Hexenjäger, „um jetzt meine Magie für immer zu opfern.“

Verständnisvoll nickte ich. Mit Theos Reaktion hatte ich eins zu eins gerechnet. „Das verstehe ich, weshalb ich diejenige sein werde, die ihre Magie aufgibt.“ Alle starrten mich verblüfft an. „Es ist das Logischste. Ich bin die jüngste hier, habe noch nicht einmal das Ritual bestanden und kann am schnellsten wieder zurück in mein unmagisches altes Leben.“ Ich schenkte Triss und Ashley ein Schmunzeln, die es traurig erwiderten.

Dann trat Abigail vor. Auch ihre Reaktion konnte ich mir vorstellen. „Und ich schließe mich an. Für das Wohl des Zirkels.“ Okay, nein, damit hatte ich definitiv nicht gerechnet.

Auch sonst starrten alle Abigail an, als wäre sie plötzlich grün angelaufen. Isaac schüttelte den Kopf. „Abby, aber –" Doch ihre Entscheidung stand fest, weshalb sie ihren Ehemann, mit dem sie sonst alles teilte, nicht anhören wollte. Stattdessen umschloss sie sein Gesicht, stellte sich auf die Zehenspitzen und küsste ihn.

„Solange du glücklich bist und die Magie hast, die du verdienst, bin ich es auch." Innerhalb der vergangenen Minuten hatte ich großen Respekt für Abigail entwickelt. Ich fragte mich, ob wir uns jetzt, da uns dieses Schicksal verband, annähern würden. Schließlich musste sie mir jetzt nicht mehr aus dem Weg gehen, oder?

Schon während ich diesen Gedanken in meinem Kopf abspielte, hörte ich eine weitere leise Stimme in meinem Kopf: „Was bringt es dir, wenn du dich mit ihr verstehst? Du wirst eh nicht hierbleiben. Wenn du deine Magie verloren hast, wirst du zurück nach Amerika fliegen und in dein altes langweiliges Leben zurückkehren." Ich wandte mich ab, um die Träne zu verbergen, die meine Wange hinunterrollte.

Da erklang ein krächzendes Husten und als ich mich umdrehte, sah ich Cornelia, die mithilfe ihres Bruders auf Abigail und Isaac zuschritt. „Ich muss mich entschuldigen. Ich hätte nie diesen Liebeszauber sprechen dürfen oder euch verschweigen sollen, dass ich noch in Killarney lebe, verflucht und verschandelt." Ein bitteres Lächeln zog sich über ihr ausgemergeltes Gesicht. „Dass ihr beide euch gesucht und gefunden habt, sehe ich jetzt. Viel zu spät und wahrscheinlich helfen meine Worte nun auch niemandem mehr, aber dennoch wollte ich mich entschuldigen."

Lächelnd legte Isaac eine Hand auf ihre Schulter. „Eine Entschuldigung kommt nie zu spät."

Verlegen räusperte sich Cillian. „Nun, wenn wir schon mal bei Entschuldigungen sind … Was ich im Brew zu dir gesagt habe, dass ich überhaupt angenommen habe, du würdest so etwas tun … Es tut mir so unfassbar leid."

Isaac nickte ihm mit einem liebevollen Blick zu. „Deine Reaktion hat mich wirklich verletzt. Vielleicht wäre es nicht so weit gekommen, wäre ich von Anfang an ehrlich zu euch gewesen, dann –"

Cillian schüttelte den Kopf. „Nein, das ist deine Magie und deine Entscheidung, wann du es uns mitteilst. Bei mir ist einfach eine Sicherung durchgebrannt, weil … weil so viel auf einmal aufeinandertraf in dem Moment: Meine Angst, dass Cornelias Zeit bald abläuft, das Geheimnis meiner verlorenen Magie, das ich schon so lange mit mir herumtrug und das in dem Moment ans Licht gekommen ist, mein Plan, Rosies Magie zu stehlen, den ich glaubte durchziehen zu müssen, um Cornelia zu retten, den ich aber nicht mehr durchziehen wollte, weil …", sein Blick glitt zu mir, „weil ich sie echt mag."

„Uuuuh!" Ein Pfeifen ging durch die Reihen und ich spürte, wie meine Wangen rosa anliefen. Und mir heiß wurde. Wäre schön, wenn er mir so etwas unter vier Augen sagen würde, dennoch kam ich nicht umhin, mich über die Schmetterlinge zu freuen, die in meinem Bauch Lambada tanzten.

Abigail übernahm den Part, Cornelia zu stützen, während Isaac und Cillian sich in die Arme fielen und ihre Differenzen mit einer kräftigen Umarmung aus der Welt schafften. Mein Herz schmerzte, als ich dabei zusah, wie Freunde, die über Jahre hinweg so viel miteinander erlebt hatten, sich versöhnten, wieder miteinander lachten und nun gemeinsam den Rest ihres Lebens beschreiten würden … ohne mich.

Plötzlich spürte ich auch um meine Schultern Arme und erblickte Triss und Ashley neben mir. Der Schmerz um mein Herz löste sich allmählich. Ja, ich verlor meine Magie und verpasste die Chance, Mitglied in einem Hexenzirkel bestehend aus richtig coolen Freunden zu sein. Dennoch hatte ich alles, was ich brauchte, an meiner Seite.

Ich hatte selbst die zwei coolsten Freundinnen überhaupt, die sogar Hexenjäger auf dem Hof einer Kirche für mich getasert hatten. Wenn ich zurück nach Amerika gehen würde, dann wenigstens mit der Gewissheit, dort eine Konstante in meinem Leben zu haben, die ich um nichts in der Welt ändern wollen würde: Triss und Ashley.

Ich lenkte die Aufmerksamkeit wieder auf unser großes To-Do. „Leute, ich glaube, wir haben noch ein Ritual abzuhalten."

Kapitel 27

Rosie

Ein Leben ohne Magie

Am nächsten Tag …

Wenn mich jemand fragen würde, wie sich das Ritual angefühlt hat, könnte ich nicht viel erwidern. Zwar hatten sich der Geruch von verbrannten Kräutern und die Schreie von Abigail, Cornelia, Theo und Cillian in meinen Kopf eingebrannt, aber gefühlstechnisch war ich vollkommen auf null gesetzt. Ich kam mir vor wie eine Gummipuppe oder ein Roboter, der einen Neustart bekommen hatte.

Wie ging noch das alte Sprichwort? „Man weiß erst, was man hatte, wenn man es verliert."

Genauso fühlte ich mich, als ich am nächsten Tag die Augen aufschlug und die Decke des *Griffin's Brew* anstarrte. Ich hatte meine Magie verloren. Ein Teil in mir hatte sich noch nicht einmal richtig an diese ungewohnte Energie gewöhnt, ein anderer hatte fest daran geglaubt, das Ritual würde nicht mit einem Magieverlust enden … Irgendwie hatte in mir die Hoffnung geschlummert, dass allein der Wille eines solchen Opfers notwendig gewesen war. Und eine ebensolche Hoffnung hatte auch Abigail gehabt. Das hatte ich genau gesehen, als sie nach dem Ritual versucht hatte, Funken aus ihren Fingern zu erzeugen – vergebens.

Nun war ich wieder Rosie Baker, einundzwanzig, zwei abgebrochene Studiengänge, keine Zukunftspläne und vollkommen überfordert mit der Welt. Ich atmete tief aus und weckte damit meine Freundinnen. Triss setzte sich im Bett auf, streckte sich und schenkte mir einen fragenden Blick. Ashley drehte sich auf die Seite und musterte mich besorgt.

Juhu, jetzt wurde ich zur Krönung auch noch von meinen Freundinnen bemitleidet. Große Klasse!

Doch beide mussten sich abgesprochen haben, denn keine von ihnen verlor auch nur ein Wörtchen über den gestrigen Abend. Stattdessen taten sie so, als wäre die vergangenen Wochen nichts Spannendes passiert.

„Wir haben heute Vormittag eine Wohnungsbesichtigung und ich dachte, danach könnten wir zum Killarney National Park gehen." Ashleys Brauen tanzten. „Ein paar schöne Foto-"

Ich unterbrach meine Freundin mitten im Wort. Hätte ich Wasser im Mund gehabt, hätte ich es wie in einem Comic ausgespuckt vor Verblüffung. „Wohnungsbesichtigung?"

Sie und Triss tauschten einen Blick. „Also Triss und ich haben uns vor Tagen an der Kunsthochschule hier eingeschrieben und vorgestern die Zusage bekommen, wir dachten, mit Freddie und Imogen –"

Ich schluckte. „Oh, eine Wohnungsbesichtigung für euch. Verstehe!"

Irritiert zog Triss die Brauen hoch. „Für uns drei, *silly*! Denkst du, wir suchen uns eine Wohnung ohne dich, girl? Erstmal würden wir uns wahrscheinlich nach einer Woche an die Gurgel gehen und außerdem wäre es ohne dich nur halb so lustig."

Mein Mund stand eine Weile offen, bis ich die Fähigkeit zu sprechen wiederfand. „Aber … ich … Was soll ich denn hier machen? In einer Stadt, in der ich ein absoluter niemand bin? Für den Geschichtskurs an der Uni hab ich mich gar nicht erst eingetragen, denn darauf hatte ich doch eigentlich von Anfang an keine Lust und –"

Nun grinsten mich beide an und Ashleys Gesicht lief rot an, während auch sie sich im Bett aufsetzte. „Nun, wie gut, dass wir dich auch im Kunstkurs eingeschrieben haben und deine

Fotos von deinem Geburtstag an den Killarney Klippen für die Spezialisierung auf Fotografie eingereicht haben."

Mit geweiteten Augen riss ich die Decke von mir und sprang auf. „Ihr habt was?"

Wieder tauschten die beiden einen verschwörerischen Blick. „Ja, und sie haben die Bilder geliebt. Die E-Mail, in der sie dich förmlich anbetteln, hier in Killarney zu studieren, kann ich dir gern zeigen."

Baff darüber, was meine Freundinnen hinter meinem Rücken geplant hatten, starrte ich sie an. „Aber …, ihr dachtet doch, ich … der Hexenzirkel –"

Triss unterbrach mein Gestammel. „Ash hat das alles angezettelt, da wusste sie noch nichts von deiner Magie und ich dachte", sie zuckte mit den Schultern, „nun, wenn du das Ritual nicht geschafft hättest, dann würdest du dich über einen Plan B sicher freuen und austragen kannst du dich vor Semesterbeginn immer noch."

Da war die Lösung zu all meinen Problemen. Gerade noch dachte ich, ich stände vor dem Nichts, wäre von einer Existenzkrise in die nächste gerutscht und dann waren es wieder Triss und Ashley, die den Tag retteten. Womit hatte ich solche Powerfreundinnen verdient?

Zwar fühlte ich immer noch eine schmerzhafte Leere in mir nach dem Verlust meiner Magie, doch die Aussicht, in Killarney bleiben zu können, zusammen mit Triss und Ashley, brachte den Großteil meiner Gefühle zurück. Magie hin oder her.

Ich fiel Ashley um den Hals und warf sie mit meinem vollen Gewischt zurück in die Kissen. Auch Triss schloss sich der Umarmung an und legte sich auf mich. „Ich liebe euch!" Meine Worte wurden durch das Kissen gedämpft, in dem ich mein Gesicht vergraben hatte.

Am Abend saß ich gemeinsam mit Ashley im Foyer des Brew und scrollte durch die Bilder auf meiner Kamera, die ich am Nachmittag gemacht hatte. Die wunderschönen Herbstfarben kamen bereits ohne Bearbeitung prachtvoll zur Geltung und wir suchten nach dem perfekten Foto, dass ich meiner Mom zu ihrem Geburtstag gerahmt nach Amerika schicken konnte.

„Das hier ist doch wunderschön. Zusammen mit dem Wasserfall. Das sieht aus wie aus einer Werbung."

Nickend stimmte ich Ashley zu, doch dann fand ich einen weiteren Schnappschuss. „Und was sagst du zu diesem hier? Mit dem großen Raben und dem Eichhörnchen?"

Ihre Augen funkelten. „Wow, ja, das sieht man nicht alle Tage. Nimm das."

Imogen kam zu uns und schaute mir über die Schulter. „Wow, Rosie, die sind wunderschön! Wenn du mir einen guten Preis machst, kauf ich dir eins ab. Ich finde, das Foyer könnte noch einen richtigen Hingucker vertragen."

„Du meinst neben der super scharfen Rezeptionistin?", fragte Ashley mit zuckenden Augenbrauen.

„Okay." Ich hing meine Kamera wieder um und stand auf. „Das ist mein Zeichen, euch Turteltauben allein zu lassen." Dann entfernte ich mich von der Sitzecke, ging zum Empfangstresen, hinter dem Gordon stand, und kraulte Spencer am Kopf, der über das polierte Holz tapste.

„Na, Gordon? Zurück im Tarnmodus? Genau wie Batman? Tagsüber Housekeeper, Superheld bei Nacht?"

Er schenkte mir ein schiefes Lächeln. „Ich sehe mich selbst lieber als Alfred, Miss Baker."

Ich lächelte, dann hörte ich eine bekannte Stimme hinter mir. „Wie ich gehört habe, bleibst du in Killarney? Haben meine Worte gestern dich doch überzeugt?"

Mit einem breiten Grinsen drehte ich mich zu Cillian um. „Wo hast du denn dieses Gerücht schon wieder her?"

Seine ozeanblauen Augen glitzerten freudig. „Sagen wir, ein Vögelchen hat es mir gezwitschert. Also, wenn du schon meinetwegen hierbleibst, darf ich dich dann zu einem Date ausführen?"

Ich schüttelte amüsiert den Kopf. Ein Date mit Cillian? War das eine gute Idee? Nach allem, was bereits zwischen uns vorgefallen war? Trotz unserer schwierigen Vergangenheit, die wir definitiv noch aufzuarbeiten hatten, konnte ich nicht ignorieren, dass jede Faser meines Körpers JA zu einem Date mit ihm sagte.

Doch so leicht würde ich es ihm nicht machen. „Keiner hat etwas davon gesagt, dass ich wegen dir hierbleibe. Ich bin an der Hochschule für Kunst im Spezialfach für Fotografie angenommen worden. Das ist der Grund, weshalb ich bleibe. Das und die Tatsache, dass Triss und Ash ebenfalls hierbleiben."

„Ah." Er versuchte, ein Lächeln zu unterdrücken. „Verstehe. Dennoch hast du meine Einladung zu einem Date nicht abgeschlagen."

Gänsehaut breitete sich auf meinen Armen aus. Die Leichtigkeit, mit der wir flirteten, gefiel mir. Es gab mir Hoffnung, dass wir die ganze Sache mit der Magie hinter uns lassen konnten. Na ja, außer die Nacht des Hexenfiebers, die würde ich, anstatt sie zu vergessen, lieber neu interpretieren.

„Nun, ich bin eine arme Studentin, so schnell schlage ich eine Einladung zum Dinner nicht aus."

Es fiel ihm immer schwerer, seine Gesichtsmuskeln zu kontrollieren. „Wer hat denn etwas von Dinner gesagt?"

Angriffslustig ließ ich meine Augenbrauen nach oben schnellen. „Ich. Und ich habe auch schon eine Idee, in welches Restaurant du mich einladen darfst."

Nun konnte er nicht mehr an sich halten und gluckste. Genau wie die Frau, die mit wallender schwarzer Mähne hinter ihm hereinkam. „Jetzt verstehe ich, warum du sie so magst, sie ist schlagfertig."

Erst bei genauerem Hinsehen erkannte ich sie. „Cornelia?“ Ich keuchte. „Du siehst atemberaubend aus!“ Und das tat sie. Sie erinnerte mich nun definitiv nicht mehr an das Mädchen aus „The Ring“, sondern eher an Wonder Woman. Die wallenden langen Haare sahen gepflegt und kräftig aus, ihr Gesicht wirkte nicht mehr eingefallen und ihr Hautton war jetzt rosig anstatt grau.

Zur Feier ihrer zurückgewonnenen Schönheit hatte sie ein hammermäßiges Outfit gewählt. Der rote Lippenstift betonte ihren vollen Mund und das schwarze hautenge Kleid ließ wenig Spielraum für Fantasie. Sie wirkte wie eine wiedererweckte Göttin.

„Da kann ich ihr nur zustimmen.“ Abigail kam zusammen mit Isaac aus dem Fahrstuhl. Ihr Gesicht wirkte freundlich, doch ich bemerkte, wie sie Isaacs Arm fester umklammerte.

Auch ihr Mann schien diese Geste zu bemerken, denn er legte eine Hand auf ihre und beugte sich zu ihr. „Was so ein bisschen Lebensenergie doch ausmacht.“

Cornelia grinste. „Das und die vollen magischen Kräfte.“

Wenn ich es nicht besser wüsste, hätte ich gesagt, sowohl aus Cornelias als auch aus Abigails Augen blitzten grüne Magiefunken. Irritiert sah ich zu Cillian, der genervt die Augen schloss und den Kopf schüttelte. Wo war die versöhnliche Stimmung von gestern Abend hin? Ich fragte mich, ob Cornelia im Zirkel für Probleme sorgen würde oder ob ich zu viel in diese Situation hineininterpretierte.

Doch zum Glück wurde die angeheizte Stimmung durch neue Gäste unterbrochen. Liam und Theo kamen in das Foyer und begrüßten uns mit einem freudigen „Hallo“. Interessiert bemerkte ich, dass die beiden Händchen hielten.

Imogen, Ashley und Cillian war diese Tatsache auch nicht entgangen, weshalb sie direkt ein langgezogenen „Uuuh!“ von sich gaben.

Doch noch genialer, als die beiden zusammen zu sehen, fand ich die Tatsache, dass sie ihre *Familiars* dabeihatten. Mit einem Strahlen im Gesicht beugte ich mich hinunter zu dem Waschbären Cory und dem Eichhörnchen Sam, um sie zu begrüßen. Spencer sprang von der Anrichte und zusammen gingen die drei raus ins Freie.

„Grüßt Willow von mir“, rief ich ihnen hinterher, in der Hoffnung, sie würden mich noch verstehen, so ganz ohne Magie.

„Dann sind wir fast vollzählig. Wo ist –“ Isaac sah sich im Foyer um auf der Suche nach Freddie.

„Oh, da können wir noch ein Stück warten, Theo und ich sind auf dem Weg hierher an Freddies Van vorbeigelaufen, der beachtlich gewackelt hat. Und wie ich vermutet habe, ist Triss auch nicht hier …“

Alle lachten, nur Isaac verdrehte die Augen. „Wir hatten achtzehn Uhr gesagt, das ist doch wirklich –“

„Darling.“ Abigail versuchte, ihren Mann zu besänftigen. „Du kannst Rosie doch schon mal fragen, dafür müssen wir nicht auf Freddie warten.“

Er nickte. „Nun gut. Eigentlich sind wir ja heute alle hier, um Cornelia und Cillian wieder offiziell in den Zirkel aufzunehmen. Und wir haben uns gedacht, nun, da du ja jetzt glücklicherweise in Killarney bleibst, ob du nicht Teil unseres Zirkels bleiben möchtest?“ Vollkommen überrascht blinzelte ich mit großen Augen. „Theo hatten wir auch als Magieberaubten bei uns und Cillian unwissender Weise auch. Abigail würde auch bleiben, also ist es nur fair, wenn –“

Ich hob meine Hand und er stoppte. „Ich will den Platz nicht angeboten bekommen, weil es fair wäre. Ich möchte, dass ihr mich dabeihaben *wollt*, nicht aus Mitleid, nicht weil es das Richtige ist, sondern weil ihr wirklich mich als Person in eurer Mitte möchtet.“

Innerlich explodierte ich vor Freude über diese Chance. Zu gern würde ich weiter ein Teil des Zirkels sein. Doch nicht, weil sich irgendjemand gezwungen fühlte, mir dieses Angebot zu unterbreiten. Ein Zirkel war eine Verpflichtung fürs Leben. Die Entscheidung für eine Gruppe aus Menschen, die ab diesem Tag zur Wahlfamilie wurde. Das war etwas, das reiflich überlegt sein sollte.

Ich wusste, dass ich das wollte. Aber nur unter den richtigen Umständen. Nur, wenn meine Wahlfamilie sich für mich entschied, aus freien Stücken.

„Auf jeden Fall wollen wir dich dabeihaben“, sagten Liam und Imogen aus einem Munde. Die zwei Menschen, die mich in Killarney sofort mit offenen Armen empfangen hatten. Liam und Imogen hatten wirklich mein Herz.

„Natürlich bist du hier gewollt, Rosie. Außerdem könnte ich eine Verbündete gebrauchen gegen die ganzen mächtigen Hexenwesen hier“, kam es von Abigail und sie zwinkerte mir zu. Nach einem holprigen Start, dessen Gründe ich nur zu gut nachvollziehen konnte, hoffte ich wirklich, dass Abigail und ich gute Freundinnen werden konnten. Seit sie mir nichts mehr verschweigen musste, wirkte sie wie ausgewechselt auf mich und ich mochte die neue Abigail sehr.

Isaac und Theo nickten mit bestimmt freundlichem Blick. Überschwängliche Euphorie hatte ich von beiden nicht erwartet. Dafür waren sie einfach nicht gemacht. In ihrer Sprache kam ein freundliches Nicken schon beinahe einem Freudensturm gleich.

Cillian beugte sich zu mir und flüsterte in mein Ohr. „Noch ein Grund, dich regelmäßig zu sehen? Wie könnte ich dazu nein sagen?“ Meine Wangen glühten.

Ich fragte mich, wie Cillian wohl war, wenn er nicht versuchte, mich zu verführen, um meine Magie zu stehlen, sondern weil er mich wirklich mochte und ich konnte es kaum erwarten, es rauszufinden. Ohne den Ballast seiner ganzen Geheimnisse, dem Schicksal seiner Schwester und einem grausamen Plan auf seinen Schultern, konnten wir neu durchstarten und wenn ich allein vom Flirten ausging, würde dieser Neustart unfassbar heiß werden.

Allein Cornelia zuckte mit den Schultern. „Es könnte mir nicht egaler sein."

Ich musterte sie argwöhnisch. Hatte sie wirklich nichts aus ihrer Erfahrung gelernt oder war sie einfach ein offener und direkter Mensch, womit ich noch lernen musste, umzugehen?

Das Zweite war wohl eher nicht der Fall, da ihr auch alle anderen einen ungläubigen Blick schenkten. Die Aufmerksamkeit zogen schon bald neue Personen auf sich, weil Triss und Freddie in diesem Moment mit hochroten Köpfen das Foyer betraten. „Hups, sorry, wir haben vollkommen die Zeit vergessen, beim –"

„Auto tiefer legen?", fragte Liam mit zuckenden Augenbrauen.

„Motorhaube polieren?", stichelte Imogen.

Die anderen lachten über Freddies und Triss' verdutzte Gesichter, doch ich bekam mit, wie sich Cillian zu seiner Schwester beugte und sie ermahnte. „Verdammt, Cornelia. Musst du dich verhalten wie eine bitch?"

„Ich weiß, dass mich keiner der anderen hier haben will, also warum rumheucheln?", zischte sie zurück.

Cornelias steinharte Fassade war also nur eine Mauer aus Selbstschutz? Okay, damit konnte ich arbeiten. Keine Mauer war undurchdringbar und vielleicht musste Cornelia nur ein wenig auftauen, nach allem, was sie erlebt hatte und der Isolation, der sie sich selbst ausgesetzt hatte.

„Weil du es so nur noch schlimmer machst", hisste Cillian.

Seine Schwester sah interessiert auf ihre Nägel. „Soll ich stattdessen lügen?"

Verzweifelt rieb sich Cillian mit Daumen und Zeigefinger den Nasenrücken. „Dann spiel halt weiter die bitch, ich verteidige dich nicht mehr."

Ich spürte Abigails Blick auf den streitenden Geschwistern und versuchte, die Situation zu entschärfen. „Dann wollen wir mal mit dem Aufnahmeritual starten und was würde besser passen, um so etwas zu zelebrieren, als ein Foto von diesem Moment?" Mit der Kamera wackelnd, erntete ich gemischte Blicke, doch schlussendlich ließ sich jeder darauf ein.

Ein Foto. Eine Momentaufnahme. Ein Ereignis auf ewig festgehalten.

Ich hatte mir nichts weiter dabei gedacht. Doch Fakt war, dass ich in dieser einen Sekunde den Augenblick festhielt, der mein ganzes späteres Leben bestimmen würde. Rückblickend könnte man sagen, ich habe die erste Sekunde vom Rest meines Lebens für immer verewigt.

Am Ende hatte ich mich dafür entscheiden, dieses Bild meiner Mom zu schicken. So konnte ich sie trotz der vielen Kilometer, die uns nun trennten, ein wenig an meinem Leben teilhaben lassen. In meiner Vorstellung hing das Bild im Flur über der Treppenstufe, auf der Molly so gern schlummerte, und jeden Abend, bevor meine Eltern zu Bett gingen, sahen sie, wie glücklich ich war und welch wundervolle Wahlfamilie ich in Grannys Heimatstadt gefunden hatte.

Kapitel 28

Rosie

Drei Monate später …

„Miss Baker, ich bin wirklich mal wieder sprachlos über die Arbeiten, die sie abgeliefert haben. Ich hatte wirklich selten so eine talentierte Schülerin. Ihre Fotos sind immer so … so … *magisch*!"

Professor Hardy – ein rothaariger Mann in seinen späten Vierzigern – schob seine braune Hornbrille mit den runden Gläsern weiter seinen Nasenrücken nach oben, als er sich über die Fotos beugte, die auf seinem Tisch verstreut lagen. Ich grinste in mich hinein und bedankte mich.

„Ich habe mir etwas überlegt, Miss Baker. Ich würde Ihnen gerne eine Empfehlung für das *Royal Collage of Art* in London schreiben, wenn Sie daran Interesse haben. Ich kenne dort einen der Dekane und könnte ein gutes Wort für sie einlegen."

Mit weit aufgerissenen Augen starrte ich Professor Hardy an. „Ich … ähm … wow! Was für eine Ehre." Das *Royal Collage of Art* in London war *die* angesehene Kunstuniversität weltweit. Dort studieren zu können, übertraf meine kühnsten Träume. Doch ein Umzug nach London? Das kam nicht infrage. „Aber leider kann ich Ihr Angebot nicht annehmen, ich habe mir hier zu viel aufgebaut, das möchte ich nicht verlieren."

Professor Hardy hob die buschigen Brauen über den Rand seiner Brille. „Überlegen Sie es sich gut, Miss Baker. Ein Abschluss am *Royal Collage of Art* würde Ihnen alle Türen öffnen.“

Ich nickte ihm grinsend zu. „Sie haben recht, ich schlaf noch mal darüber und gebe Ihnen meine finale Antwort nach den Ferien, aber ich bin mir sicher, dass sie auch in zwei Wochen noch genauso ausfallen wird.“

Zustimmend sammelte er alle Blätter auf seinem Tisch zusammen. „Das akzeptiere ich, Miss Baker. Wenn Sie mir versprechen, dass Sie wirklich ernsthaft über dieses Angebot nachdenken. Noch einmal werde ich es Ihnen nicht unterbreiten.“ Wieder nickte ich und wandte mich zum Gehen ab, bevor er mich noch einmal zurückhielt. „Ach, und versprechen Sie mir bitte, dass Sie diese Entscheidung nicht von einem Jungen abhängig machen. Kein Mann ist es wert, diese Chance in den Sand zu setzen und der Richtige wartet auch zwei Jahre. Außerdem ist London nur einen Katzensprung entfernt, wenn man es so will.“ Er zwinkerte mir zu, dann verließ ich den Hörsaal.

In mich hinein schmunzelnd ging ich durch den steinernen Flur der riesigen Universität. Wenn Professor Hardy nur wüsste …

In Killarney hatte ich so viel mehr als einen Jungen, so viel mehr als meine besten Freundinnen, so viel mehr als eine Gemeinschaft. Ich hatte eine Familie gefunden. Eine Familie und eine Bestimmung.

„Na, schöne Frau?“

Ein breites Grinsen zog sich über mein Gesicht, als ich Cillian gegen den Türrahmen der hölzernen Flügeltür gelehnt stehen sah. Hinter ihm ging die Sonne langsam hinter den Bäumen unter und tauchte seine Silhouette in ein wunderschönes Licht. Ich öffnete die braune Kameratasche, holte mein geliebtes Schätzchen hervor und knipste ein Bild von diesem Moment.

„Herrje, immer diese Paparazzi. Nirgends kann man unerkannt hingehen.“

Kopfschüttelnd steckte ich die Kamera zurück in den braunen Lederbeutel. „Wofür bist du denn berühmt? Fürs Blödsinn labern?“

Auf seiner Höhe angekommen schnappte er mich an der Taille, zog mich zu sich und küsste mich. „Für die besten Küsse in der ganzen Stadt natürlich.“

Ich schnaubte und entzog mich seinem Griff. „Das hättest du wohl gern.“ Draußen auf dem Universitätsgelände zog der eisige Wind durch meine Kleider. Ich nahm meine Jacke vom Arm und zog sie über. Es war Dezember, heute war der letzte Schultag vor den Weihnachtsferien und obwohl noch kein Schnee gefallen war, lag der unverkennbare Duft danach bereits in der Luft.

„Heute wird es schneien“, sagte ich, als Cillian mich eingeholt hatte und meine Hand griff.

„Ach, bist du jetzt unter die Wetterhexen gegangen?“

Ich schenkte ihm einen Blick und sah, wie seine schelmische Miene in sich zusammenfiel. „Rosie, sorry, ich wollte das Thema nic–“

Hastig schnitt ich ihm das Wort ab. „Ist schon gut. So langsam habe ich mich echt daran gewöhnt, dass ich nie wieder Magie haben werde.“

Hatte ich nicht und genauso wenig glaubte ich meinen eigenen Worten. Dafür war in den vergangenen Wochen zu viel Unerklärliches passiert. Triss und Ashley waren der Meinung, ich würde mir das alles nur einbilden, aber ich wusste, dass ich nicht so *delulu* sein konnte.

Und als es im selben Moment zu schneien begann, konnte ich nicht mehr an mich halten und musste auch Cillian endlich von meiner Theorie erzählen. Mit großen Augen stellte ich mich vor ihn und hielt ihn an. Wir standen auf einer Allee, links und rechts von uns standen Apfelbäume, die ihr Sommerkleid bereits abgelegt hatten, und von oben rieselten die Flocken auf uns nieder.

Cillian konnte meinen Blick genau deuten und versuchte, den Vorfall herunterzuspielen. „Rosie … das war jetzt wirklich ein Zufall. Du hast halt eine gute Nase für Wetter." Mit dem Zeigefinger stupste er gegen meine Nasenspitze.

„Es ist nicht nur der Schnee. In den vergangenen Wochen sind immer wieder solche Dinge passiert. Nur ein paar Beispiele: Ich habe ein Top gesucht, konnte es nirgendwo finden, dann ist es plötzlich in meiner Hand aufgetaucht." Er verzog keine Miene.

„Wie erklärst du es dir, dass ich noch mit Willow reden kann?"

Mitleidig zog er die Brauen zusammen. „Das ist nicht untypisch. Auch ich habe als Magieberaubter mit Ursula reden können und Cornelia mit George."

Ich atmete enttäuscht aus und versuchte es mit einem stärkeren Exempel. „Letztens saß ich in meinem Zimmer und habe ein Buch gelesen, draußen wurde es dunkel, ich dachte darüber nach, das Licht einzuschalten, da ging es plötzlich von allein an."

„Bist du sicher, dass Ashley nicht einfach nur eine Zeitschaltuhr installiert hat?"

Wütend biss ich die Zähne zusammen und griff dann zu dem Vorfall, von dem ich noch nicht einmal meinen Freundinnen erzählt hatte. „Gestern Abend habe ich mich hingesetzt, einen Salatteller vor mir. Ich habe mir sehnlichst gewünscht, dass ich mir etwas Gehaltvolleres zubereitet hätte und dann hat sich der Salat in einen Veggie-Burger mit Pommes verwandelt."

Cillians Augen weiteten sich. Ich hatte ihn! „Rosie!" Sein Mund verzog sich zu einem entzückten Grinsen. „Das würde ja bedeuten, du hast deine Magie zurück?"

Unschlüssig hob ich meine Schultern. „Keine Ahnung, ob das nur Kleinigkeiten sind, sozusagen die letzten Funken Magie in meinem Körper oder ob Abigail es vielleicht auch spürt und wir nur temporär für das Ritual unsere Magie aufgeben mussten."

„Hast du sie gefragt, ob sie auch solche Umstände hatte?"

Abwehrend schüttelte ich den Kopf. Abigail und ich hatten seit dem Aufnahmeritual in den Zirkel zwar viel Zeit miteinander verbracht, doch das Thema Magie mieden wir beide. Ungern wollte ich ihr von den Vorfällen erzählen, wenn sie nichts dergleichen erlebt hätte.

„Nein, ich hatte Angst, dass sie noch keine magischen Vorfälle hatte und dann traurig wäre."

Verständnisvoll nickte er. „Verstehe. Soll ich Isaac mal vorsichtig fragen?"

„Das wäre klasse."

Cillian zückte sein Smartphone und tippte eine Nachricht an Isaac. Dann nahm er erneut meine Hand und wir gingen zu seinem Auto. „Auf welchen Film hast du heute eigentlich Lust?"

Seit gut zwei Monaten waren Cillian und ich ein Paar. Zweimal in der Woche hatten wir eine Date-Night, nur wir zwei ohne den Zirkel und ohne magische Themen. Dadurch, dass es draußen immer schmuddeliger und kühler wurde, hatten wir uns angewöhnt, Takeaway zu bestellen und einen Film zu schauen. Dabei hatten wir eine Regel: Einer suchte den Film aus, der andere das Essen und beim nächsten Mal wurde gewechselt.

„Ich wäre für ‚Nightmare Before Christmas' und was essen wir heute?"

Er öffnete mir die Tür zur Beifahrerseite seines SUV, ich nahm Platz und wartete, bis er herumgelaufen kam und sich hinters Steuer gesetzt hatte. Erst dann antwortete er mir. „Ich habe bereits zwei Pizzen bei Mario's zum Abholen auf neunzehn Uhr be–"

Sein Smartphone gab einen Ton von sich und er checkte sofort die Nachricht. Neugierig beugte ich mich rüber zu ihm, doch ich konnte auf dem Display nichts erkennen. „Nun sag schon, ist die Nachricht von Isaac?“

Er legte das Smartphone mit dem Display nach unten auf sein Bein. „Was hältst du davon, wenn ich die Bestellung bei Mario's in eine Partypizza ändere und wir danach ins Brew fahren?“ Seine meeresblauen Augen funkelten, als ich ihn fragend anblickte.

„Also hat Abigail auch nur geschwiegen, um mich nicht traurig zu machen?“

WHAT'S UP WITCHES?

The End?

Interessiert dich Ashleys liebste Fantasytrilogie?
Dann lies jetzt Parzarus 1-3 von Alina Joelle!

Die Welt der Parzarus wird nie wieder sein, wie sie war ...

Nach dem Tod ihres Zwillingsbruders Cornelis gerät das Leben der 18-Jährigen Fenna völlig aus der Bahn. Merkwürdige Vorfälle, die sie an der realen Welt zweifeln lassen, und Halluzinationen übernatürlicher Art stehen an der Tagesordnung. Nicht einmal ihre Eltern glauben ihr und auch ihre eigene Freundin interessiert sich viel mehr für alles außer Fenna. Doch könnte es wirklich sein, dass neben unserer normalen Welt noch eine andere Realität existiert?

Und noch zwei Buchempfehlungen, die sich nicht auf Bewitching Rosie beziehen, aber dennoch super lesenswert sind:

Dich umgibt kein normales, sondern wunderschönes Chaos.«
»Und du bist der Einzige, bei dem ich so sein will, wie ich bin. Mit all meinem … wunderschönen Chaos …«

Alsie ist »not like other girls« – sie fährt Motorrad, ist gelebte Coolness und hängt am liebsten mit Punks und Rockern ab. An ihrem College gibt es einen Jungen, dem sie keine Beachtung schenkt: den stillen Poeten Jonah, der sich nichts zutraut. Doch durch einen Zufall lernen sich die beiden besser kennen – und finden etwas Unerwartetes in dieser Verbindung. Während Alsie und Jonah ihre Gefühle füreinander entdecken, müssen sie sich einer wichtigen Frage stellen: Ziehen sich Gegensätze wirklich an oder verbergen sie etwas vor sich selbst?

»Rebel Girl« ist eine bittersüße College Romance über Veränderungen, die überraschenden Wendungen des Lebens und eine besondere Eiche an einem besonderen Ort.

Siebtland

Sieben Magier, sieben Inseln und eine Frau auf der Suche nach ihrer Herkunft.

Ihrer Erinnerungen beraubt, erwacht Jenna in Siebtland – einer Welt voller Rätsel, Intrigen und Jahrtausende alter verborgener Kräfte.
Sieben Magier lenken das Schicksal dieses mysteriösen Inselreichs. Um ihre Macht zu bewahren, wollen sie verhindern, dass sich die junge Frau ihrer Herkunft entsinnt. Dabei entfesseln sie ungeahnte Urgewalten, derer sie schon bald nicht mehr Herr werden.
Plötzlich steht nicht nur Jennas Zukunft auf dem Spiel, sondern ganz Siebtland scheint dem Untergang geweiht.

Lass auch du dich nach Siebtland entführen! Tauche ein in diese fantastische Welt und erlebe Spannung, Magie, witzige Dialoge sowie eine romantische Liebesgeschichte.

Printed in Poland
by Amazon Fulfillment
Poland Sp. z o.o., Wrocław

38959923R00158